皇女アルスルと角の王

鈴森　琴

皇帝の末娘アルスルは、特別な才能もなく人づきあいも苦手で、いつも皆にがっかりされていた。そんなある日、舞踏会に出席していた彼女の目の前で、父が何者かに暗殺されてしまう。アルスルは皇帝殺しの容疑で捕えられ、無実の訴えも空しく帝都での裁判で死刑を宣告される。部族の裁判を受けるため、一族の所領である城郭都市ダーウィーズに護送されたアルスルを待っていたのは、鍵の城の城主リサシーブ。だがその正体は……。人よりも優れた能力をもつ獣、人外《じんがい》が跋扈《ばっこ》する世界を舞台に、変わり者と言われた少女の運命を描く異世界ファンタジイ。

The Characters

【帝都イオアキム】

アルスル＝カリバーン・ブラックケルピィ……皇帝ウーゼルとグニエブルの末娘
ウーゼル＝レッドコメット・ブラックケルピィ……第五系人帝国の皇帝
グニエブル・ブラックケルピィ……ウーゼルの妃
エレイン・ラグドォル……ウーゼルとグニエブルの長女
ヴィヴィアン・ブラックケルピィ……ウーゼルとグニエブルの次女
アヴァロン・ブラックケルピィ……ウーゼルの弟。大公
キャラメリゼ号……ケルピー人外《じんがい》。アルスルの兄のような存在
ブルーティアラ号……ラグドール人外。エレインになついている

【城郭都市ダーウィーズ】

バドニクス・ブラックケルピィ……ウーゼルの叔父。鍵の城の主任研究者
アンブローズ・ブラックケルピィ……ウーゼルの親友。円卓会議の議長

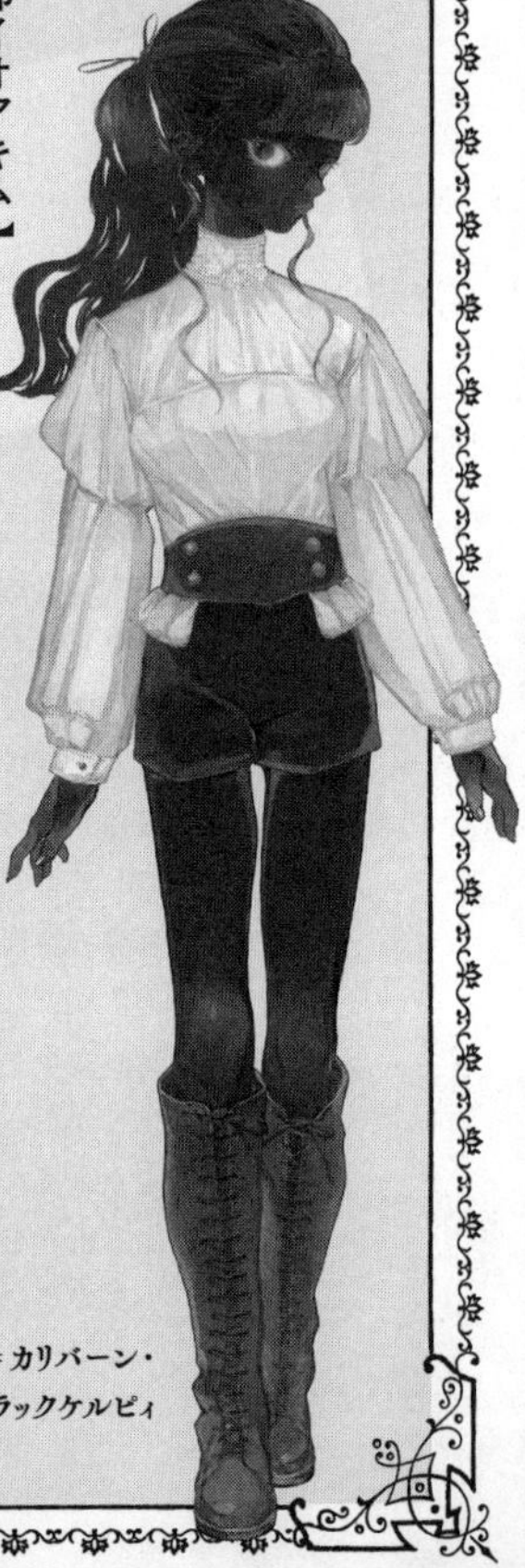

アルスル＝カリバーン・ブラックケルピィ

ギルダス・ブラックケルピィ……バドニクスのいとこ。円卓会議書記。情報管理部門長
ハンナ＝カーボネック・ブラックケルピィ……城郭管理部門長
チョコレイト・テリア……バドニクスの部下。生体管理部門長
ルカ＝リコ・シャ……バドニクスの部下。対人外防衛部門長。メルティングカラー
ペルシア……バドニクスの妻。第七系人
リサシーブ……鍵の城の城主。ブラックケルピィ家の陰の采配者
ロメオ号……バドニクスのケルピー人外。雄
フリエタ号……同。雌、ロメオの妻
コヒバ号……同。子犬
パルタガス号……同。老犬
走訃《そうふ》王《おう》……ウマの人外王。西域《ウエスト》の六災の王

謎の白い少女

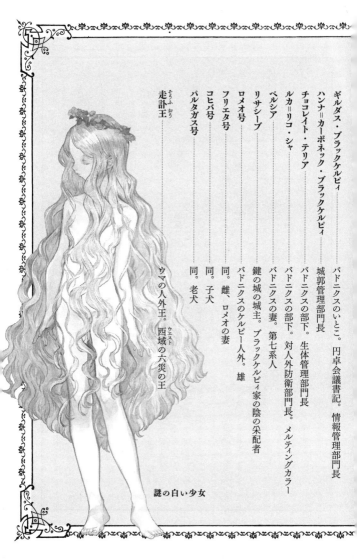

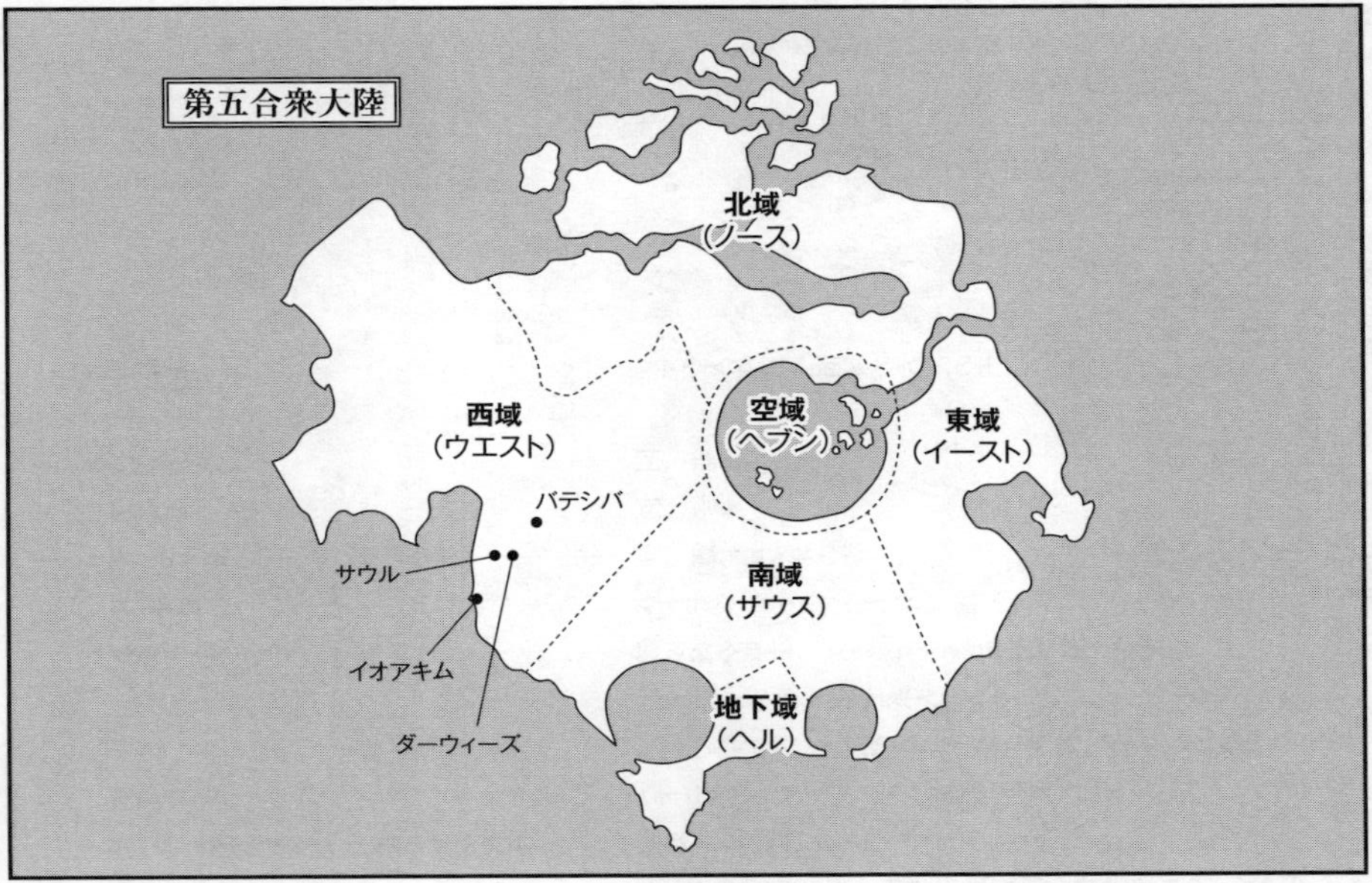
第五合衆大陸
北域
（ノース）
西域
（ウエスト）
空域
（ヘブン）
東域
（イースト）
南域
（サウス）
地下域
（ヘル）
バテシバ
サウル
イオアキム
ダーウィーズ

皇女アルスルと角の王

鈴森　琴

創元推理文庫

ARTHUR AND THE EVIL KING

by

Koto Suzumori

2022

皇女アルスルと角の王

序

わたしたち第五系人の祖先は、狩猟民族でした。

たくさんの小さな部族が、それぞれ城郭《じょうかく》都市を築き、独立していました。

ところがおよそ七百年前、わたしたちをまとめ、支配し、守ってもいた第七系人の七帝《ななてい》帝国が衰退します。そのためにわたしたちは、ひとつの国となって、力をあわせなければならなくなったのです。人外《じんがい》たちの脅威から、命を守るためでした。

人外。

人間より優れた能力をもつ獣《けもの》たちのことです。

人外たちは強く、賢く、長生きで、さまざまな言葉、さまざまな力を操ります。姿を変えたり、影に溶けこんでしまうものもめずらしくはありません。

わたしたちの第五合衆大陸には、星の数ほどの人外がいます。

そして、それぞれの種を束ねる特別強力な存在――人外王も、銀河系とおなじ数ほど発見されています。

人間に友好的な王もいますが、ほとんどは人間を避け、あるいは嫌っていました。なかでも、

人間を滅ぼすかもしれないほど危険な人外王は、六体。そのことから、第五系人はいつしか、
大陸を六つの地域にわけてよぶようになりました。

東域《イースト》の、月雷王《げつらいおう》。
西域《ウエスト》の、走訃王《そうふおう》。
南域《サウス》の、番狼王《ばんろうおう》。
北域《ノース》の、氷山王《ひょうざんおう》。
空域《ヘブン》の、隕星王《いんせいおう》。
地下域《ヘル》の、地動王《ちどうおう》。

六地域六体――六災《ろくさい》の人外王を駆除すること。
それが、わたしたち第五系人帝国の存在理由なのです。
そしてその偉業をなした英雄は、まだ、いないのでした。

〈「帝国のなりたち」『帝国議会認定・初等教育書』より抜粋〉

1

がっかり。

アルスル＝カリバーン・ブラックケルピィを見た人はたいてい、そう思う。

いちばんはじめにがっかりしたのは、父だった。生まれたばかりの女児を見て、皇帝ウーゼル＝レッドコメット・ブラックケルピィは落胆した。

「また、娘か」

上二人の子が娘だったので、こんどこそは息子がよいという期待が強すぎたのだ。

夫のひとことで、母であり妃でもあるグニエブルは、赤ん坊への興味をすっかりなくしてしまった。彼女は、最愛の夫が愛するものしか、愛する気がなかったのである。それでもあきらめきれなかった父は、用意していた男の名前──アルスル＝カリバーンの名を娘にやった。

まれにアルスルの存在を思いだしたとき、母は言う。

「とにかくお父さまの期待に応えなさい」

ところがアルスルの勉強を見る専属教師にも、花嫁修業を見る世話係の侍女にも、やる気はなかった。なにしろアルスルには、大恋愛の末に結婚した上の姉エレインのような美貌もない。

かといって、父帝に逆らってまで芸術家をこころざした下の姉ヴィヴィアンのような、情熱や才能もないのだった。

おまけに。

アルスルには、致命的な欠陥がある。

十歳で受けた心理検査――Nテストで、〈人外《じんがい》類似〉のスコアを出してしまったのだ。

皇帝ウーゼルはとてつもなくがっかりした。わが子をなんとかまともにしたい父の希望で、アルスルは帝国中の医者の診察を受けたが、変化はなし。これもまた、社交界に格好の話題を与えている。

――レディ・がっかり――。

――言いなり姫君――。

――人外もどき――。

――子猫人形《キティ・ドール》――。

十六歳になったアルスルは、上級騎士よりたくさんの称号をもっていた。

秋の深い青空に、レースカーテンそっくりの雲が流れている。

ラピスラズリのようにかがやく天のまんなかで、太陽が、世界をミルク色に照らしていた。

白レンガ造りの訓練場はからりとして、夏の砂浜を思わせる。

アルスルはおしゃれが得意じゃない。

だから、いつもだいたいおなじ格好をしている。

白い絹のブラウスには、ツタの葉脈をかたどったニードルレース。

黒いベルベットの半ズボンには、鍵の紋章が彫られた銀ボタン。

肌も瞳も、黒曜石《こくようせき》のように黒かった。背中まで波うつ黒髪は、血よりも赤く動脈よりも細いリボンでひとつにまとめている。ふくらはぎまでの黒いブーツは、牛革製だ。それらはとてもアルスルに似合っているが、アルスル自身はよくわからなかった。下の姉ヴィヴィアンが選んだものを、ただ着ているだけだから。

「つぎは……あぁ、レディ・がっかりだ」

「しっ！」

外野の兵士から、そんな声が聞こえる。

アルスルは表情を変えないが、傷つかないわけではなかった。

ただ、自分に突きつけられたフルーレがおそろしく、目を離せなかったのだ。

「練習用の剣だからと、油断されませんよう」

油断どころか、ろくに息もできない。

刃をつぶした剣だが、フェンシングの達人であるグレイ・シェパァド大佐であれば、アルスルを串刺しにすることもたやすいだろう。アルスルは、全身の毛穴から汗が吹きだすのを感じていた。自分のフルーレときたら、スティックビスケットのようにたよりない。

勇気を奮いおこすため、服の上から三回、心臓をノックしようとしたときだった。

シェパァド大佐のフルーレが、舞う。剣がぴんとしなった瞬間、本能に負けたアルスルは地面のすこし上——風を踏んでいた。

ふわりと後方へ宙返りして、子猫のように着地する。アルスルには、風使い——生まれつき光る風を視認でき、操れる素質があった。第一系人の国では、流術《りゅうじゅつ》、ともよぶ。といってもアルスルの力など、木登りが楽になるくらいのささやかなものだが。

「アルスル様！　恐怖に負けてはなりません！」

シェパァド大佐がしかりつける。

「うら若き婦女子であろうとも！　皇帝陛下の御子である以上、正面から正々堂々と敵にぶつかるのです！」

なぜ、と。

アルスルは不思議に思った。

（体の大きさも、実力も上の人に……どうして、正面から挑めというのだろう？）

勝てないのに負けるなとは、むずかしい。

（勝ち目がないなら……相手の死角から忍びよって、隙を突くほうが正しいはず）

たとえば、いちど隠れてから、背後にまわるのはどうだろう？　大佐が食事をしているときは？　隙ができる。眠っているときなど、絶好の機会ではないだろうか。

「アルスル様！　聞いてらっしゃるのですか?!」

「……はい」

「本当に？　ではいま、なにをお考えだったかおっしゃい！」

シェパァド大佐が詰問する。アルスルはとまどったが、白状した。

「……正々堂々と挑んでも、勝てないので」

兵士たちがぎょっとする。その理由がわからないアルスルは、続けた。

「どうすれば大佐の寝首をかけるかと、考えていました」

訓練場の空気が凍りついた。

「なんということを！」

「騎士にあらず！」

「卑怯《ひきょう》な！　お父さまの前で、恥ずかしくはないのですか！」

ほうぼうから非難がとぶ。

はっとしたアルスルは、とっさに皇帝ウーゼルを見た。

訓練場から王宮へつながる回廊で、そろそろ五十歳になる父が、なんともいえない顔をしていた。ブレイズ――小さく編まれたたくさんの三つあみの下で、肌とおなじ色の黒い瞳がひそめられる。はおったミンクの毛皮マントのように、どんよりと曇っていた。

ここ数年、すっかり両親の関心を失っていたアルスルだ。

父が訓練場を通りかかったのは、たまたまだったのに。アルスルの番がくるまで立ち止まっていてくれるなんて、本当にひさしぶりだったのに。――あぁ、また言わせてしまう。

「……アルスル。おまえにはがっかりした」

でも、お父さま。

「これ以上がっかりさせるな」

それを最後に、父はアルスルから目をそらしてしまう。

アルスルはすこし泣きたくなった。

（……どうしていつも、こうなるのだろう）

アルスルが思っていることを口にすると、みんながっかりする。

ならば口を閉じていようと思うのに、黙っていると、自分の考えがないと言われる。

（どちらにしても、がっかりさせる……）

シェパァド大佐をよびつけた父は、王宮へと戻っていく。兵士たちも稽古を再開した。アルスルだけが、一人、石ころのように残される。剣を戻してとぼとぼと歩きはじめたアルスルを、シェパァド大佐が注意した。

「アルスル様！　猫背になっておられます、みっともない！」

「……はい」

流術を使うからだろうか。運動するときや緊張したとき、アルスルは背を丸める癖があった。しかたなくしゃんと背筋をのばすが、とても呼吸がしづらくなる。

息苦しさを我慢して、アルスルは逃げるように自分の部屋へ向かった。

ウーゼル皇帝が、ため息とともに首をふった。

「なにひとつとりえのない娘で、いかん」

シェパァド大佐は同意しかけたが、仮にも皇帝の三女に対して失礼だと思い、口をつぐむ。

「昨日、アルスルの教師から耳にした。一般的な高等学校の進級試験をアルスルにやらせたところ、国語と音楽……ヒムの科目で落第したそうだ」

「……ヒムでございますか?!」

ヒムとは、讃美歌《さんびか》だ。

シェパァド大佐もおどろいた。心理検査――Nテストで問題が見つかったことは聞いているが、まさかそこまでとは。皇帝がうなる。

「娘は、社交の場でもまったく話さない。あれほど無愛想では、結婚話もないかもしれない。そうなればわたしは、王冠をだれかにゆずったあと……天へ召されるまで、がっかりし続けるはめになりかねんぞ!」

第五系人帝国は、共和制だ。

つまり、選挙で国の代表者を選ぶ。つぎの選挙は五年後だ。

第五系人は、何百年もの間、いまは滅んだ七帝《ななてい》帝国に支配されてきた。その影響が強く、選ばれた代表者も、元首ではなく皇帝とよばれる。ウーゼル＝レッドコメット・ブラックケルピィが皇帝に選出されたのは、十八年前のこと。いまは四期めのなかばだった。しかし、つぎの皇帝がブラックケルピィ家から選ばれるとはかぎらない。

そのためだろう。

ウーゼルは自分の娘たちに、貴族としての一般教養を叩きこんできた。

アルスルに最高の剣術《ソードマンシップ》を身につけさせよと、シェパァド大佐が命令されたのは、彼女の二歳の誕生日である。

「きらりと光るものがない。人外類似スコアのせいで、なぜ笑うのか、なぜ泣くのか、父親である私にもよくわからん！　せめて創造主への敬虔《けいけん》さでもあればよかったが、ヒムすらだめ……大佐よ、皇帝の娘、という肩書きがなくなったアルスルを想像できるか？」

シェパァド大佐は否定できなかった。

アルスルはめったに自分からは考えを言わず、口にしたとしても、今日のように謎めいた発言ばかりだ。表情どころか感情さえ、ないように見える。

「たしかに。軍人のわたくしから見ましても、アルスル様は、剣の才能や情熱をおもちではございません……ただ」

「ただ？　なにかあるか？」

ウーゼルの顔に、ぱっと期待が浮かぶ。

彼はとても優れた皇帝で、ヒムの名手でもある。しかしそのために、自分の分身である娘たちにも、水準以上の教養と成長を求めるところがあった。

「なにかないか？　希望がほしい……ひとつでいい。それさえあれば、娘を愛せる！」

それがなければ、愛せない——。

そう受けとったシェパァド大佐は、すこし、アルスルを気の毒に思った。

もしかしたら、彼女は緊張しているのかもしれない。アルスルには、いつも成功しているのに、父親の前では失敗するということがよくあった。同情したシェパァド大佐は、普段から感じていることを口にした。

「……瞳が。気になりますな」

耳をすました猫が、じっと宙を見つめるように。

あの姫君は、とても不思議なまなざしをする。——ぶれないのだ。

森や湖を歩くとき。合唱隊のヒムに耳をすませるとき。華やかな舞踏会で人々が浮かれるとき。剣を突きつけられたときでさえ、目をそらさない。

「フルーレの練習中にかぎりません。いつもじっと、われわれを見ておられます」

「それだけか」

「それだけです……しかし、なにかを待っているような瞳だ」

皇帝は疑うように大佐を見返した。

「がっかり娘がなにを?」

「……狩人が、獲物を待つような」


第五合衆大陸、西岸。

帝国の都——帝都イオアキム。

もともと第七系人の植民拠点だったこの城郭《じょうかく》都市は、七帝帝国の古代蜂神殿建築のなごりをとどめつつ、より頑丈で、人外の攻撃にもたえるよう設計された街だ。

市街の中心には、七色にきらめくイオアキム城がある。

第七系人の錬銀技術によって生成された、虹黒鉄《にじくろがね》。この最高純度の貴金属で築かれた城を、帝国北西のエリ山脈でとれる黒水晶《モリオン》で飾りつけた、とても美しい宮殿だった。

偶数ある装飾柱には、見事な花と神話のレリーフがほどこされている。その上には、横に広い三角形の屋根——エンタブラチュアがのっていた。宮殿はイオアキムでもっとも高い丘にあり、正面には凱旋門がそびえる中央広場、そのまわりを公会堂と大聖堂、訓練場として使われている闘技場が囲んでいる。あたりには身分の高い人間が住む豪華な邸宅がたっていて、平野へ下っていくほど、活気にあふれた大衆の街が広がるのだった。

昼は、黒真珠《しんじゅ》のように。

夜は、黒薔薇《ばら》のように。

いかなるときもかがやくイオアキム城は、帝国議会《パーク》が開催される地としても、あまりに有名だ。城の城門には、大きな虹黒鉄の円盤がかかげられている。その中央で、七つの瞳と七本の角をもつ不思議な子羊の彫刻が、黒々とかがやいていた。

(真《まこと》なる黒き人……)

ジェット・ヤァと名乗っていた、第五系人のシンボルだ。

創造主の名の下に、人外が跋扈《ばっこ》する第五合衆大陸を切りひらき、はじめて城郭都市を築いた人である。原初の人外使いで、その偉業から、救世主とか英雄ともよばれた。あの子羊が帝国議会の紋章とされるのは、ばらばらの城郭都市と思想をもった第五系人を結束させる、もっとも効果的なシンボルと見なされているからだった。

帝国はこれでも、政教一致——世界を創造したとされる創造主だけを神と定めた、一神教の国だ。創造主を讃美するあらゆる歌をヒムといい、国家の祭典や行事、毎日の礼拝にも欠かせない。

(それだけじゃない)

讃美歌は、歌う人の信仰心を示すものだった。

(しんこう……創造主を心のよりどころとすること)

そう習ったが、人外類似スコアをもつアルスルにはぴんとこない。しかし、帝国人の模範となるべき皇帝とその妃——両親はというと、おどろくほど信心深かった。だから先日、ヒムの科目でアルスルが落第したと知ったときの父は、絶望したにちがいない。

落第の原因は、たぶん、アルスルがひどい音痴だから。

しかしヒムすら満足に歌えない人間は、帝国では、信仰心がないことになってしまう。父の反応も当然なのであった。

窓の外でかがやく子羊を背に、アルスルは沈んだ気分で着がえていた。

『パパさまがいらしたね! うまく話せたかい?』

頭へ直接ひびく少年の声が、たずねる。

けれどアルスルは返事もできない。

（今夜の夜会には、なにを着ていけばいいのだろう……？）

それがわからず途方に暮れていたからだが、ふと気づいて、自分の化粧室をのぞく。

豪奢《ごうしゃ》な飾り椅子に、黒のドレスとペティコート、靴と髪飾りと、手袋まで出されていた。

アルスルが剣の稽古へ出かけたあと、姉のヴィヴィアンがやってきて用意してくれたのだろう。ということは、これさえ着ておけばマナー違反にはならないはず。

（……お父さまも、がっかりしないはず）

訓練場でのことを思いだす。

なにひとつ父の期待に応えられない自分が、なさけなかった。

父は自信に満ちていて、よく笑う人でもあったが、友や臣下、母のグニエブルへ向けるような笑顔をアルスルに向けてくれたことはない。それがせつなくて、ただ父に笑いかけてほしくてアルスルなりに努力しているが、失敗ばかりだった。

みるみる悲しくなって、アルスルは涙ぐんでしまう。

『あぁ！　どうして泣くんだい、僕のキティ⁈』

背後からこげ茶色の動物がまわりこむ。直後、視界にピンク色が広がった。ホールのアップルパイより大きな舌が、べろんとアルスルの顔をなめていた。

ブラックケルピー人外種。

ブラックケルピィ家が使役するイヌ人外だ。

ボーダーコリーに似た顔と、やわらかい単色の短毛。耳はぴんと立っている。ケルピー――

美しくも人を惑わす馬の怪物が、種名の由来だ。大きさは、ハイイロヒグマ《グリズリー》ほど。もとは牧羊犬で、とても賢く従順だが、警戒心も強い。アルスルが生まれた日から、兄のようにずっとそばにいるこのオスは、キャラメリゼ号という。

「……ありがとう、キャラメリゼ」

涙はぬぐわれたが、熱いよだれまみれになった顔をやっぱり洗わなければならず、アルスルは洗面台へ向かった。冷たい水が、気分をしゃんとさせる。つまさき立ちになって感謝のハグをすると、巨大なイヌは、またもやアルスルの顔をなめまわした。

『どうして、パパさまはがっかりしたんだろう？』

アルスルが二回めの洗顔を終えたとき、キャラメリゼが聞いた。

「わからない。正直に答えたけれど……失敗したみたい」

『きみの態度が悪かったの？　それとも、文法や、言葉の内容がまずかった？』

イヌのほうが失敗の理由を言えることに、アルスルは落ちこむ。

『元気を出して、僕のキティ！　失敗する日もあるさ。とくにきみたち……人外使いの一族は、ルールを守り、守らせるのが大好きだ』

人外使い——。

黒水晶《モリオン》のような犬の両目が、きらりとした。

『何万年も昔から、そうやって、僕たちイヌときみたち人間はうまくやってきた。この歴史にかけて、きみの失敗はたいしたことじゃない！　人間の食卓から、ついついペロッとパンくずをつまみ喰いしてしまったようなものだよ』

「……おまえの自信と確信がうらやましい。おまえの言葉で言うなら、わたしはオスワリさえろくにできないもの」

『まさか！　おしりを床にくっつけるだけさ』

命じられてもいないのに、キャラメリゼはすとんと腰をおろす。

「角度は？　どれくらいそうしていればいい？　自分のオスワリが本当に正しいのか、不安になることはない？」

『人間のリクエストからはずれない範囲で、自分がいちばんすてきに見えるポーズをとれば、失敗はない。ちなみに僕は、背中をぴんとのばして、鼻のさきがつねに十一時三十分の方向をさすようにしているよ！』

リクエストとは、コマンド——命令のことだ。

帝国では、普通種への命令をコマンド、人外種への命令をリクエストとよぶ。

完璧なオスワリをほめてほしいのだろう。小ぶりなカボチャほどもある鼻がぐいぐいと胸をおしてきて、アルスルはうんざりした。

「……疲れない？　苦しいと感じることは？」

『とんでもない！　キャンディをもらえるし、きみたちもよろこぶじゃないか！』

ため息をついたアルスルは、キャラメリゼの前脚の間に座りこんだ。

第五系人帝国には、たくさんの人外使いがいる。

もっとも権力を有するのは、貴族――建国以前からイヌネコの人外と共存してきた、イヌ使い部族とネコ使い部族だった。帝国の政治を行う帝国議会は、すべてのイヌ使い部族とネコ使い部族の代表者によって構成されている。ブラックケルピー人外を専門に使役するブラックケルピィ家も、そのひとつだ。

ほかにも、フェロモン・キャンディという特別な餌によって、一般人がさまざまな人外を使役することがある。しかし、イヌネコ人外ほど、第五系人の社会に溶けこんでいる人外はないだろう。

イヌ。

ネコ。

はるか昔から、パートナーとして、第五系人とともにあった人外たち。

長年の訓練と血統操作によって野性を失っている彼らは、人外王をもたない。野生の人外なら見られる能力――人の姿をとったり、不思議な力を使ったり、影に溶けるといったこともできない。寿命も百年ほどで、人外としてはかなり短命だ。しかし、賢く丈夫で献身的なイヌネコたちは、野生人外の撃退になくてはならない存在だった。

六災《ろくさい》の王がでたぞ！　ちれ、ちれ、イヌとネコ！

帝都イオアキムから、一直線にかけろ！　皇帝の命を受けて！

外で歌声があがった。中庭を見おろせば、帝国議会に参加する議員——貴族の子どもたちが遊んでいる。特徴的な歌いだしから、王吟集《おうぎんしゅう》にある童謡だとすぐわかった。

「……〈キングハンティング〉、だ」

『へたくそだなぁ。でも、この歌は大好きだよ！』

アルスルとキャラメリゼは耳をすます。


東域《イースト》に月雷王《げつらいおう》がでたぞ！

いけ、いけ、ウォーター・ドッグ！　クラゲの毒から、みんなを守れ！

つどえ、東の大貴族・レトリィバァ家のもとへ！

青き川と海のさき、真珠の大水族館へ！　城郭都市ペラギアへ！

西域《ウエスト》に走訃王《そうふおう》がでたぞ！

いけ、いけ、ハーディング・ドッグ！　人喰いウマから、みんなを守れ！

つどえ、西の大貴族・ブラックケルピィ家のもとへ！

赤き荒野と緑の森をかきわけ、鍵の大城塞へ！　城郭都市ダーウィーズへ！

南域《サウス》に番狼王《ばんろうおう》がでたぞ！

いけ、いけ、ガード・ドッグ！　オオカミの牙から、みんなを守れ！

つどえ、南の大貴族・シェパァド家のもとへ！
銀の霧をぬけ、冠の大風車へ！　城郭都市アスクへ！

帝国に存在するあらゆる人外王の歌を集めた歌集を、王吟集という。

その第一章にのっているのが、〈キングハンティング〉だ。知らない人などいないくらい有名な歌で、おなじ名前のおいかけっこ《タグゲーム》もあった。ふたつのチームにわかれて、歌っているほうが狩人となり、そうでないほう――人外を捕まえる。

北域《ノース》に氷山王《ひょうざんおう》がでたぞ！
いけ、いけ、キャット・パンチ！　幼虫のあごから、みんなを守れ！
つどえ、北の大貴族・メインクゥン家のもとへ！
黒き猛吹雪をたえ、鎧の大温室へ！　城郭都市イシドロへ！
空域《ヘブン》に隕星王《いんせいおう》がでたぞ！
いけ、いけ、キャット・ジャンプ！　ワシの嘴から、みんなを守れ！
つどえ、中央の大貴族、アビシニアン家のもとへ！
灰の火山をさけ、翼の大気球へ！　城郭都市アンゲロスへ！

地下域《ヘル》に地動王《ちどうおう》がでたぞ！

いけ、いけ、キャット・ディグ！　ネズミの病気から、みんなを守れ！

つどえ、地底の大貴族・ショォトヘア家のもとへ！

金の廃墟をこえ、花の大図書館へ！　旧城郭都市エンブラを奪還せよ！


走りまわる子どもたちを見てうずうずしたのか、キャラメリゼがせがんだ。

『さぁさぁ、僕の瞳を見つめて！　なにかリクエストしてごらん？　優雅で洗練された僕の技を見れば、きみも元気になるにちがいない！』

「……リクエストは好きじゃない。おまえを、道具あつかいするようで」

はたはたと左右にゆれていたイヌのしっぽが、ふいに、下がった。

『僕のキティ……僕は、きみにがっかりなんかしない』

アルスルはキャラメリゼを見あげる。

『きみがブラックケルピィ家でただひとり、フェロモン・キャンディを使って僕に命令しようとしない人間だからだ。それでも……僕は、すこしさびしい』

「さびしい？」

『きみが、僕と距離をおいているように見えるから』

思ってもみない言葉だった。

おどろいたアルスルは誤解を解こうとしたが、うまい言葉が出てこない。

最後には、いつものように、口にすることすらあきらめてしまう。兄のようなまなざしをしたイヌは、アルスルのつむじにあごをのせて言った。

『……いつかかならず。きみは、おたがいを理解できる友を見つけるだろう』

そんな存在が。

この世界にいるのだろうか。

「キャラメリゼ……」

いるわけがない、とアルスルは首をふる。

アルスルはこれほどまでに、心というものがわからないのだから。たとえアルスルを理解してくれる者がいても。アルスルがその者を理解できるとは思えない。

(きっと、がっかりさせてしまうに決まってる……)

そう思うが、キャラメリゼは得意げに言うのだった。

『このオスワリにかけて！　きっと見つかるさ、僕のキティ！』

その日のイオアキム城は、日没後もにぎやかだった。

黒水晶《モリオン》の晶洞《しょうどう》とよばれる漆黒《しっこく》の大広間では、豪華な舞踏会がもよおされていた。

終わりのない円舞曲《ワルツ》の演奏と、ダンスの輪。

人々の手には、色とりどりの飲みものがそそがれたグラス。それらが虹色に光って、いたるところを飾る黒水晶《モリオン》の結晶柱に反射していた。

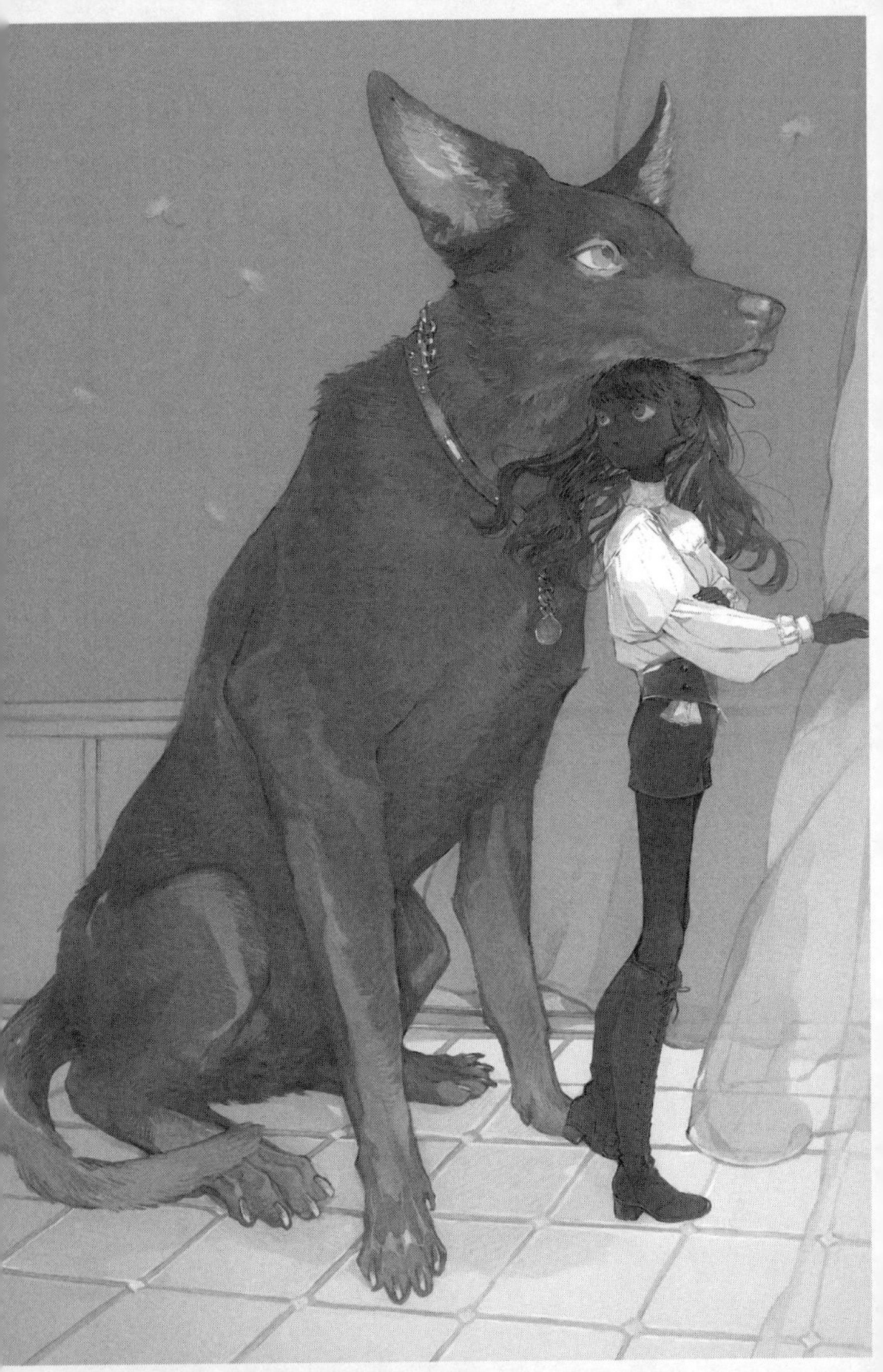

海に近いイオアキムには、近隣の城郭都市にある港から、シーバスやウエストシュリンプ、オイスターなどの新鮮な魚介や、ターメリック、クミン、シナモン、センケイアニスといっためずらしい異国のスパイスが入ってくる。それらの都市は大きな農園ももっていて、とくにバラ科のフルーツ——モモ、イチゴ、リンゴ、プラム、アーモンドなどは、帝国一の品質と生産量を誇っていた。そうした新鮮な食材をふんだんに使ったアペタイザーやデザートが、壁ぎわのガラスタワーに、花畑のごとく盛りつけられている。

二人の姉しか気づいていないが、アルスルは甘いものが大好物だった。お気に入りは、リキュールとチョコレートたっぷりのイオアキム・ケーキや、山もりの甘酸っぱいフルーツをアプリコットジャムでつや出ししたジェントルジャイアント・タルト。カスタードが溺れるほどのカラメルソースがかかったゴールデン・プディングも、捨てがたい。

しかし今夜はというと、すばらしいデザートも、アルスルの憂鬱《ゆううつ》を完全に消し去ることはできなかった。二階のすみで目立たないようにしていたアルスルは、皇帝ウーゼルへあいさつをしていた貴族の波が途切れたのを見つける。階下の父がひそかにため息をついたとき、横から声があった。

『パパさまが風に当たりたがっている。バルコニーか、ひかえ室へ行くかも』

キャラメリゼだった。こげ茶色の首には、スペシャル・ワーキングドッグ——貴族の護衛人外犬であることを示す金のメダルが、ぶらさがっている。

『僕のキティ、きみも行けば?』

アルスルは首をかしげた。キャラメリゼがため息をつく。

『くんくん、ぺろぺろ、ふりふり、鼻スタンプ、耳ペタ、てこの原理、あごのせ……自分がいかに相手を好きかが伝われば、なんでもいいんだよ。パパさまの前で、どれかひとつでも試してみたかい？』

「……つまり？」

ケルピー犬は片目をつぶってみせる。

『つまりね？　ゴメンナサイをすれば、人外使いは許してくれるものさ！　見て。パパさまはママさまと護衛のシリウスもおいていく……僕もここで待つよ！』

なるほど。

アルスルの胸に、ささやかな希望の火がともった。

「……ありがとう、キャラメリゼ！」

『笑顔を忘れないで、僕のキティ！　きみがとてもすてきに笑うってことを、パパさまや、もっとおおぜいの人が知るべきなんだから！』

立ち上がった父の足がひかえ室へ向いたのを見て、アルスルは螺旋《らせん》階段を駆けおりた。ドレスがもつれて転ばないよう気をつけながら、ひかえ室をおおう緞帳《どんちょう》の陰にすべりこむ。

服の上から三回、心臓をノックした。

勇気がほしいときのおまじないだ。自分のこぶしをキャラメリゼの鼻に見立てて、力強くうつ。昼は失敗したが、こんどこそしっかりできたにちがいない。

音をたてないよう扉を引いて、入室したときだった。

――からん、と金属の落ちる音がした。

アルスルはとっさに動きを止める。そのまま、つぎの音がするまで待った。しばらく石像のように固まっていると、ぱたんと奥の窓が閉まる音がする。だれかが出ていった、そう直感したとき、妙な声が聞こえた。

(……お父さま?)

父のうめき声、だった。

帳《とばり》から顔をのぞかせたアルスルは、凍りつく。

パラソルのように広がった血だまりのまんなかで、ウーゼルがうずくまっていた。

走りよったアルスルの靴が、固いものを踏みつける。不思議に思い拾ったそれは――ぬらぬらと赤く光る、両刃の短剣だった。

「お父さま……!!」

総毛だったアルスルは、ひざをついて父を抱きおこす。

腹をおさえたウーゼルの両腕は、温かい血でぐっしょりと濡れていた。

「……アルスル、か」

血の気が引いて青白くなった父の眼球が、娘をとらえる。

「ほかに、だれかいないか……グニエブル。ヴィヴィアンか、エレイン、は……」

こんなときでさえ頼りにされない自分に、アルスルはがっかりした。

しかし、アルスルがいくら大きな声で助けをよんでも、人々の談笑と音楽で満たされた大広間には届かない。咳こんだ父の唇から、血のあぶくがあふれた。

「創造主よ……リサシーブよ、なぜ……！」

——リサシーブ？

どんどん弱っていくウーゼルが、最後の力をふりしぼった。

血まみれの右手でアルスルの手をとると、左手で自分の首にかかっていたネックレスをむしりとる。金の鎖を捨てた父は、ペンダントにしていた——美しい指輪をかかげた。

「隠せ」

アルスルは困惑する。

とても古い、象牙《ぞうげ》色の指輪だった。

獣《けもの》の骨から作られたと聞いたことがある。台座には、黒い宝石がはめこまれていた。不透明な石には、鍵とツタの絵——ブラックケルピィ家の紋章が刻まれている。

「私を刺した者が、私の指を、なんども調べていた……だから、いますぐ隠せ。だれにも見られず、城の外へ……叶うなら、わが友、アンブローズ、に」

ウーゼルは必死に訴えた。アルスルは自分を見おろす。

漆黒のシルクでできたドレスに、ポケットはついていない。オーダーメイドされた手袋と靴は体にぴたりと合っているうえ、血まみれだ。髪は、ゆったりとおろしている。とっさにひかえ室を見まわしたが、ちりひとつ落ちていない室内は、使用人たちの掃除が行き届いていることを物語っていた。

――隠し場所が、ない。

「たのむ、アルスル……もう、おまえしかいない!!」

父に手を握りしめられたとき。アルスルは指輪をとっていた。

あとで吐き出せばいい。考えるのをやめ、指輪を口へ投げこむ。ひと思いにのみこんで、ぞわりと鳥肌がたった。

指輪がのどを通った瞬間――大量の血のにおいがしたからだった。

(血……?!)

青ざめて口をおさえたアルスルは、はっとする。

「……え」

すぐそばに。

白い裸の女が、立っていた。

子どもと女のはざまにあるような、体。肌も、長い長い髪の毛も、頭から小麦粉をかぶったようにまっ白だ。息をするのも忘れて、アルスルは雪よりも白い女を見あげる。

白く長い髪におおわれて見えない顔が、こちらをのぞきこんだ。

「……だ、れ?」

ずるり、と。

アルスルに向かって、女が崩れ落ちる。

あっと声をあげる間もなく——煙のように、アルスルの体へ溶けこんだ。

女のか細い吐息が、耳に残ったような気がした。

（まぼ、ろし……？）

つばを飲んだアルスルは、のどがからからになっていることに気づく。

「……隠したよ、お父さま」

かすれ声で伝えるが、返事はなかった。

父は、すでに息絶えていた。

ぼうとしたアルスルのほほを、涙が伝う。お父さま、と、よびかけたときだった。

「ウーゼル!!」

母——王妃グニエブルの絶叫が、ひかえ室をつんざいた。

大広間が騒然とする。母は、アルスルから動かなくなった父をもぎとった。なんども夫をよんだグニエブルは、永遠に返事がないことを知ると、とり乱してアルスルをにらんだ。

「アルスル……おまえがやったのですか?!」

血をしとどに吸ったドレスと手袋を見て、アルスルははっとする。

ちがう——!!

驚愕したが、口が動かなかった。母は金切り声でまくしたてた。

「それほど、お父さまを憎んでいたの?! 彼に愛されないことが……許せなかったのですか?! でも、わかっていたことでしょう?!」

アルスルは呆然とした。

衛兵たちが押し入ってくる。甲冑《かっちゅう》を着た男が、ぐいとアルスルの腕を引っぱったときだ。毛むくじゃらの大きなかたまりが、兵隊に体当たりをした。

『僕のキティにふれるな……！』

キャラメリゼだった。

しかし、それよりはるかに大きい黒いイヌが、牙をむいてキャラメリゼに躍りかかる。もみ合いになることもなく、力負けしたキャラメリゼが床にたたきつけられた。

『見苦しいぞ、キャラメリゼ』

『シリウス……どうして⁈』

ブラックケルピィ家の犬長──シリウス号だった。漆黒のケルピー犬は、威嚇《いかく》するようにキャラメリゼの首に嚙みついた。ぎゃいんと、キャラメリゼが悲鳴をあげる。

『せまい空間で、血が流れすぎた……もう私たちの鼻では、アルスル＝カリバーンの無実を証明できない』

『ばかな‼　僕たちのレディが、皇帝を殺すはずはない！』

シリウスは、冷ややかにキャラメリゼを見おろした。

『ほかに犯人を見たか？』

『み、見ていない！』

『なぜ、レディについていかなかった？』

『なぜって……彼女は、父親と二人きりになりたいと思ったから！』

シリウスが人間の兵に道をゆずる。動けないアルスルが拘束されるのを見て、キャラメリゼは咆哮《ほうこう》をあげた。

『お願いだ、シリウス！　僕からその子をとりあげないで!!』

『……キャラメリゼ』

シリウスがうなだれる。

泣き崩れたグニエブルをながめると、彼は、自分を憎むような声でつぶやいた。

『私たちの油断が……この国から、ウーゼルをとりあげてしまったんだぞ』

瞳に絶望をたたえたシリウスは、アルスルを見る。

『アルスル。私はウーゼルを愛していたし、きみのことも愛している。いつまでも味方でいたいが……きみは、人間だ』

二度と会えないかのような苦しい声で、人外は宣告した。

『……鍵の城のリサシーブが。きみを裁くだろう』

アルスルの手に、虹黒鉄の枷《かせ》がかけられた。

2

一ヶ月後。

雨の朝だった。

「アルスル＝カリバーン・ブラックケルピィに、死刑を言いわたす」

皇帝ウーゼル＝レッドコメット・ブラックケルピィの国葬が行われてから、半月。イオアキム城の法廷で、アルスルは判決を受けた。

もちろん必死に否定したが、無駄だった。なぜなら。

「被告人はNテストで、〈人外類似《じんがい》〉……ヒョウ亜科のスコアを記録している」

――からだった。

Nテスト。

ひとでないもの《ノンヒューマン》――人外に対応している心理検査だから、その名がついた。

人外動物界のうち、会話がなりたった十二門、総数一万体へのヒアリングデータ四十年分を分類して、テスト形式にしたものだ。人外の知能を数値化し、さらに――人外とおなじ思考をする人間を特定できるという。

つまりアルスルは、ヒョウ亜科に属する人外そっくりの考え方や選択をする、と烙印をおされているのだった。アルスルはもちろん、自分を人間だと思っている。動物図鑑を見て、ライオンやトラ、ジャガーやヒョウを仲間だと感じたこともない。しかしNテストの正確さは、帝国中で知られていた。アルスルの父母だけではない。わが子が人外類似スコアを出したという人間の親は、たいていがっかりするらしい。人外は人間をおびやかす存在だ、という通念があるからだろう。

(だって……わからないものは、わからない)

人外類似スコアをもつ子は、人間らしさが欠如しているとされていた。

最大の特徴は、彼らの行動原理が三つにしぼられることだ。

糧《かて》の獲得。

身の安全。

種の繁栄。

食べること、身を守ること、最適な時期に子をもうけ、育てること。

これらの問題にしか関心をもたない人間を、帝国では、人外類似という言葉で説明する。彼らは常人なら重視すること——教養や礼節といった一般常識が理解できない。喜怒哀楽の感情や表情にも乏しいので、社会参加がむずかしいとされる。

(理由なんてない……そう生まれついた、としか)

アルスルの場合。

論理だてて話すことが苦手。文学や美術も、そのよさがよくわからない。歌を歌えば、かならず音程を外した。まわりの演奏や合唱にあわせられないからだ。そんな自分の証言が――法廷で、信用されるはずもない。

二人の姉は、不服の申し立てに駆けまわってくれているという。しかし、イヌ人外たちの鼻をもってしても、ほかに真犯人がいたという証拠は見つからなかった。父が殺された日は夜から雨で、においがすっかり消されてしまったのだ。おまけにアルスルは事件のことを筋道をたてて説明することができず、今日をむかえてしまったというわけだ。

アルスルは、グニエブルを想う。

(お母さま……いちども会ってくださらなかった)

娘が泣いたり怒ったりしないので、かえって犯人だと信じたのかもしれない。だがきっと、話せばわかってくれるはず。そう思おうとして、アルスルは首をふった。

(……わかっていたこと、だ)

昔から、民衆の前に出るときだけ。母は父から言われた通り、アルスルに優しく笑いかけ、愛しげに触れてくれた。もしかしたら、母には愛されているかもしれないと感じることすらあった。いまもそう信じたがっている自分がいたが、上の姉たちにもそそがれなかった本物の愛情が、アルスルへそそがれるはずもない。

よくも悪くも、グニエブルはいちずな妻だった。

彼女は、ウーゼルが好むものを好み、ウーゼルが嫌うものを嫌った。上の姉たちが父の望む道を歩もうとしなかったときも、母は当然のように姉たちを責め、つらくあたった。その最愛なる夫を、彼女は亡くしたのである。

(きっと……泣いている)

人外よけの慣例により、父の体は火葬され、イオアキム城のそばにある大聖堂へ埋葬されたという。姉の話では、グニエブルは毎日そこへ通っているらしい。アルスルのことなど忘れてしまったのだろう。娘が有罪か無罪かなど、彼女にはどうでもいいことだ。

母は、自分の子に興味がない——。

その事実に、アルスルはひどくがっかりしていた。


帝国では、罪人はふたつの裁判所で裁かれる。

暮らしている城郭《じようかく》都市と、属する部族の城郭都市だ。

貴族であれば、部族の裁きが重視される。ブラックケルピィ家のアルスルは、帝都から十日ほどの土地にある、ブラックケルピィ領に送還されることになった。

(どこまでも、どこまでも……)

金色の太陽が、荒野をまっ赤に照らしている。

乾燥してひび割れた街道には、色あせた草がへばりついていた。

その道を左右からはさんでいるのは、風と水に浸食された古い酸化鉄の地層だ。入道雲そっくりの赤い岩山が、アリ塚のようにならんでいる。ついさっき、うっそうとした森を通りすぎたばかりなのに。帝国の西は、緑の森と赤の荒野が、延々とくり返されるという。

都市と都市の間には、道しかなかった。

危険な野生人外がごろごろしているので、城郭都市の外に村落が作られることはほとんどないのだ。おなじ理由で、ウマなど普通種の家畜を使うのも都市のなかだけ。都市の外で活躍するのは、最大種か人外だった。

最大種とは、人外とおなじくらい巨大だが、言葉や不思議な能力を使えず、人外王をもたない生物のこと。普通種とはそれより小さい、いわゆる通常の種だ。ほとんどの貴族は、バルト人外種――寒暖を問わず牽引《けんいん》できるよう交配された、屈強なソリイヌを使う。イヌたちが引くのは、虹黒鉄《にじくろがね》の大きな宝箱が数珠《じゅず》つなぎになったようないかめしい装甲車両だ。これを人外戦車とよぶ。

その戦車《チャリオット》にゆられて、十日目。

「見えたぞ。ダーウィーズだ！」

御者のバルト人外使いが声をあげる。

アルスルは手枷《てかせ》の鎖を握りしめると、護送戦車の窓から顔を出した。砂埃《すなぼこり》の交じった風を受けながら、前方を凝視する。

（……大きい）

城郭都市ダーウィーズ。

この西域《ウエスト》で、現在、帝都イオアキムの次に巨大な都市だった。

まっ赤な地盤のところどころに、蛇行した渓谷がのぞいている。大昔は川だったのだろう。その上にそびえる山のように高い円形の城壁は、不思議な緑の岩でできていた。目的地を目にしたアルスルが、自分の暗い未来を想像したときである。

どん、と衝撃があり、座席がゆれた。

(なに?)

バルト犬二十体引きの車両がかしぐ。

脱輪したようだ。アルスルは総毛だつ。

アルスルが監禁された車両の窓を、赤土色をした大きな草食獣がのぞきこんだからだった。ビンづめのイチゴジャムのように赤い眼球が、こちらをにらみつける。

「……スカーレットオリックス!!」

御者が叫んだ。

あまたの人外が跋扈《ばっこ》する帝国だが、西域《ウエスト》には、ありふれたものが二種類いる。シカ科——札緑王《さつりょくおう》の眷属《けんぞく》である、グリーンエルク。そしてもうひとつが、ウシ科——札赤王《さっせきおう》の眷属であるスカーレットオリックス。どちらも人間には無関心だが、敏感で臆病という点で、やっかいな存在だ。

『■■■』

頭へ直接ひびく声がある。

(なにか言ってる……でも、わからない!)

古い人外言語だろう。普通種の象ほどもあるオリックス人外は、敵を威嚇《いかく》するように二本角をかまえて、人外戦車と並走していた。こちらを警戒している。戦車を急き立てているとわかり、アルスルは身をかがめた。衛兵が応戦しているが、戦車がななめに走っているために、投擲《とうてき》武器をうまく使えていない。

いよいよ車両が横倒しになりかけた、刹那《せつな》だった。

遠くで、べつの獣《けもの》が吠えたてた。ハイエナやオオカミではない。

（……ケルピー？）

耳をそばだてる間もなく、戦車の上を、黒い影が飛びこえる。前から、うしろから、似たような影が続いたかと思うと、オリックスが蹄《ひづめ》を蹴って、急に進路を変えた。

あらわれたのは、ケルピー人外の群れだった。

（すごい）

イヌたちは曲芸のように統率のとれた走りで、またたく間にオリックスをとり囲む。怖じ気づいたオリックスが、動きを止めたとき。

城塞から、流れ星のように飛んできた大きな矢が――人外の胴を貫いた。

「的中《ヒット》」

黒い肌の女が、双眼鏡をのぞく。

「いい腕ね」

「その通り！　けど、矢の改良もエクセレントだ。軌道がずれなくなった」

大型弩砲《どほう》――バリスタをはなった青年は、ヘッドバンドのようにあげていたサングラスをかけなおした。日焼けした肌は、白色人種か黄色人種のものである。彼は、城塞の階段で葉巻をふかす男をふり返った。

「ヘイ、ブラッドボス！　この命中精度なら、量産決定だろ?!」

「まだよ、ルカ。弾数にかぎりがあるから……あのオリックスと、いまの矢も回収しないと」

補足した女は、救った護送戦車をながめる。

「レディ・アルスル＝カリバーンがご到着です」

葉巻の男は立ちあがった。

「……きたか」

葉巻をとった彼は、かわりに真鍮《しんちゅう》の犬笛をくわえた。

メロディのように拍子を変えて、はっきりと吹き鳴らす。そのとたん、荒野を駆けまわっていたケルピー犬たちが一直線となって、帰還をはじめた。

人外戦車が、ふたたびまっすぐ走りだした。

胸をなでおろしたアルスルは、自分の手が震えていることに気づく。恐怖ではなく、興奮からだった。ケルピー犬たちのチームワークは、おどろくほど習熟していた。

（ブラッド・スポーツ、だ……）

イヌと、弓や銃を使った狩りを、そうよぶ。キツネ狩りやシカ狩り、クマ狩りやイノシシ狩りなどが起源で、いまではイヌネコ人外を使っての野生人外狩りをさすことが多い。人外の肉には苦みや毒性があるため食用にはならないが、爪牙や骨、革や殻、羽や鱗《うろこ》などは、兵器への転用ができる。よってブラッド・スポーツは、帝国大会が開かれるほど盛んな競技だった。娯楽を目的としたゲーム部門と、城郭都市の防衛を目的とした実戦部門とがある。

本来、牧羊犬であるケルピー犬は狩りに向かない。にもかかわらず、ここ数年のブラックケルピィ家は、ブラッド・スポーツの分野でも注目されていた。

(……ブラッド・バドニクスと、彼の右手と左手)

そんな通り名の親族を思いだしたアルスルは、近づいてくる城壁を目にして、息をのんだ。

緑の岩に見えたそれは——ツタ、だった。

青々としたツタの茂《しげ》みが、虹黒鉄造りの丸い城壁全体をおおっている。戦車が城門と跳ね橋を通過した直後、眼下にダーウィーズの全景が広がった。

(なんて、大きな街……!)

ツタとおなじ緑の屋根瓦の家々が、低地を埋めつくしていた。太陽の光を受けて、コガネムシの羽のようにかがやいている。繁華街にはそれらが密集していて、初夏の草原のようだった。色とりどりの服を着た領民たちが集まる中心地の雑踏は、木の蜜にむらがるチョウやクワガタそっくりである。

とてもめずらしいことに、この都市の領地は、リング状に区切られていた。

市街地と農地が交互にならんで、六重のマルを描いているのだ！

農地にある牧草地では、カスミソウの花のように小さく見える普通種のヒツジの群れが、やはり普通種の牧羊犬に追い立てられている。ウマやウシ、ブタやトリといった家畜もたくさんいた。

都市の中心にそびえているのは、天を貫くほど巨大な建造物だ。

（……あれ、が）

緑のツタがまきついた、荘厳な城だった。

チェスの駒《ルーク》を何十個も束ね、つみ重ねたかのような形。城というより、機械時計にも見える。数えきれないほどある尖塔には、繊細《せんさい》な鍵のレリーフがびっしりと彫刻されていた。着色ガラスをふんだんに使ったステンドグラスが、いたるところにはめこまれている。

ブラックケルピィ家の居城。

鍵の城、だった。

ダイヤル式錠を用いた、人外可動式の大城塞である。

（城主……リサシーブ）

ブラックケルピィ家の――陰の采配者、という。

彼の裁きを受けるため。アルスルは、はじめてダーウィーズの地を踏んだのだった。

内堀の役割を果たしている渓谷を通過し、城の正門で戦車が止められた。帝国議会《バーク》の使者が、城の衛兵へアルスルを引きわたす。護衛だろう、何体ものケルピー人外を見つけたアルスルは、自分の大切なイヌのことを思いだした。

（元気かな……キャラメリゼ）

こげ茶色の子犬《パピー》が、列を離れてアルスルのほうへやってくる。

客人への興味をおさえきれないのだろう。子犬とはいえライオンくらいの大きさだったが、つぶらなどんぐりまなこをきらきらさせて、アルスルの顔やおしりを嗅いできた。背中、頭髪、耳の裏まで鼻息がかかって、くすぐったさを我慢するのがつらい。

城から強面《こわもて》の男が出てきたのは、そのときだった。

服装は、ツタよりしぶい暗緑色のスーツ。ちぢれた白髪を無造作に束ね、グリーンウールのクラッシャブルハットをかぶっている。首、両手の指、ベルト、両足の革靴にまで、エメラルド色の石をはめた、ごついシルバーアクセサリーをつけていた。口には、大きな葉巻をくわえている。

（……あれは、三日月《クロワッサン》パンの大おじさま）

バドニクス・ブラックケルピィ。

派手な姿からは想像しづらいが、ブラックケルピィ家を代表する人外使いであり、人外研究者だった。父ウーゼルの叔父にあたる。たしか、五十八歳。きまじめな父とはそりがあわなかったらしく、アルスルがバドニクスと会うのも、十年ぶり二回めだ。

疎遠だったのにすぐ思いだせたのは、彼の口ひげのおかげだった。

ブラックケルピィ領は、高級葉巻《プレミアム・シガー》の名産地なのだ。バドニクスも愛好家の一人で、だから白髪まじりのふっくらとした口ひげも、ブロンズ色に焼けている。竈《かまど》に入れられた三日月パンそっくりの形が、印象に残っていた。

大おじが葉巻をとる。

つぎの瞬間――彼は、腹の底から怒鳴った。

「だれてんじゃねぇぞ、コヒバぁ!!!」

巨大な子犬とアルスルは、ぎょっとして飛びあがる。

やってきたバドニクスが、子犬の前で中指を立てた。きわめて侮辱的なポーズだ。

それを見るや、子犬は目にも留まらぬ速さでおしりを床につける。アルスルはあっけにとられた。オスワリのリクエスト、らしかった。

『はい、ぼす!! あ、あ、あのね? おきゃくしゃまからなんだかすてきなにおいがして、くんくんしてたらおしごとわすれちゃったの!』

ぺたんと両耳をたたんだ子犬が言いわけする。不機嫌そうに聞いていたバドニクスは、葉巻をくわえなおすと――親指を逆さに立て、びしりと地面を示した。

これも、きわめて否定的なポーズだった。

『わぁん、ごめんなしゃい!!』

どしんと地面がゆれる。勢いよく倒れた人外が、バドニクスに鼠径部《そけいぶ》を提示――おなかを見せたのだった。

ゴロンのリクエスト、らしい。帝都では見たこともない独特の合図だった。

「よくきた、とは言わんぞ。アルスル＝カリバーン」

アルスルの手枷をにらんだバドニクスの目が、きびしくなる。

（……血《ブラッド》の、バドニクス）

彼が、ブラッド・スポーツ帝国大会のチャンピオンチームに名を連ねていたためについた通り名だ。しかしブラックケルピィ家では、ちがう意味ももっている。

彼の顔には、獣に引き裂かれたような大きな傷痕が、縦に走っていた。

──狼男のようだ。と、アルスルは思う。

男は、あごで城内をさした。

「リサシーブが待っている……こい」


鍵の城は、いたるところにツタの葉が茂っていた。

ヘデラ・ヘリックス──螺旋《らせん》のアイヴィーともよばれる種だ。

城のエントランスは、大聖堂だった。

数千本ものロウソクの炎と、ステンドグラスから差す七色の光が、アルスルをむかえる。ヴォールトの高い天井をもつ広大な空間の奥には、豪華な祭壇があった。巨大な虹黒鉄の子羊──ジェット・ヤァのオブジェがそびえている。いまにも動きだしそうなほど精巧な子羊に、領民たちが祈りをささげていた。

午後の早い時間だからか、畑のうねのようにならべられたベンチは、礼拝におとずれた人々でほぼ埋まっていた。にもかかわらず聖堂内はとても静かで、アルスルの靴音が大きく反響してしまう。一階の祭壇手前と二階が、ブラックケルピィ家専用。それ以外は、城下街に暮らす領民のために解放されているという。

大おじとコヒバ号という名のケルピー人外の子犬に導かれて、アルスルは長く歩いた。螺旋階段をのぼって大聖堂を抜け、広い通路を十三回ほどまがったとき、バドニクスが聞いた。

「疲れたか?」

「いいえ」

「信頼されていない者は、こうする決まりだ」

彼はこちらを見ようともしない。無視に慣れていたアルスルは、ようやく気づいた。バドニクスはわざと遠まわりをしているようだった。

「鍵の城は、三層にわかれている。上から、居住区、研究区、稼働区だ……ここ研究区は、迷路園として設計された。そして迷路は、日に三回入れかわる」

意味がわからず、アルスルは質問した。

「……どうやって?」

「第三層——地下の稼働区で、いろんな人外を飼っていてな。うち、アリの人外をフェロモン・キャンディで操るんだ。迷路園は、合計十枚の迷路パネル——木の年輪に似た正円の部品でできている。こちらが設定したダイヤルまで、地下のアリンコが迷路パネルをまわすと、好物のキャンディが出るしくみ……おい、そんなことも聞いていないのか?!」

男は不機嫌そうに葉巻の灰を落とすと、またくわえた。

さらに二十回ほど、通路をまがった。ツタとクリーム色の漆喰壁《しっくい》が続くので、もうアルスルには道がわからない。ところがバドニクスはというと、迷う様子がなかった。

「昨日と今日では、ちがう迷路なのに……迷わないのですか？」

「問題ない。上の居住区からだと、迷路園が一望できる……一日三回、丸暗記すりゃいいだけだ。それもできないバカは、この城へ入れず、出られない」

アルスルは納得する。自分は、この城から逃げられないだろうとも思った。

「おそろしくないのか」

大おじが肩ごしにたずねる。

「リサシーブが」

どこか、からかうような目だった。アルスルが世間知らずだと言いたいのか――リサシーブとは、それほどにおそろしい存在なのか。アルスルは迷う。どう答えればがっかりされないだろうと考えて、もう父も母も、アルスルにがっかりすらしてくれないことを思いだした。

（もう、いいんだ……）

思うままを口にして。

その事実は、ひとり荒野へ投げ出されたようなさびしさを生んだが、一方で、これまでいちども感じたことのない自由――解放感を、アルスルに与えていた。

「……死は、怖いです」

アルスルは目をそらさずに答えた。

「けれど……死をもってわたしを裁く人を、怖いとは思いません」

「……人、か」

鼻を鳴らしたバドニクスが、通路をまがる。

「あいつと話したあとも、その余裕が続くかな？」

急に、景色が開けた。

かすむほど上空にある塔の窓から、まぶしい陽光がふりそそいでいた。太陽の高さと方角で、城の中心にきたとわかる。その下は、美しい緑であふれ返っていた。

正円の大庭園である。

左右と正面奥に滝があり、中央の池へ、勢いよく流れこんでいた。その水を求めるかのように、数えきれない種類の草花や木々が生え、野鳥の声まで聞こえる。荒野にあるとは信じられないほど命の熱気に満ちた光景を見て、アルスルはおどろいた。

「植物学庭園。生物の生態を調べるには、役だつ」

バドニクスはまだ半分ほど残っている葉巻をもみ消した。

それから、自分のアクセサリーを順に触る。首、両手の指、ベルト、革靴——まるで、それらがきちんとついているか、確認するようだった。

庭園の中央には、ツタにおおわれたオークの大樹がそびえていた。

西域《ウエスト》では、森の賢者、聖なる木ともよばれる巨木へ、二人は向かっていく。草花の茂みを抜けたとき、アルスルは不思議なものを見た。オークの手前には、車輪ほどの丸いアンティークタイルがはまっている。そのそばに――白い動物が、いたのだ。

（……しろねこ？）

横になっているが、眠ってはいない。

花びらのように舞う蝶がとまるたび、長いしっぽと丸ミミが、ぴくぴくと動いている。近づくにつれ、アルスルはその動物がかなり大きいことに気がついた。

「……ヒョウ、だ」

豹《レオパード》――。

バドニクスがうなずく。それでも信じられないのは、色のせいだろう。なにしろそのヒョウときたら、雪のようにまっ白だったのだ。ブチでも、ブラックでもない。

（アルビノ……？）

純白のヒョウは、頭だけでも、地面からアルスルの胸くらいまでの高さがあった。普通種にしては大きすぎる。最大種かもしれない。しかし、ツタがヒョウにかぶさっていて、細かい部分がよくわからなかった。もっとよく見ようとして、アルスルは言葉を失う。

（……串、刺し？）

ヒョウの胴は――奇妙にねじれた、巨大な棒で貫かれていた。

イッカクの牙に似た螺旋のなにかによって、大地へはりつけにされている。血は出ていないが、がっしりとしたオークの根とツタが、獣をがんじがらめにしていた。まるで、蜘蛛《くも》の巣にかかった昆虫だ。あれでなぜ、生きていられるのだろう？

「リサシーブ」

バドニクスの言葉に、アルスルは耳を疑った。

「ゲストだ」

横たわるヒョウの、白いまぶたが開かれる。

金にも、銀にも、銅にもかがやく、不思議な色の瞳だった。

『きた、きた……迷える子羊が』

頭に直接ひびく、男性の声がする。

『ようこそ。鍵を受けつぐ者の子……罪人の子孫』

歌うようになめらかな声域は、バリトン。ひげは、氷の針のように透明だ。呼吸すら忘れたアルスルは、ヒョウから目を離すことができなくなっていた。

人外──。

（……きれい、だ）

おそろしいほどに。

鍵とツタの絵が描かれたタイルのまんなかまで進むと、大蛇のようにのたうつしっぽが、アルスルのあごをなでる。ぞくりと、不思議な鳥肌がおきたときだった。

ヒョウが、笑んだ。

『あぁ……処女だ』

唐突に言われて、アルスルはぽかんとした。

――たしかに、そうだけれども。

笑って見えたのは、フレーメン――フェロモンか異臭に反応した顔だったらしい。野生人外とは、人間が純潔かどうかまで嗅ぎわけられるのだろうか。

ヒョウは嚙みしめるようにくり返した。

『処女だぞ、バドニクス』

「それがどうした」

『無垢に決まっている。無罪だ』

「ふざけんじゃねぇぞ。さかりネコが」

慣れた調子で、バドニクスは顔をしかめる。アルスルは聞いた。

「あなたが……城主リサシーブ?」

『いかにも』

手足より長いしっぽが、指先のようにアルスルの鼻をつついた。

『アルスル＝カリバーン・ブラックケルピィ。遠い地から、よくきた……』

くつくつとのどを鳴らした人外は、ゲームをはじめるような声をあげた。

『では、歓迎のしるしに……ほんのすこしだけ、おまえの未来を教えようか？　処女のアルスル』

「……未、来？」

「リサシーブ」

バドニクスの声が低くなる。しかし、リサシーブは続けた。

『アルスル。おまえは今夜、生まれてはじめて若い男から口づけを受けるだろう。しかし……おまえが純潔を失うのは、二十二歳の秋だ』

――記録を読みあげるような、よどみない口調だった。

『母親にはならない。子どもを育てることはないという意味だが、それはおまえの判断によるもの……おまえは帝国の英雄とよばれ、一城のあるじとなるからだ』

すこし沈黙すると、リサシーブはもったいぶって聞いた。

『どう思う？』

「……どうって？」

『おまえにとって、よい未来か？　それとも、悪い未来か？』

ヒョウの丸い瞳孔《どうこう》が、アルスルを試すように光った。

『その未来を……変えたいと思うか？』

アルスルは、正直なところ――まったくわけがわかっていなかった。

（英雄……城のあるじ？）

リサシーブの口にしたことが、なにひとつぴんとこない。あまりにとっぴだし、死刑を宣告された自分が、二十二歳まで生きていられるのか。それもあやしかった。

「……そのときがきたら、考える」

『おろかな。なんのための予言だ』

予言――？

リサシーブがぐるるとのどを鳴らす。わけのわからぬまま、アルスルはたずねた。

「あなたは……どう思う？」

『どう、とは？』

「わたしの未来がわかるなら……自分の未来もわかるのかな、って」

白いヒョウの目が細くなる。

「あなたの未来は、あなたにとってよい未来？　それとも、悪い未来？　その未来を……変えたいと思う？」

この美しい生きものの、心を知りたい――。姿とおなじく、美しいのだろうか。アルスルはいつになく、自分以外の存在へ興味を抱いていた。

『……ふむ』

リサシーブのしっぽが、疑問符の形にまがる。

『賢さではないようだが……失礼。では、わが心を教えようか、処女のアルスル』

「リサシーブ!!」

バドニクスが声を張った。妙な熱に浮かされていたアルスルは、はっとする。大おじは両手のアクセサリーをなでつけながら、威圧するように人外をにらんだ。

「おまえの役目は、その娘を裁くことだろう」

『……では、ひとつだけ』

つまらなそうにあくびをしたヒョウは、ふいにアルスルをのぞきこんだ。

『アルスル』

親しみさえ見せていた瞳が――急に、冷たくなった。

『鍵の指輪を、知っているか？』

「……かぎのゆびわ？」

『皇帝が肌身離さずもっていた、古い骨の指輪だ』

どきんと、アルスルの心臓がはねた。

父の最期を思いだして、手足がみるみる冷えていく。刹那、べつの記憶も浮かんだ。

――雪よりも白い、女。

「どう、して……？」

なぜリサシーブが、あの指輪を知っているのだろう。父が死んだ日、胃がからっぽになるまで吐いたが、指輪が出てくることはなかった。それから一ヶ月以上たつのに、指輪はアルスルの体に溶けてしまったかのごとく、出てこない。

『私は、モノの未来まではわからない。だがおまえは……知っていい、い、い、い、いるはずだ』

リサシーブの目は真剣だった。

獲物にとどめをさすかのように、殺気だっている。アルスルは震えながら答えた。

「……お父さま、に。隠せと、言われて」

『どこへ隠した』

偽れないと直感したアルスルは、正直に告白した。

「のみこんだ」

人外は、アルスルを凝視したまま動かなかった。バドニクスが怪訝《けげん》そうにする。

「おい、リサシーブ……?」

『……審判を待つがいい』

ヒョウが顔を背けた。リサシーブは――見るからに、がっかりしていた。アルスルは本能的に自分を責める。

(わたしのせい、だ)

あんなにも美しい人外から、さがれ、と命じられたとき。

アルスルは、消えてしまいたいと強く思った。


バドニクスはなにも語らず、アルスルも聞かなかった。

大おじは、迷路園内にある鍵つきの部屋をアルスルの独房にすると言い、アルスルも、レストルームの場所をたずねただけ。夕食に出された塩漬け豚モモ肉の燻製とフレッシュチーズのサンドイッチブレッドは、きっとおいしいのだが、そう感じることはできなかった。

入浴を終え、ベッドで横になっても、眠りはなかなかやってこない。何日も人外戦車にゆられてきたから、疲れているはずなのに。

自分が落ちこんでいることを、アルスルは知っていた。

（キス、だっけ……）

ふと思いだす。リサシーブによれば、アルスルは今夜、男の人から口づけをされるらしい。

さすがに嘘だろうが、アルスルはあらためて、白いヒョウを不思議に思った。

（あの人外は、何者だろう？）

予言とは、そのままの意味なのか？

そもそもブラックケルピィ家は、なぜ人外を城主としているのだろう？

アルスルはこれでも皇帝の娘だったが、リサシーブの正体を教えられたことはない。リサシーブという名は、称号のようなものだと考えていた。

死んだ父が、よく歌っていたからだ。

——鍵の城の、リサシーブ——。

——雪よりも白きもの。ブラックケルピィの部族を導くもの——。

——いにしえよりわれを試し、われの罪を暴くもの——。

（未来がわかるから？　大切にされている？）

でもあれは。

どう見ても、囚《とら》われの身だった。

（動けないようだった。体を貫いている……棒のせいで）

オークの根や、茂っているツタを見ても、わかる。気が遠くなるほど昔から、リサシーブはあの場所にいるのだ。もしかしたら、鍵の城ができるよりも以前から。

(……なぜ、あんな姿に?)

自由になりたい、と思わないのだろうか。

あれこれと考えたアルスルは、ため息をついておきあがる。扉の外で丸くなっているケルピー犬に、レストルームへ行きたいと伝えた。

用をすませたあとだった。ケルピー犬と歩いていたアルスルは、路上に、行きは見かけなかった黒い影がうずくまっていることに気がついた。ぎょっとしたアルスルを背後にかばい、ケルピー犬がうなる。しかし、彼はすぐ警戒を解いた。

『なんだ。研究者のルカ=リコだ!』

若い男だった。行きだおれたように、通路のまんなかでいびきをかいている。人外が前足でこづくと、身じろいだ。

「……どうするの?」

『ほっとこう。よくあることだ』

呆れたケルピー犬が言い捨てた瞬間、男は眠ったままくしゃみをした。

もう冬をむかえる荒野の夜は、帝都よりも寒い。せめてなにかかけてやろう、そう考えたアルスルは、部屋から使っていない毛布をとってくる。だれかに踏まれないよう、男を通路のはしへ寄せようとしたときだった。

ぐいと、ネグリジェをつかまれた。

（え）

男に口づけされる。アルスルは石のように固まった。

あらゆる意味で、おとなのキスだった。ひどく熱っぽく――酒くさい。

「……あれ？　リィムじゃない」

男はぼうとアルスルを見つめた。

「うわ、マリアンナでもないぞ……あんただれ？」

黒色人種ではない。白色人種でも、黄色人種でもない。さまざまな人種を感じさせるが、がっしりした体つきと、容姿が整っていることはわかる。いつのまにかアルスルの腰にまわされていた両腕が、ぱっと離れた。

「げ、子どもだ！　まさかボスの親戚ってことはないよな……な?!」

男があわてふためくが、アルスルは答えられない。

（……本当に当たった）

息が止まるほど、おどろいていたからだった。

3

もりに、よつゆがおりる。
みずうみには、よぎりがたちこめていた。
『……ようせい、ようせい……』
はみんぐする。
よるのけものやむしたちが、じぶんのこえに、みみをすませていた。
こおるようなよかぜがはらにしみたので、あついいきに、うたをのせる。
『……ま。まだ、まとはしろう』
こいのうたしか、うたわない。
どこかでまつおんなへ、ささげたいから。
『……ね。ねだ、ねをのばそう』
よぞらへ、わらいかけたときだった。
――くるおしいほど、いとしいにおいがした。

こころがふるえる。
『き。きだ、きがじゅくした……！』
せいきもふるえた。
『こ。こだ、こをはらめる……！』
たまらなくしあわせなきぶんになって、こえをはる。
『ふぇい、ふぁーた……わがおんなよ！』
くるおしいほどいとしいかのじょを、むかえにいかなければ。
きっと、おかされるのをまっている。
『あいしているよ』
彼は、立ちあがった。

4

第一系人。
黄色い肌に黒髪。陰陽《いんよう》大陸に住んでいる。
彼らの国ってね、きっと、地上でもっとも強い国だって！
死霊術《しりょうじゅつ》の国さ。冷たくて美しいところなんだとさ。

第二系人。
黄色い肌に黒髪。東仙《とうせん》大陸に住んでいる。
彼らの国ってね、じつは、もっとも古い人外王《じんがいおう》がいる国だって！
海に閉ざされた国さ。太陽の昇るところなんだとさ。

第三系人。
赤い肌に赤髪。地上のはしっこに住んでいる。
彼らの国ってね、いまは、小さな国だって！

昔なにかおきた国さ。赤い人しか生まれなくなったところなんだとさ。

第四系人。
黒い肌に黒髪。四大諸島に住んでいる。
彼らの国ってね、いまも、七人の女帝を恨む国だって！
奴隷と麻薬の国さ。どんな快楽でも手に入るところなんだとさ。

第五系人。
黒い肌に黒髪。第五合衆大陸に住んでいる。
彼らの国ってね、いまや、地上でもっとも繁栄する国だって！
人外使いの国さ。とても大きいところなんだとさ。

第六系人。
茶褐色の肌に、いろんな髪。地上の各地に逃げこんだ。
彼らの国ってね、いつも、争いが絶えない国だって！
貧しい国さ。どこにでも生まれてしまうところなんだとさ。

第七系人。

白い肌に金髪。七帝《ななてい》大陸に隠れてる。

彼女たちの国ってね、かつて、七人の女帝が治めた国だって！

純血種——北砂《ほくさ》の民の国さ。彼女たちが奴隷にされるところなんだとさ。


〈「世界の人々」『歌唱指導書　第一集』より抜粋〉


鍵の城、人外研究区。

入り組んだ迷路園の一角に、主任室がある。豪華なバイソン革のひじかけ椅子で、ふんぞり返った主任研究者——バドニクスが舌うちした。

「……で？」

今日も、大おじは不機嫌だった。彼はランチにしては豪勢な、赤い肉汁がしたたるコールドビーフの山を平らげる。いよいよ狼男だとアルスルは思った。ナプキンで口をぬぐったバドニクスは、細巻きの葉巻に火をつける。

「酔いつぶれ、迷路園で迷子になり……目が覚めたとたん、帝国の皇女に抱きついてキスをしたわけだ」

「申し訳ありません、ボス!!　プリンセス・アルスル＝カリバーン!!」

「冬眠から覚めたカエルじゃねぇんだからよ……ルカ、何回目のポカだ？　え？」

祈るように両手を組んだルカが、うなだれた。

茶色い短髪のえりあしは、几帳面《きちょうめん》にそりこまれている。反対に、もみあげとあごまわりにかけてのひげはダンディで、なんとなく色っぽい。黄色みがかった肌だが、切れ長の瞳は、ヘーゼル——ライトブラウンとダークグリーンがまじった淡褐色だった。チャーミングな顔つきでたくましく、八頭身。そしてやっぱり、あらゆる人種に見える。

メルティングカラー、だ。

第五系人帝国では、混血が進み、外見で人種を特定できない人々をそうよぶ。万華鏡《カライドスコープ》にたとえられることもある。大おじによると、ルカ＝リコ・シャは、父親の祖が第一系人。母親は、第五系人と第六系人と第七系人のクオーターだった。

「おい、アルスル」

「はい」

「おまえが許さないと言うなら、俺はこいつをクビにしてもいいんだが」

ルカが凍りつく。アルスルは本心を伝えた。

「……許します」

減るものではない。そのかわりたずねる。

「リィムとマリアンナって？」

犬歯をのぞかせて笑うと、バドニクスは説明した。

「リィムは、こいつの元同僚で、前の前の恋人。だが、こっぴどくふられたんだよな？　マリアンナは前の恋人だ。城下街にある酒場のウエイトレス……こっちは人妻だったんで、どういうわけか、俺がケツをぬぐってやるはめになった。そうだな、ルカ？」

恥ずかしくて聞いていられないのか、ルカが両耳をふさぐ。長い足をこれ見よがしに強調するズボンや、シャツとベストを着崩してやや胸もとをあけているのも、女性の注目を集めるため、らしい。

すっきりした様子の大おじは、指揮棒のように葉巻をふった。

「さっさと行け。午後は、チョコレイトの護衛につけよ！」

反省したルカが出ていき、大おじとふたりになる。カカオ豆を使った甘い菓子を想像したアルスルは、話についていけなくなった。

「……チョコレート？」

「聞いたことねぇか？　ブラッド・バドニクス……〝右手〟のチョコレイト・テリアと、〝左手〟のルカ＝リコ・シャ」

なるほど。アルスルは納得する。

ブラッド・スポーツを引退したいまも、バドニクスは有名人だった。

人外研究者として、どんなイヌ使いでも使える対人外戦用の作戦や兵器を考案し、無償で帝国中に広めているからだ。その活動に一役買っているのが、兵器を作るチョコレイト・テリア。そして、実際に兵器を使って作戦を立てるルカ＝リコ・シャという人物だった。

「この城で、俺がもっとも信用する部下たちだ」

すこしひっかかる。なぜかと考えて、ふたりがブラックケルピィ姓ではないからだと気がついた。でも、だからどうということもない。ソファに座ったまま動かないアルスルと、その両手で光る手枷《てかせ》を見て、バドニクスは呆れた。

「……なにも聞かねぇときた。他人や、自分の未来にさえ、興味がないか？」

ちがうのだが、うまく言えない。

大おじはため息とともに紫煙を吐いた。葉巻の煙は煙草よりもきつく、主任室の壁紙や家具は、彼のひげとおなじブロンズ色に焼けていた。

「その性格じゃ……ウーゼルとは、うまくいかなかっただろう。あいつはあらゆる点で、自分こそが、人々の模範になるべきだと信じていたからな」

アルスルはうつむく。

「……さて、アルスル。おまえが聞かねぇから、俺から話すぞ」

リサシーブのことだ——。

バドニクスは切りだした。

チョコレイト・テリアは、首にエメラルド色の石がついたネックレスをかけた。

その瞬間、そばの白いヒョウがフレーメン反応を見せる。

（キャンディ・アクセサリー、よし）

人外が嫌うフェロモン・キャンディ——忌避石《きひせき》を装飾品にしたものだ。彼らにとって不快なにおいがするうえ、猛毒が練りこまれている。リサシーブに近づく人間は、かならずこれをつける決まりだ。

『ハイ、チョコ！　今日もすてきなピアスだねぇ！』

『ハイ、チョコ！　今日もすてきなスキンヘッドねぇ！』

人外使いに連れられて、ケルピー人外の夫婦――ロメオ号とフリエタ号もやってきた。今日のリサシーブへの実験で、二体はチョコレイトの護衛を任されている。

鍵の城は、帝国有数の人外研究施設でもあった。

ウーゼル＝レッドコメットが皇帝になってからは、最新鋭の設備が整えられるようになったという。城に暮らす人間の七割はブラックケルピィ家の出身者で、二割とすこしがチョコレイトのような他部族出身者だ。残りは、民間の人外関連企業からやとわれた者になる。チョコレイトが生まれたテリア家は、帝国でいちばん枝わかれをしたイヌ使い部族だった。

テリア人外種は、公式に認められているだけで六十種もいる。

ややこしい自己紹介を省略するため、テリア家の者は、自分の所属を、ピアスの数、位置、色で示す決まりだ。チョコレイトは、第三十七番テリア種を使役する部族の生まれ。なので、両耳に十一個。センタータンとリップにも金のピアスをつけている。くわえて彼女は、いつも髪を剃《そ》りあげていた。こちらはただ、洗うのが楽だから。それでも鍵の城では、奇抜なセンスで通っている。

チョコレイトが耳のピアスをキャンディ・アクセサリーにとりかえていたとき、メルティングカラーの青年が庭園へ駆けこんできた。

「チョコの姐御《あねご》！　困るよ、護衛なしにはじめちゃあ！」

「その護衛が遅刻するんだもの」

ルカ＝リコ・シャだった。ベルトの右側には、シースナイフ――折りたためないサバイバルナイフ。左側には、トレンチナイフ――フィンガーガードナックルがついたダガーナイフを吊っている。どちらもケルピー犬の牙製だ。人外は頑丈で、人間や普通種、最大種を殺傷するための武器がきかないからである。

「おれだって好きで引き受けたんじゃないのよ？　ブラックケルピィ家の人、怖がってだれもやらないからさ」

笑ってキャンディ・アクセサリーをつけるルカも、チョコレイトの護衛だった。

風使いの彼は、白兵戦もうまい。万が一、リサシーブが暴れた場合、応戦するロメオとフリエタにかわってチョコレイトを避難させる役である。ダーウィーズはメルティングカラーに対する差別と偏見が強い城郭《じょうかく》都市で、ルカも、純粋な第五系人なら嫌がる仕事を任されることがよくあった。

「アンタのそういうとこ、好きよ……こんどは、皇帝の娘にやらかしたんだって？」

「かんべんしてくれよ、姐御！」

ルカは、かたわらの白いヒョウを責めたてた。

「ヘイ、リサ！　またおれに、嘘の予言を言ったな?!」

そちらを見もしない人外のしっぽが、疑問符の形にまがる。

どことなく、しらじらしかった。

「美人で胸がでかくて、メルティングカラーのおれと結婚を前提につきあってくれる恋人ができるなんて、おかしいと思ったんだ！　ずっと酒場で張っていたから悪酔いしたじゃないか！　あやうくクビになるところだったんだぞ?!」

『信じるほうが悪い』

リサシーブは、意地悪くのどを鳴らした。

『おかしいと感じたんだろう？　なのに、おまえは自分にとって都合がよい未来を、勝手に信じこんだ』

「そりゃ、だれだって幸せになりたいからさ。この性悪《しょうわる》ネコ！」

長い拘束で、心がささくれているのだろう。

気まぐれなヒョウは、嘘の予言で人間を惑わし、遊ぶことがあった。

（……〈ささいなる黙示文〉、か……）

リサシーブがもつ不思議な力――ギフトの名だ。

バドニクスの専門分野だが、大ざっぱには、未来予知の能力とされている。

頻度――いつ、どうやって予知しているのかは、まだよくわかっていない。だが、確度――予知の正確さは、百発百中だと考えられていた。

（人外には……人では説明できない力をもつものが、たくさんいる）

なかでも。

人外王の名を冠するものの能力は、〈大いなる〉ギフトとよばれる。

眷属《けんぞく》にも王と似た力をもつ個体がおり、これは、〈ささいなる〉ギフトとよばれていた。

『チョコレイト』

「ん？」

『やるだけ無駄だ』

今日の実験も、失敗する――。リサシーブは鼻で笑った。

『問題は、この実験による後遺症で、私が七日間も苦しむことだ。おまえが用意した薬は、すこし刺激が強いらしい』

チョコレイトは内心うろたえた。たしかに、麻酔薬の濃度は不安のひとつだ。

しかし、試す前から失敗を断言されるとは――。

それでは、なんのためにチョコレイトたち研究者がいるのだろう。

『この城で……心から私を助けようとしているのは、おまえだけ。だから私は、おまえには嘘をつかない』

チョコレイトの心を見すかしたように、人外がささやく。若いころなら納得したかもしれない。だが、二度の結婚に失敗している彼女は、静かに笑んだだけだった。

「……その言葉も、信じるほうが悪いのね？」

『しかり』

ヒョウはのどを鳴らす。だが、その直後、苦しげにうなった。

『あぁ……また、ツ、ノ、が、嗤、っ、て、い、る、』

チョコレイトとルカは、人外を貫く螺旋《らせん》の棒——角を確認する。

リサシーブは自嘲した。

『聞こえるぞ。永遠に許さぬという……走訃王《そうふおう》のいななきが』

螺旋のそれは。

走訃王の角、だった。

走訃王。

六災《ろくさい》の人外王。その一体だ。

馬の姿をしたオスの人外で、帝国西部——西域《ウエスト》では、最大の脅威とされている。

王には、〈大いなる美女と騎士〉とよばれる力があった。おのれの影からまぼろしを生みだすこのギフトによって、彼は普通種の馬にまぎれていることもあれば、大岩のように巨大な姿で草原を駆けることもあるという。

変幻自在の獣《けもの》——。

彼は、たてがみと体毛を、どんな色にも変えられた。朝日の下では、王冠と見まごう金に。夕日の下では、炎のように赤く。月と星の下では、夜よりも黒くかがやくことができた。曇りの日は、空とおなじまだら模様に。雪の日は、雪よりも白い白馬となった。そのしなやかな美しさにかなう生きものは、大陸のどこにもいない。ゆえにかつては、聖なる獣——福音王《ふくいんおう》、とたたえられていたらしい。福音とは、創造主からのよろこばしい知らせのことだ。

ところがあるとき、王は眷属を守るため、はじめて人間を嚙み殺した。

そして人肉──とりわけ、脳の味に魅せられてしまったという。進んで人を襲うようになった彼は、何千という脳を喰った。人の思考を理解し、まねられるようになったころ。王は、邪悪と化していた。

人間を苦しめて、よろこぶようになったのだ。

帝国が建国されるころには、角と牙をもつ人喰い馬としておそれられていたという。馬の妖獣──ケルピーとまちがわれるようになったのも、このころだ。

『ほかに道はなかった。しかし、知ってもいた』

リサシーブは懺悔《ざんげ》する。

『あの日、襲ったメスが……王の伴侶だったとは』

四百年以上も昔のこと。

ひどい旱魃《かんばつ》が続き、人外すら、たくさん死んだ季節があった。

飢えたリサシーブは、走訃王の伴侶と知りながら、オークの木陰で休んでいた若いメスの白馬を狩ってしまったという。肉を食いちぎり、はらわたをたいらげ、骨の髄《ずい》までしゃぶって、彼は心から満たされた。

『処女は、神聖で、官能的なほど美味である』

誘惑に勝てなかった。食べ残してなるものかと、早々に場を去らなかったことが、リサシーブの運命を決めた。

走訃王がやってきたのだ。

怒り狂った王は、おのれの角で憎きヒョウを貫いた。あわれなリサシーブは、角が折れるほどの渾身《こんしん》の力で、大地へはりつけにされたという。

野ざらしになった彼を発見したのが、たまたま西域を巡回していた人外使い——ブラックケルピィ家だった。リサシーブの予知の力を知った彼らは、白いヒョウを外敵や風雨から守るため、鍵の城を建造した。以来リサシーブは、予言によって、ブラックケルピィ家を繁栄させてきたのである。

動けなくなった彼には、人間と手を組むほか、生きのびる方法がなかった。


主任バドニクスから命じられた、チョコレイトの研究課題。

それは、リサシーブが生きている状態で走訃王の角をとりのぞくことだ。

ところがどうやっても、この角が抜けない、壊せない！　角はおどろくほど頑丈で、ダイヤモンドの工具、鍵の城で飼われているいかなる人外の牙や爪をもってさえ、傷ひとつつかなかった。リサシーブによれば、走訃王の死によってのみ、角は抜けるという。

(人外に寿命なんて、あってないようなもの。となれば、狩り殺すしかないけれど……できっこないわ。六災の王よ)

角に触れたチョコレイトは、ぞっとする。

折れたはずの角は——脈動していた。

気味が悪いことに、その角を欲するかのごとく、オークの根ものびている。このまま放置しておけば、あと百年ほどでリサシーブを窒息死させてしまうだろう。

王の伴侶の血を吸ったせいだ——、と。

そんなおぞましい仮説を耳にしたのは、鍵の城にきてすぐのころだった。

(否定はしない……そういう個体もいるもの)

人外には、リサシーブのように、岩のごとく打たれ強いものがいる一方、水のごとく影に溶けることで身を守ろうとするものもいる。影に変えられる部分、影でいられる時間などは、個体差が大きく、これといった基準がない。通常の生物と異なる彼らは、血液や体毛のすみずみにまで意識をいきわたらせることができると考えられていた。肉体をばらばらにされても、自我を保てるものもいるという。

王の伴侶は、死ぬ瞬間まで、王に助けを求めていたのだろうか。

彼女の血を吸ったオークの根が、王の一部である角をめざしてのびたのだとしても、不思議ではなかった。あるいは、角のほうが、自身の眷属にそうさせる力を与えているのかもしれない。人外王とは、人外たちのなかでも特別強力な存在なのだから。

「どちらにせよ……まるで、呪いね」

今日の実験は、オークの根をすこし伐採し、リサシーブの胴を切開して、角から彼を隔離するというものである。近年、人外用麻酔薬の性能がよくなったため、チョコレイトははじめてこの実験に踏みきった。

（なにしろ……リサシーブは、とりわけ頑健な個体）

走計王の角を受けても致命傷にならなかったし、牙が折れようとも、やがて爪のように生えてくる。王でさえ、折れた角を再生できなかったのに、だ。

（その生命力ゆえに……長く苦しむことになったのだけど）

リサシーブの体重と再生能力なら、計算上、死ぬことはない。

――しかし。

『チョコレイト……その薬は不快だ』

肝心のリサシーブは、嫌でたまらないようだった。

「我慢してちょうだい」

『聞きあきた』

「いつかあなたを、自由にするためなの」

『聞きあきた』

腹を切りひらかれるのもさることながら、薬で意識を失う、というのがだめらしい。当然だろうが、それにしても、これほど聞きわけがないのもめずらしかった。

チョコレイトの違和感をルカが口にする。

「今日は、やけにゴキゲンナナメだなぁ……健康診断は問題なかったんだろ？」

チョコレイトはうなずいた。

二人は無言でヒョウをながめていたが、ややあってルカがつぶやいた。

「……やる、よな?」

青年の声には、砂ひと粒ほどの不安がまじっていた。

チョコレイトは庭園の上層を見やる。監視席に、ブラックケルピィ家の重鎮や、城の上位研究者たちが見学に集まっていた。バドニクスの姿もある。

「……予定は変えられないわ」

チョコレイトが心配を忘れようとしたときだった。

じゃらりと、鎖の音がした。ロメオとフリエタがしっぽをふる。

『ハイ、お姫さま!』

『ハイ、アルスル=カリバーン!』

チョコレイトとルカは、はっとした。

皇帝の娘——アルスルが、庭園のすみに立っていた。

白い絹のブラウスに、黒いベルベットの半ズボン。長い黒髪をまとめる赤リボンと、ふくらはぎまでの黒ブーツ。その衣装はとても彼女に似合っていて、人形のようにかわいらしかった。

「ご用ですか? レディ・アルスル」

「……かっこいいと、思って」

アルスルがつぶやいた。チョコレイトとルカは顔を見あわせる。当然のように自分を指さしたルカが、しかし、首をふった。アルスルの視線は、チョコレイトにそそがれていた。

「アタシが?」

「ピアスと、頭が」

虹黒鉄《にじくろがね》の手枷をゆらした少女は、口を閉じる。しばらくして、続けた。

「……がっかりしないでほしいのですが」

よくわからない前おきをすると、アルスルはたずねた。

「あなたは何歳ですか?」

ルカが面食らう。

「四十です」

チョコレイトはこだわりなく答えたが、少女は無反応だった。子猫と話しているような気分になったとき、バドニクスが二階の監視席から怒鳴る。

「アルスル‼　チョコの邪魔だ、こい!」

少女はちらりとリサシーブを見る。それから、駆けていった。

「……変な子」

チョコレイトの感想に、ルカが相づちをうつ。

「とても父親を殺したようには見えない。ボスもそう感じるから、かわいがっているんじゃないか……そこんとこどうなの、リサ?」

白いヒョウは答えなかった。あきらめたのだろう。

おとなしくなったリサシーブに、チョコレイトは城で開発された注射器をあてる。虹黒鉄の針が、皮膚の上から、人外の血管をなぞったときだった。

『未来は、決まっていると思うか？』

リサシーブが聞く。チョコレイトは答えた。

「そうは思わないけど……あなたからすれば、決まっているのかしら？」

『そうでもある。だがほとんどは、そうではない』

謎に満ちた言葉だった。

『未来にはふたつある。ひとつは……避けることができるもの』

予定だ。

ヒョウは言う。

『もうひとつは……避けることができないもの』

宿命だ。

彼はつぶやいた。

『宿命を背負って生まれる者は、少ない……多くは、偶然、努力、怠惰によって書きかえられる程度の未来しか、さずかっていない』

こちらの気を引く話題で、注射を遅らせようとしているのだろう。

チョコレイトは適当にうなずいた。

『それは、私もおなじこと……私はなにひとつ宿命を背負わずに、生まれてきた。そのことを、おまえはどう思う？』

「希望があるわ」

集中していたチョコレイトは、無意識のうちに答えていた。

「未来が決まっていないなら。あなたは明日、自由になっているかもしれないもの」

そうか、と、つぶやいたリサシーブは瞳を閉じた。

『チョコレイト』

頭に声がひびく。

『……おまえの希望は、聞きあきた』

ぞくりと、怖気《おぞけ》が走った。

理由はわからない。しかし、脳ではない場所が、死を直感していた。

「姐御!!」

視界のはしで、ルカが声を張る。

ケルピー犬たちも白いヒョウへ飛びかかっていたが、なにもかも遅かった。すぐ横に——ぐわりと開かれたリサシーブの顎《あぎと》が、迫っていた。

チョコレイトの腕をつかもうとしたルカを、リサシーブのしっぽがはじきとばす。

人外の牙が、首にくいこむ瞬間だった。

「よせ……アルスル!!」

庭園に、バドニクスの怒声がこだました。

チョコレイトという人がどんな仕事をしているのかは、知らない。

ただ、今日のリサシーブならそうすると思った。

白いヒョウはなにかをとても嫌がっていて、それを避けるためなら、猛毒の忌避石ごと人間を嚙み砕いてやるという殺気をほとばしらせていたからだ。絶対に近寄りたくないのに、チョコレイトやルカはなぜ平気なのだろう？　ケルピー犬でさえ、リサシーブが牙をむくところなど想像もできないようだった。チョコレイトがヒョウに背中を見せたとき、アルスルは総毛だった。

（あの女の人は……隙だらけだ）

ほかのだれより、猛獣の前にいるという意識がうすい。

（きっと、リサシーブに慣れているんだろう。なにより、彼を大事にしている）

だれの視線も向けられていないとき。

リサシーブが、じっとチョコレイトだけを凝視しているのに気づいて、アルスルの不安は確信になった。それからはまわりに目を凝らしていたので、もう、光る風も見つけていた。

勇気を奮いおこすため、服の上から三回、心臓をノックする。

いっぺんの迷いもなく、アルスルは監視席の手すりを飛びこえた。

（失敗しない……！）

失敗すれば、あの女の人が殺されてしまう。

バドニクスに逆らったことになるが、あとでがっかりされればよかった。

アルスルは空中でバランスをとると、眼下のリサシーブに狙いを定める。チョコレイトに噛みつこうとしていたヒョウの頬を——すんでのところで、踏みつけた。

落っこちてきたアルスルの体重を受けきれず、人外の頭が地面に打ちつけられる。

『ぐっ……!!』

リサシーブがうめいたが、アルスルはどかなかった。一瞬びくりとしたものの、ケルピー犬が次々と人外へ躍りかかる。続いて、ルカが体勢を立てなおした。彼はチョコレイトを抱きかかえると、死にもの狂いで場を離れる。それを見届けたアルスルも、急いで地面へおりた。

リサシーブが咆哮《ほうこう》をあげる。

悔しさといらだち。悲しみとやつあたり。

それらをないまぜにした、渾身の叫びだった。

暴れるヒョウの爪が大地をずたずたにえぐる。地震のようにあたりがゆれたが、ケルピー犬たちは必死に人外へと噛みついて、離さなかった。

『なぜ、邪魔をする!!』

稲妻《いなずま》のようにぎらぎらとしたヒョウの瞳が、アルスルをにらみつけた。こちらの心臓がしめつけられるほど、痛みに満ちた声だった。

衛兵とケルピー犬たちが庭園へなだれこむ。荒れ狂うリサシーブに鎖や縄がかけられるのを、アルスルは見ているしかなかった。口に太いガラス管が差しこまれた直後、薬液を飲まされた人外の体が、血を流しきったかのごとく脱力していく。

朦朧《もうろう》とした獣は、呪うように天をあおいだ。

『……予言する‼　ブラックケルピィ家よ、聞きとどけよ‼』

荘厳なバリトンの宣言が、城をつんざいた。

『つぎに月が満ちるころ。この城へ……死の戦車《チヤリオツト》がやってくる。希望は絶たれたのだ！』

皮肉な笑みをたたえると、リサシーブは続けた。

『走訃王がくるぞ……‼』

人々が凍りついた。

美しく高らかに、人外は笑う。監視席のバドニクスが聞き返した。

「嘘の予言だな？」

『正しくは、予言ではない。必然だ……アルスル＝カリバーン。おまえのせいだ！』

「わ、たし？」

リサシーブは吠えた。

『おまえがのみこんだ、鍵の指輪……あれが走訃王をよぶのだから！　鍵の城が、おまえたち人間と……この、私の！　死に場所となるだろう！』

どよめきがおこる。

のどがかれ、意識を失うまで、ヒョウは吠えるのをやめなかった。

5

鍵の城、居住区。
ツノの大広間——。

大きな円を描く広間は、城でもっとも高い塔にある。

壁にはあますところなく、あらゆる獣《けもの》の角がかけられていた。

シカ、バッファロー、トナカイ、エルク、オリックス、インパラ、アンテロープ。

ヤギやヒツジもあれば、サイやゾウといったためずらしいものもあった。普通種、最大種にかぎらない。人外種《じんがい》の角も数えきれないほどで、大広間を、夜空にかがやく星のように飾っている。

これらはすべて、歴代のブラックケルピィ家の者たちが狩りを成功させた証《あかし》。いわば勲章だった。いちばん古い角は、城ができた当初——つまり、四百年以上前のものになる。天井があまりに高いので、上層の角は、一年にいちどしか掃除されなかった。最後の清掃からもうすぐ一年だから、埃《ほこり》にまみれているだろう。ブラックケルピィ家の内実をあらわすようで、バドニクスはおもしろくない。

（この半分でもチョコのバリスタに寄付してくれりゃ……弾数の問題が解決するってのに）

毒づきつつ、バドニクスはこれまでの話をまとめた。

「つまり、鍵の指輪とは……初期のフェロモン・キャンディだったと？」

フェロモン・キャンディ。

人外のフェロモン――分泌物を練りこんだ、特別なにおいのする餌だ。

フェロモンとは、生物の体内で作られ、においとして放出されて、同種個体の行動や発育に影響を与える化学物質である。

攻撃的にさせる、攻撃フェロモン。

交尾行動をおこさせる、性フェロモン。

仲間を集合させる、集合フェロモン。

捕食者・侵入者を知らせる、警報フェロモン。

巣から餌場までの道を教える、道しるべフェロモン。

第五系人帝国では、これらを採取し、加工する技術を発達させてきた。それによって生まれたのが、フェロモン・キャンディだ。これを使えば、イヌネコの人外はもちろん、野生人外すら自在に操ることができる。これまで開発されてきたすべてのキャンディをあわせれば、ざっと数千種類になるだろう。

バドニクスの問いに、ブラックケルピィ家の重鎮――円卓会議の者たちがうなずいた。

総勢二十名。ブラックケルピィ家の二千人、ブラックケルピィ領の領民百万人をまとめる貴族たちだ。みな、角で飾ったひじかけ椅子にかけている。ウーゼル＝レッドコメットが亡くなったので、ヘラジカの角で飾られた椅子がひとつ、空いていた。

「ただそこにあるだけでは、無価値な指輪だ」

バドニクスのいとこ、書記のギルダス・ブラックケルピィが答える。

老眼鏡を三つも重ねてかけた小男は、四百年前の議事録とにらめっこしていた。

「リサシーブが、走訃王《そうふおう》の伴侶を捕食した伝説があるだろう？　ブラックケルピィ家が彼を発見したとき、食べかす――死体の一部が残っていたそうだ。指輪の輪っかには、そのメスから採取された骨が。宝石部分には、性フェロモンの染みた肉片が使われたらしい」

なぜ、そんなものが作られたのか。

バドニクスはすぐさま解を導いていた。

「人外王よけ、ってか？」

「そういうことだ。性フェロモンのにおいによって走訃王を誘導し、ブラックケルピィ領から遠ざけるためのフェロモン・キャンディを開発しようとしたのだな。しかし、この研究は……わずか三つの指輪を完成させたのち、打ち切られている」

「なにか問題が出たわけだ？」

バドニクスが鼻を鳴らすと、小さな男は言葉をにごした。

「……課題は、乾燥した肉片ではにおいがうすく、走訃王に性フェロモンを嗅ぎとらせることができない点だったらしい。この問題を解決すべく注目されたのが、生体だ」

当て馬――試情馬、というものがある。

家畜のウマに行われてきた、昔ながらの交配法だ。

発情をうながしたり、発情の有無を確認するため、交配とは関係ないオスとメスを近づける。

このしくみをもとに、走訃王の発情をもコントロールする研究が進められたと、ギルダスは朗読した。

「人外の血肉は腐敗しにくく、また、拒絶反応が出にくい。生きた人外のメス個体に乾燥した肉片を摂取させることで、排卵時、王の伴侶と類似のにおい――性フェロモンを発生させ、走訃王の発情をうながすことが期待されたようだ。王の眷属《けんぞく》で試されるはずだったが……これは、捕獲できなかったらしい」

その点については、バドニクスも納得する。

西域《ウエスト》に生息するウマ人外の生態は、謎のベールに包まれていた。彼らはめったに姿をあらわさず、発見されても、捕まえたとたん死んだという例さえある。

「しかたなく、最大種と普通種のメスウマで実験が行われた。しかし、結果はかんばしくなかったようだな。その後、限りある肉片をけずっていくつかの種が試され……奇跡的に、ある一種だけが、走訃王を発情させられたという」

「……おいおい。まさか」

話の流れから、嫌な結論につながってしまう。ギルダスはうなずいた。

「ヒトの女性、だよ」

生物学上、とても信じられないことだった。

しかし一方、おとなしい普通種のふりをしたウマ人外が、若い女や男ばかりを背に乗せ、どこかへ連れ去ろうとしたという報告もある。

「……あんたは信じるのか？　研究者ギルダス」

「……アルスルを検査した。指輪はもう、骨の台座ごと、アルスルの体に同化してしまったらしい。あれをのみこんだとき、奇妙な白い女の幻覚も見たという。過去の記録にそうした記述はないが……王の伴侶の象徴かもしれない」

バドニクスは、バッファローの角が飾られた自分の椅子に沈む。

険悪な顔になったいとこを見て、ギルダスがひるんだ。

「その……ウマの普通種・最大種をさしおいて、なぜ走訃王が人間に発情するのかという疑問はもっともだ。私見を言えば、人間という種が、他のあらゆる生物とくらべて大脳新皮質……認知機能をもっとも発達させたことが関係している……からかも」

「脳みその作り……心が、王の伴侶と近しいってか？　めちゃくちゃだぞ！」

真実だとすれば、まずいことになった。

だがそれ以上に不愉快なのは、バドニクス以外のだれも、おどろきを見せないことだ。円卓に乗っけた両足を組むと、バドニクスは舌うちした。

「……これだけ重要なことを、なんだって俺だけが知らねぇんだろうなぁ？」

「そ、それは……」

鍵の指輪はブラックケルピィ家当主の証、としか、聞いていなかった。

(走計王専用のフェロモン・キャンディだと?)

人外研究の根底がひっくり返る。かつての走計王がそうだったように、基本は草食だと考えられているウマ人外たちだ。捕食のためでなく――それ以外の目的で、人間をさらうこともあるのだとしたら?

「人外によっては、人間と交配可能……っつう仮説がたつじゃねぇかよ! え? そもそも、そんだけ厄介な指輪を、なぜ厳重に保管しておかなかった? ウーゼルのマヌケめ、領外へもちだしていただと? それも、皇帝になってからの十八年間だ?! ふざけやがって!」

バドニクスの剣幕《けんまく》にギルダスがおされる。

円卓が静まり返ったとき、べつの男が発言した。

「小型犬でもあるまいし……つっかかるのはよしたまえ、バドニクス」

円卓の議長。

アンブローズ・ブラックケルピィだった。

大ヤギ――アイベックスの角が飾られた椅子にかけている。

ウーゼル=レッドコメットの幼なじみで、親友だった男だ。大柄と、長くちぢれたドレッドヘアのせいだろう。遠くからだと、黒いモップ犬――コモンドールに見える。

「泣き虫アンブローズが。ひっこんでろ」

「いじめっこバドニクスより、ましだとも」

子ども時代の確執をわきにおいて、アンブローズは続けた。

「指輪の管理がずさんだったことは、認めよう。なにしろ、あれがウーゼルに受けつがれて、二十年。正直、存在すら忘れていたくらいだ……しかし、ね？　これは不幸な事故だよ？　赤ん坊ならともかく。月のものもあるれっきとしたレディが指輪をのみこむ、という偶然がなければ、今回のような問題はおこらなかったのだから」

「あ？　小娘に責任をおしつけんなや」

「事実、彼女の自業自得では？　父親に隠せと命じられたそうだが、普通、それで指輪をのみこむという発想は出てこないよ。人外類似スコアをもつ人間は、つくづく理解不能だ！」

平然と言い逃れをした議長は、あぁそれから、とつけたした。

「この二十年。亡きウーゼルの考えで、円卓はきみに指輪の秘密を伝えていなかった」

バドニクスは不満に思う。だが、なんとなくそんな気はしていた。

「バカどもが……人外研究の進歩こそ、帝国の発展だぞ⁈」

「きみは！　いつも！　そう！　研究、研究……その点を、これまでの議長やきみの父上でさえ、心配しておられたよ。ウーゼルが当主になる前は、彼らの判断で、きみに指輪の件が話されなかったのだから」

実の父親ともそりがあわなかったバドニクスを、アンブローズは笑った。

「バドニクスよ。皇帝が出るほど……ブラックケルピィ家が栄えたのは、なぜかね？」

「この円卓会議が、あれこれ根回ししたからだろ」

ちちちと舌を鳴らしたアンブローズは、大げさに首をふった。

「リサシーブだよ！」

眉をひそめたバドニクスを、議長は見すえる。

「皇帝の交代、選挙の結果、反対勢力の動き……それだけではない。戦争、金のめぐり、天災にいたるまで！　確実な予言と、それらへの適切な対応が、ブラックケルピィ家を名家へとしあげたのだ！」

芝居がかった口調で熱っぽく語ると、彼はバドニクスをにらんだ。

「きみは、〈大いなる〉〈ささいなる〉ギフト研究の第一人者だ。また、研究成果を、帝国中に広めることが自分の使命だと思っているね？」

「あたりまえだ！」

「しかし、リサシーブの力の秘密まで広められては、ブラックケルピィ家が困るのだ。だれよりもさきに未来を知るという、すばらしい特権が失われてしまう。リサシーブを盗んだり、殺そうとする者も、ヌーの大群のごとくおしよせるだろう」

そんなことは許さないと、議長は断言する。

「ブラックケルピィ家の者でさえ、ほとんどは、リサシーブが人外であることも知らないのだ。まして予知の力など……円卓の重鎮とその近親者、上位研究者くらいにかぎられる」

部外者でリサシーブの能力を知るのは、研究区の各部門長だけだ。

それ以外の人間は、ブラックケルピィ家が、リサシーブではなく、彼に刺さった走計王の角を研究していると信じている。

アンブローズに勇気づけられたか、円卓がわいた。

「とにかく……アルスル＝カリバーンを、鍵の城から出発させるべきだ」

「走計王が、ダーウィーズに到達する前に！」

「一刻も早く！」

「ふん、冗談でしょうや。娘を荒野へ捨ててこいとでも？」

その通りだ、と言いたげな沈黙がおりる。バドニクスは彼らの正気を疑った。

「……冗談だな？」

書記ギルダスが、言いにくそうに口をはさんだ。

「はじめに作られた指輪は三つだった、と話したな。ひとつは、当時の臨床実験で使われている。記録では、半年ほどで走計王を惹きつける効果が失われたらしい。三百年前、もうひとつも使われた。このときは……一人を犠牲にして、ダーウィーズが守られた」

胸くそが悪くなる。バドニクスはアルスルを擁護《ようご》した。

「アルスル＝カリバーンはごく普通の娘だ。観察すりゃわかる。異常者ではないし、父親を憎んでもいない。母親のこともだ」

「ならなぜ、彼女はそう言わない？」

ひとりが聞く。バドニクスはうんざりした。

「あんたら、裁判記録には目を通したのか?! あの娘は、何十回も、自分は父親を殺していないと主張している。Nテストのスコアのせいで、主張が無効になっただけだ」

円卓の重鎮たちが顔を見あわせる。

アルスル本人より、心理検査の結果を信じたがっているようだった。

「……肝心のリサシーブは、なんと?」

「あのネコがあてになるか！ 聞いたか、生娘は無罪だとよ!!」

怒鳴りちらしたバドニクスは、ふと、疑問をもった。

――妙だ。

(リサシーブは、なぜウーゼルの死を予知できなかった……?)

人外の能力を疑うこともできる。

しかし――。

もうひとつの仮説のほうが、しっくりきた。

(気まぐれネコめ……予知していながら、口にしなかったんじゃないだろうな)

バドニクスは知っていた。

予知をしても、リサシーブがすぐには知らせないこと。知りえた未来を――人間を試すときや、人間と駆け引きをするときにしか教えないことを。

すぐにも研究区へ戻りたくなったバドニクスは、円卓の足を蹴った。

「バドニクス……あなたが主任研究者となってから、部下の品が悪くなりましたよ」

「それは気づきませんでしたな」

「あなた自身、もうすこし謙虚な態度と身なりを心がけてはどうです？　研究者たちは、よくも悪くも、あなたを模範としているのだから」

シカの角の椅子にかけている最古参、ミセス・アンナ＝ウァースがたしなめた。

「今回実験を担当していた、テリア家の女性もですが……シクリッド社からきた、あの若者……シャなんとかという。あれなど、街中のご婦人を口説いているとか！」

「いきすぎた場合は、罰《ペナルティ》も与えています。ほかに適材があれば入れかえますが、温室育ちのブラックケルピィ家の研究者よりは、結果を出してますよ」

「……あの、ねこじゃらしも？」

老女が不愉快そうに聞く。

ルカは昨年、城の経費で、特大のねこじゃらしを制作した。退屈そうなリサシープを見てひらめいたという。人外の反応はいまひとつだったし、鋼鉄と最大種ミンクの高級毛皮、人外用の特殊縫合糸まで無断で使ったので、バドニクスはルカを減給している。

「……ほんの遊び心でしょうや」

「あなたに、第五系人の誇りはないのですか?!」

「俺の方針が気に入らないなら、クビにしていただいてけっこう。本来なら、歴史院かシクリッド社あたりで楽隠居するつもりだったものを……あんたがたが、主任研究者の席にしばりつけたんだからな」

アンブローズが両手を上げる。

「まったく理解に苦しむな……どれだけの野心家が主任研究者の席を狙っているか、気にもしないのだから」

しばし考えた末、議長はバドニクスに命令した。

「鍵の城を、まわせ」

重鎮たちが血相を変える。バドニクスも息をのんだ。

「無垢なる姫君に傷ひとつつかぬよう……厳重に鍵をかけたまえ」

「気はたしかか⁈　アンブローズ殿！」

「ウーゼルを殺した娘と城下の民を、秤《はかり》にかけるつもりですか⁈」

異論が飛ぶが、議長はうろたえなかった。

「バドニクスに同意するわけではないがね。私もまた、アルスル＝カリバーンがウーゼルを殺害したとは思わない。すこし変わっているが、彼女は、ただの非力な少女だ」

「帝都イオアキムの判決を疑うと⁈」

「逆に問う。きみは帝都を疑わないのかね？　ウーゼルにどれほどの政敵がいたと思う？　それほど……彼はよい皇帝だった」

皇帝の親友だった男が、震える。

「彼は円卓会議にとっても、かけがえのない指導者だった。その喪失は……あまりに大きい。しかし、ゆえに諸君。未来のことを考えよう！　ウーゼル亡きいま、帝都での発言力を失わないためにも……ブラックケルピィ家には、あらたな伝説が必要なのではないかね？」

自分をも奮いたたせるように、アンブローズは熱弁をふるった。

「リサシーブの予言とともに……ブラッド・バドニクスよ、走計王を撃退したまえ！」

とんでもない注文だ。

新しい葉巻に火をつけたバドニクスは、顔をしかめた。

「……この古城は、とうに錆びついているぞ」

「そのメンテナンスも、主任研究者の仕事だ。金も部下も足りているだろう？」

アンブローズが意地悪く笑う。

バドニクスは腹を立てたが――ほかに道がないことも、わかっていた。


研究区に戻るころには、日が暮れていた。

ノックもせずに医務室の扉を開けたバドニクスは、たずねる。

「どうだ」

われながら不機嫌な声が出たが、すぐ返事があった。

「はい、ボス……アタシはなんとも」

「はい、ボス!!　おれがひどい目にあった！　肋骨にヒビ！」

胴をきつく固定されたルカが、わめきちらす。リサシーブの尾にはじかれたときの怪我だろう。痛みをやわらげるためか、彼のベッドのまわりには、からっぽの酒瓶《さかびん》が散乱していた。その横で、ソファにかけたチョコレイトが数十枚のメモに囲まれている。

「……けっこうだ。報告を」

バドニクスは命じる。立ちあがったチョコレイトが答えた。

「リサシーブは……眠っています。三番麻酔薬の投与から、八時間。四時間後に覚醒予定です」

「ケルピー犬のうち、ロメオは無傷。フリエタの右下肢に、リサシーブの爪による創傷。ヒョウ亜科の人外に有毒のものは確認されてないけど、念のため、経過観察中」

そこまで説明したルカが、ちらりとチョコを見る。

「……申し訳ありません、ボス」

中年の女は落ちこんでいた。

「忘れていました。彼が……リサシーブが、獣であることを」

バドニクスはうなずいた。

「それが基本で結論だ」

覚えておけとだけ言うと、聞く。

「アルスルは」

チョコレイトが黙りこむ。悔しげに迷路園をさしたのは、ルカだった。

「……ブラックケルピィ家の人がきて。庭園から出すな、って」

バドニクスは唖然とした。

「姐御《あねご》の命を救ったってのに。そりゃ、死刑宣告を受けた人間かもしれないけれど、あんまりだ。あの子がいなきゃ、姐御や……もしかしたらおれだって」

バドニクスは医務室を出る。

全身のキャンディ・アクセサリーをたしかめつつ、オークの大樹へ向かった。


せせらぎのような寝息をたてて、リサシーブが眠っている。

ヒョウの爪が届かない芝生で、アルスルはひざをかかえて座っていた。

彼女の右足には、あらたに、大きな鉄球つきの足枷《あしかせ》がはめられている。目ざわりな両手の枷とあわせて、サーカスのゾウのようだった。

芝生には、エメラルド色の忌避石《きひせき》がついたネックレスが放ってある。

アクセサリーをしていたのに、チョコレイトがリサシーブに襲われたからかもしれない。アルスルのとなりに立ったバドニクスは、無意味だと感じつつ、注意した。

「おい、アクセサリーはかならずつけろ」

アクセサリーへの嫌悪——フレーメン反応がないことから、リサシーブに意識がないことはわかる。しかし、わかっていても、ひょっとすると人外が眠ったふりをしているのではないかと考えてしまう。

バドニクスには、リサシーブを疑わない日がなかった。

(そして、それは向こうもおなじだろう)

人間を憎んでさえいるはずだ。

何百年もの間、いつか自由にすると聞かされて、悪臭がするフェロモン・キャンディや、体に負担のかかる薬剤、生餌《いきえ》よりまずい配合飼料などを強いられてきたのだから。ゆえにバドニクスは、鍵の城で、キャンディ・アクセサリーをはずしたことがない。リサシーブに恨まれている自覚があった。

「リサシーブはな。ずっと期待を裏切られてきた……今日のことは、おこるべくしておきたと言っていい。おまえも軽はずみな行動はやめろ。チョコレイトを救ったことは事実だが……ケルピーどもがいなけりゃ、殺されていたぞ」

バドニクスはネックレスを拾う。

エメラルド色の忌避石は、異臭を発するスカンク人外のフェロモンと、ポイズンアイヴィーとよばれる毒草を合成したものだ。ハーブとトウガラシと酢がまじったような、独特のにおいがする。毒性が強く、口にすれば嘔吐《おうと》と下痢、さらに一ヶ月ほど舌と胃袋が使いものにならなくなるしろものだ。そう説明しようとして、バドニクスは口をつぐむ。

少女が、食い入るように人外を見つめていたからだった。

「……なにを考えている？」

「……変だなって。あんなに深く眠る獣では、ないはずだから」

バドニクスは舌うちした。

「おまえは！　重要なことは、まったく聞かねぇときてる！」

「重要なこと?」

「あのくそネコが予知したことだ!」

ようやくこちらを見た少女は、どこか、困ったような顔をした。

「……重要とは思いませんでした」

怒鳴りかけたバドニクスの耳に、アルスルのつぶやきが届く。

「わたしが、ダーウィーズを去ればいいだけです」

十六歳の少女自身からその考えが出たことに、バドニクスは愕然とした。

「それでいいのか? 恐怖はないのか?!」

「生きものは、普通、自分の未来を知ることができません。過去に戻ることも、できません。だから、いまのことを考えて生きていきます。殺されるときの気持ちは……そのときにならないとわかりません」

「ふん! 強がりだな?」

「……リサシーブは、お父さまの死を予知できなかった。避けられない未来だから、教えなかったのかもしれません」

どきりとする。少女が、自分とおなじ疑問を抱いたことが意外だった。

考えつくすような時間がすぎたあと、アルスルは口を開いた。

「……おじさま。その……」

しかし、いつまでたっても続きがない。バドニクスはいらだつ。

「雑談は好きじゃない。だが、意見は口にしろ」

「いけん？」

「筋が通っていて、かつ、チーム全体の利益になることだ。他人の反応は予想するな。つまらないとか、失礼かもしれないと感じても、とりあえず口に出せ」

アルスルは宙を見つめる。

無言ばかりの少女だが、頭が悪いわけではないことを、バドニクスは見抜いていた。それは、帝国一優れた心理検査——Nテストが証明している。裁判記録には、資料として、アルスルが過去に受けたNテストの詳細結果も同封されていた。

（人外類似……ヒョウ亜科、か）

人外動物界の分類上、知性では、最高クラスの哺乳類《ほにゅうるい》。その上位三目《もく》。霊長目。鯨偶蹄目《くじらぐうていもく》。食肉目。

ヒョウ亜科は、捕食に特化した食肉目に数えられている。

アルスルは、生きるうえでなにを優先するかという質問群で、糧《かて》の獲得と、身の安全の項目すべてにチェックを入れていた。さらにその方法として、単独での待ちぶせや奇襲、武器を使った近接攻撃を選んでいる。他にもいくつか不思議な回答をした結果、彼女は十歳にして、ヒョウ亜科の人外に類似していると判定されたわけだ。人間がこのスコアを出すことはめずらしく、飢えとは無縁の貴族階級からあらわれるなど、はじめてのことだった。

（バカなものかよ……思考が異質、というだけの話だ。その証明が、目の前にいるじゃねぇか）

バドニクスは白いヒョウをながめた。

ブラックケルピィ家は、リサシーブに、非公式のNテストを受けさせている。

このヒョウ亜科人外が、制限時間の半分ほどで全質問群、計一万問を即答してしまった日のことは、バドニクスもはっきりと記憶していた。

(オーバフロー、測定不能、桁《けた》はずれ)

そして――ごく少数の者がもつ奇抜な発想が、偉大な発明を生むこともある。

(……ブレイクスルー)

漠然とした期待から、バドニクスは返答を待った。

「……お父さまは、どうして鍵の指輪を隠せと言ったのでしょう?」

アルスルはたずねた。

「だれかが指輪を探していた……つまり、奪おうとしていたのでしょうか?」

バドニクスは目をすがめる。

(こいつ)

それから――腹をかかえて爆笑した。

わけがわからないのか、少女はぽかんとする。

「グッドガール!　利口だぞ、アルスル!」

ケルピー犬を訓練するときの口調でほめる。彼にしてはめずらしい、賛辞だった。

笑うのをこらえつつ、バドニクスはウーゼルの最期を想像する。

(……とっさのことだったはずだ)

ブラックケルピィ家は、円卓会議に近い者ほどリサシーブの予言に頼りきっている。その予言がなかったとなれば、ウーゼルは悲劇の瞬間まで、自分が死ぬことなど考えていなかったにちがいない。ゆえに、死に瀕したときの願い——指輪を隠せというアルスルへの命令は、本心だったはず。

(俺でさえ知らなかったんだ。外部に、指輪の秘密を知る者がいたとは考えづらい……だとすれば?)

——内部。

ブラックケルピィ家当主の地位や、円卓会議の議席を狙う者。あるいは指輪を使い、走訃王の到来——領内の混乱を願うバカがいるとすれば。

獲物を見つけた猟犬のように、バドニクスは犬歯をむいた。

(身内を探るべき、だな……ったく、この忙しいときに!)

新しい葉巻に火をつけると、少女のとなりにしゃがみこむ。

「おい。ひとつ聞かせろや」

さきほどふっかけられた無理難題について、たずねたくなっていた。

「アンブローズ。知ってるか? あいつが、俺に仕事を命じやがった。走訃王を撃退しろとさ。この城は、自由に使っていいらしい……アルスル、おまえならどうする?」

アルスルは考える。しかし、力なく首をふった。

「……きっと、がっかりします」

「言え」

ややあってから——少女は、まっすぐこちらを見た。

「……狩ります。わたしなら」

バドニクスはにやりとした。

「理由を」

「今回、走訃王を撃退できても。いつかまた、くるかもしれないから。それは、わたしだけじゃなく……みんなが困ります」

ひさしぶりの上機嫌で、バドニクスは煙を吐いた。

(円卓の連中に聞かせてやりたいもんだ……こいつは、あいつらのだれより、第五系人の魂をもっている)

そう——。六災《ろくさい》の王を狩るために、第五系人は帝国となったのだから。

アルスルはにこりともしない。びくびくもしていない。

ただ、ネコのようにのびをした。

6

きたれ、きたれ

白き馬
弓をもち、冠を与えられた者
勝利し、なおも勝利せんと欲する者

赤き馬
大いなる剣を与えられた者
人を殺しあわせ、平和を奪いとることを許された者

黒き馬
命とコインを秤《はかり》にかける者
むさぼり、なおもむさぼりつくす者

青ざめた馬
死そのもの、冥府《よみ》をまとう者
剣、飢饉、病、野獣によって、地の四半を殺す者

殺せ、殺せ
走訃《そうふ》王《おう》
人の死をつかさどり、人の死を知らせる者

〈「走訃王賛歌」『王吟集《おうぎんしゅう》』より抜粋〉


「人の、死を、つかさ、どり」

その賛歌は。

たたえることで、彼を遠ざけるための歌だった。

「人、の死、を……」

歌が途切れる。

最後の男は力つきていた。

最後の女が泣きわめいている。

彼は山ほど殺したが、その女を残したのは、彼女がとりわけ美しく、みずみずしい体をしていたからだ。肌も髪も、栗色だ。つやつやとしたかがやきに、そそられる。

『にんふ、にんふ』

ハミングした彼は、女へ寄っていく。

虹黒鉄《にじくろがね》で作られた松ぼっくりそっくりの大きな城が、炎を噴き上げていた。

人間たちはイヌの人外《じんがい》を駆使して彼を退けようとしたが、彼からすれば、立ちあがることもできない仔馬のように弱く、あわれなイヌたちだった。甘噛みされたので、うしろ足で蹴った。首に乗ろうとしたので、ふるい落とした。それだけで、イヌは死んだ。

『にゅんぺー、にゅんぺー』

腰を抜かした女の前に立つと、彼は笑いかける。

がくがくと震えた女が、両手に握りしめていたそれを、彼へ突きつけた。

セントーレア——ヤグルマギクの花束だった。

とても強く握っていたのだろう、くしゃくしゃにしおれている。それが彼の怒りをしずめる花だと言われていることを、彼は知っていた。だからこそ、おかしくてたまらない。彼はいま、怒ってなどいなかった。

『おまえ』

花うらないをするように、彼はたずねた。

『しょじょか？　いんぷか？』

一瞬、若い女は、混乱したように泣きやんだ。それから、岩みたいに固くなってしまう。もしかしたら処女かもしれないという期待が生まれて、彼は胸を躍らせた。

「……し」

女は懇願するように叫んだ。

「知りません、なにも知りません……ッ!!」

処女か、淫婦か、処女か、淫婦か、処女か、淫婦か、処女か、淫婦か——。

どちらだろう？　どちらかのはずだが、どちらでもなかったら？

女の死体が多すぎて、鼻はあてにならない。迷った彼は、いま死んだ男をふり返った。

『かれにきこう』

まだあたたかい男に近づくと、その頭をかじる。

『かのじょの、いななきを』

クルミの割れるような音がした。

けたたましい女の悲鳴が、あたりをつんざく。

玉ねぎそっくりな辛みと苦みが、舌に広がった。実際には、血と脂の味しかしない。ところが人間より優れた彼の舌——味覚は、鮮やかな風景画のように、あるいは、飾りつけられた一皿のメインディッシュのように、死んだ男がこれまでの人生で味わってきた、失敗、不幸、妬みや嫉《そね》み、みじめさ——辛酸を再現させていた。

王である彼にとっては、とるに足らないみすぼらしい人生だ。

まずくて吐き出したくなるが、それを我慢し嚥下《えんげ》する。

――彼の影が、ゆれた。

陽光すら届かなくなるほどの濃霧が、立ちこめる。だが、不安はない。彼の背後にある松ぼっくりのような城から、炎が消えた瞬間。

城を中心に――どっと、滝のような洪水がおこっていた。

『……あぁ、おまえ』

彼は理解した。

『しっていいいいるじゃないいか』

嘘つきめと、血まみれの鼻で女をこづく。

『かれを……おとこを』

すでに彼は死んだ男とおないいじいものにいなっていいたのいかいで、彼女の裸も、嬌声も、よろこびの表情も、手にとるようにわかっていた。

『いんぷだ、いんぷだ！』

彼はハミングする。女は、もう動けなかった。

『このよに、うまいものはみっつだけ！　しょじょの、しんぞう。どうていの、のうみそ……それから』

韻を踏むと、彼は女と見つめあった。

『いんぷの、しきゅう』

『みつがいっぱい。かおりもいっぱい。くさるちょくぜんの、りんごあじ』

女が痙攣《けいれん》した。

舌なめずりをすると、彼は前歯で女の服を引っぱる。絹と木綿、牛革でできたそれらが、蜘《く》蛛《も》の巣のようにやわらかくちぎれた。

『たべると、なくなるから』

震えることもできなくなった女へ、笑いかける。

『ゆっくりたべる』

絶望を。

彼は約束した。

セントーレアの花がゆれる。

あたりは、すっかり暗くなっていた。

空のように青く、星のように白い花々をながめて、彼はうっとりする。

花畑に腰をおろしてから、ほうとため息をついた。

しあわせだった。

満腹にはほど遠いが、味はいい。

『けんたうろす、けんたうろす』

小さな花にキスを送ると、彼は願った。

『ふぇい、ふぁーた……わがおんなにも、しゅくふくを』

彼は、夜空と夜風へ、笑いかける。

フレーメン――彼らがより遠くのにおいを嗅ぎとるための、しぐさだった。

狂おしいほど愛しいもののにおいは、数日前からわからなくなっていた。きっと、たまごが流れてしまったのだろう。それが悲しくて、うしろめたくて、隠れているにちがいない。

『……はずかしがっている』

愛しさで、胸がいっぱいになった。

じらされているようで、よけいに奮いたつ。

『どうか。まっていろ』

彼だけの花嫁だ。だから急ごう。

『わが、つのにかけて』

あのときのようにはならないと、彼は誓っていた。

7

鍵の城、迷路園。

ツタの会議室――。

正三角形の部屋は、三方の壁がレンガでできていた。

ただし、はじめてきた者にはわからない。

なぜならその壁は、びっしりとツタにおおわれているからだ。

ナツヅタ、フユヅタ、ヘデラ・ヘリックスにヘデラ・カナリエンシス。ヘデラ・ゴールドハートから、ヤマブドウまで。つる植物だらけの会議室は、迷路園に茂《しげ》るツタの根の部分が生えている場所だった。この部屋を起点に、吹き抜けになった天井から、四方八方へつるがのびているのだ。壁には、ツタを彫刻した噴水が埋めこまれているので、水やりはいらない。

アルスルが鍵の指輪をのみこんで、四十二日め。

ブロンズ製のカレンダーをながめつつ、チョコレイトが説明した。

「レディ・アルスルによると、月のものは、かなりばらつきがあるそうです。前回は、十八日前。ですが前々回は、たぶん丸二ヶ月ほど前だったと……つまり、今日からおよそ四日前に、指輪の摂取後はじめての排卵があったことになります」

「……その計算さぁ。ほんとにあってる?」

半信半疑のルカである。だが、チョコレイトはちがうらしい。数日前からアルスルの世話をはじめた彼女は、主治医か母親のように自信たっぷりだ。

「わりと正確よ。基礎体温はチェックしているもの」

「それで? なにかわかんの?」

「月経周期」

健康な女性の場合。

月経から十四日ほどで、排卵がおこるという。

排卵するまでを卵抱期、排卵中を排卵期、排卵後からつぎの月経までを黄体期といい、黄体期は体温がすこし上がるらしい。女性が妊娠しやすいのは、当然、排卵期だった。

「……なんか、聞いてるだけでドキドキすんなぁ!」

「しないで」

そわそわしたルカを見て、チョコがため息をつく。ティーカップを片手に創造主正典——聖書を読みふけっていたミセス・ハンナ＝カーボネックも、バカにするように鼻を鳴らした。ボスは怒鳴りこそしないが、不機嫌そうに鼻の穴から紫煙をふいている。

「ちなみに、メスが周期的に出血する……いわゆる月経があるのは、ヒト以外では、チンパンジーやコウモリ、ハネジネズミとか、ほんの一部だけよ」

「あれ？　イヌは？」

「きみは本当に人外《じんがい》研究者か?!」

ギルダスがいらだつ。三つ重ねた老眼鏡のせいで、目玉がメガネザルのように大きくなっていた。生物の繁殖など専門外のルカは、悪びれずにうなずく。

「……イヌの場合は、発情出血というの。発情期に入ると、子宮内膜が充血して膨張、毛細血管から出血するためだと考えられているわ」

多くの哺乳類《ほにゆうるい》は、メスがさきに発情期をむかえる。

それが性フェロモンによってオスに伝わり、オスもまた発情期に入る。

小さなギルダスが頭をかかえた。

「すでにアルスル＝カリバーンは、鍵の指輪がとけこんだ性フェロモンを発していただろう。人間には経血があるから、より早く察知されたかもしれない。かの人外王が、いま、西域《ウエスト》のどこにひそんでいるのかにもよるが……」

「……もう伝わっている、と仮定すべきだな」

バドニクスだった。

「ヒトの排卵期間は、およそ二日前後……排卵が終わり、妊娠しづらい黄体期に入ったいま、すぐアルスルが見つかることはないはずだ。月経がくりゃ、いったん卵子が流れて時間をかせげるかもしれん。となると……チョコ、走計王《そうふおう》がくるまでの猶予は？」

「つぎの排卵は、最短で二十四日後です」

チョコレイトの逆算を、ルカは頭へ書きこんだ。

「……なぁ、バドニクス」

ギルダスがなにか言いかける。バドニクスはさえぎった。

「娘を捨てる選択は、なしだ」

「そうだそうだ！　あんたとだって血がつながってるんだろ、ミスター・ギルダス！　皇帝を殺したかはともかく、彼女は生体管理部門長——チョコの姐御《あねご》を助けた。姐御がいなくなったら、地下の稼働区が大変なんだからな！」

「ルカ」

まくしたてたルカを、チョコレイトがなだめる。冷静な彼女に、ギルダスは聞いた。

「チョコレイト・テリア、きみはどう考える？」

「ダーウィーズと領民を優先するとすれば、あなたに賛同します、ミスター・ギルダス。ですが、個人的には彼女を生かしたい。なにより……危険かと」

「危険？」

「……はじめてです。リサシーブが、あれほどの激情を見せたのは」

ダークチョコレート色の首をさすりながら、中年の女はつぶやく。リサシーブに噛みつかれそうになったことを思いだしたのだろう。

「アタシが鍵の城で働くようになって、十年になります。ですが……レディ・アルスルがくるまで、リサシーブが感情的になったことはいちどもありませんでした。皮肉屋で、いつもどこか……あきらめていて。なのに先日は、駄々をこねる子どものように、レディへいきどおりをぶつけていました」

ギルダスは疑わしげな顔をする。

「人外が……アルスル＝カリバーンに固執《こしつ》しているとでも？」

「……まるで」

チョコレイトはすこし困惑して答えた。

「リサシーブにとって……レディが、重要な鍵だとでもいうようで」

鍵――？

ルカはバドニクスを見る。強面《こわもて》の男は、考えこむように葉巻をふかしていた。

困りはてたギルダスが頭をふる。

「きみにしては、根拠にとぼしい意見だな……ミセス・ハンナ＝カーボネック・ブラックケルピィ？　あなたはどうお考えですか」

「論外」

短く答えると、老婆は紅茶をすすった。

「ブラックケルピィ家に、リサシーブが欠かせないのなら……これ以上、彼の機嫌はそこねないほうがいいだろうね」

「どうだか。あのネコ、処女を喰いたいだけだったりしてな！」

冗談のつもりで言ったが、だれも笑ってくれない。殺伐《さつばつ》とした職場だと、ルカは両手を天へ向けた。

「予定に変更はない。リサシーブの予言をあてにするつもりもない。さて……ルカ」

くわえていた葉巻をとると、ボスは口ひげの下に犬歯をのぞかせた。

「ここからがおまえの仕事だ。おもしれぇ話をたのむ」

テーブルに城の見取り図を広げたルカは、指を一本立てる。

「ボスからの注文はふたつだったから、おれ、ふたつ作戦を立てました！　ひとつめは、撃退プラン。つまり、リペリング！　そしてふたつめが……」

二本めの指を立てたとき。ルカの心は、熱狂で躍っていた。

「迎撃プラン。つまり、ハ、ハ、ハ、ハンティング」

「げ……迎撃だと?!」

ギルダスがとり乱した。ボスは知らん顔をする。

「おれとしてはな、ボス。走訃王は強敵だ……だからいざというとき、どちらの作戦もとれるよう準備しておくべきだと思う」

バドニクスは、大悪党のごとく狡猾《こうかつ》に笑った。

「……金と時間による」

なんてたのもしいボスなんだ！　ルカはうきうきとして説明をはじめた。

ルカ＝リコ・シャ。

鍵の城における肩書きは、対人外防衛部門長。

専門は、フェロモン・キャンディを使った対人外戦。とくに、攻城・籠城の戦略研究だ。役職名こそ大げさだが、ルカ自身は初等教育機関しか出ていない。

ファーストネームのルカは、帝国に残る聖人の名だ。

ミドルネームのリコは、第六系人に生まれた少年の四人に一人がもらう名である。

ラストネームのシャは、第一系人の姓で、謝、と書くらしい。父方の祖父によれば、アリガトウ、ゴメンナサイ、の意味だという。

ルカの父は、五十歳ではじめて親となり、黄色人種なのにやや赤毛だった。

ルカの母は、十五歳でルカを産み、黒髪だが肌が白く、瞳は青かった。

ふたりの似たところといえば、笑っている時間が怒っている時間より長いことと、おたがいを愛していることくらいである。

父は、腕のいい料理人だった。ブリキでできた石窯《いしがま》つきの屋台を四頭の野牛《バイソン》にひかせ、七十六になったいまも、大陸中の城郭《じようかく》都市をわたり歩いている。父が作るものはなんでもうまいが、ルカのおすすめは、とにかくカレーだ。

ぼろぼろの羊皮紙のメニューには、「特別な煮こみ」とだけのっていて、マリーゴールドそっくりのオレンジ色のルーに、日によって、ヒツジやトリの焼き肉が浮かぶ。

これが、涙が出るほど、うまい。第五系人が作るシチューに近いのだが、使うスパイスの種類と量がまったくちがうので、味もにおいも他ではちょっと見られない。おまけにおなじ鍋に継ぎ足してきた四十年もののルーとあって、ルカは父のものより深みがあるカレーを食べたことがなかった。これをベースに、屋台では四種類のカレーを出している。トマト味やココナッツ味、激辛味などがあり、どれも第一系人から仕入れた米か、自家製の揚げパンにつけて食べる。父いわく、このカレーのうまさで母を落としたのだという。

まだ四十一の母は、身軽なときは父と旅をするものの、たいていは身ごもっているので、親類がいる城郭都市テオトコスで暮らすことが多かった。ルカには弟妹が十三人いるが、先日もらったバースデーカードには、もうすぐ十四人めと十五人め——双子のきょうだいが生まれてくるとあった。おどろいたことに、みなおなじ父の子だ。

そんな両親の影響が、大きい。

ルカは、普通、という価値に縛られなかった。

両親は学校に通ったことすらなく、帝国の創造主や他国の神への信仰心もうすかったので、属するコミュニティがあまりにごっちゃだった。母など、朝は第五系人の祖母を世話しにいき、昼は第七系人ハーフである父親の仕事を手伝って、夜は第六系人のいとこやその友だちと遊びまわっていた。

小さなルカは混乱したものだ。

第五系人があたりまえにすること——たとえば土足が、第六系人の家では無礼にあたったり。第七系人は女性が場をしきるが、第一系人はその逆だったり。

（自分のルーツが、わからない）

そう感じていた少年時代は、孤独だったこともある。ところがある日ふと、こう思った。

（あらゆるものが、自分のルーツだ！）

なぜなら、ルカにはあらゆる人種の血が溶けているのだから！

発想の逆転。

これまで見えていたものがもっとよく見えるようになったルカは、その機転で弟妹を守るようになった。悪人や、人外からだ。守るべき範囲はしだいに広がって、家族だけでなく、父の料理を愛する常連や、母が暮らす城郭都市の人々までルカを頼るようになった。

シクリッド社の民間軍事部にスカウトされたのは、二十歳のとき。

働きが認められ、客員研究員として鍵の城へ派遣されたのは、二十三歳になった三年前だ。望んできたわけではなかったが、ルカはこの城――とくに、ボスと仲間たちをとても気に入っている。

ボスの反応は、上々だった。

しかめ面で葉巻をふかすだけだが、それはルカの提案が悪くないというポーズだ。

（……いけそうだ。でも、完璧じゃない）

対人外防衛部――キバの研究室へ戻るなり、ルカは声を張った。

「ヘイ、野郎ども！　注目！」

「ルカ＝リコ!!　あんた、またノラ猫を拾った⁈」

非難があり出鼻をくじかれる。

キバの研究室は、城下街の酒場を丸ごともってきたかのようだった。

昼なのに、飲んだくれたちが騒いでいる。きれいなテーブルなどなく、酒瓶《さかびん》とグラス、ナッツやカード《トランプ》が散乱していた。天井には、稼働区の風で動く木製の羽《プロペラ》。左右の壁には、軍事専門書がずらりとならぶ。奥は、ガラスばりの訓練場になっていた。

そこから、新人研究者のパイロ・タランテラがやってくる。ルカとおなじメルティングカラーだが、帝国大学の人外研究科を首席で卒業した、秀才青年だ。パイロは左手で、ぶあつい研究ノート――しかし、むざんに爪とぎをされたあとがある――をかかげてから、右手につまんだ白い子猫を、ルカの鼻さきへ突きつけた。

「……わぉ。かわいいキティちゃん」

「ひ、ろ、っ、た？」

青年のすさまじい剣幕《けんまく》に、ルカはぎこちなく笑う。

「許せよ、パイロ！　しかたないの、おれの部屋にナンパした女の子をよぶ予定だったから、白いのはちょこっと研究室でおるすばんだったわけ。こいつが腹すかせて鳴いたらさ、かわいそうでしっぽりどころじゃないだろ？」

「そう言って何匹拾えば気がすむのさ⁈　そもそも、初対面の人間を城へ入れるな！　すこし女にモテるからって、いい気になるなよ！」

身長、百八十六センチ。体重、七十キロ。たくましい八頭身で、足も長い。チャームポイントは、高い鼻とヘーゼルアイだ。自他ともに認めるハンサムなルカだが、悩みがないわけじゃない。メルティングカラーの彼には、まじめにつきあってくれる女がいないという不幸があった。

(はじめは簡単。見つめて、手を握るだけでいい……つぎも楽勝。彼女のいいところを見つけて、ほめて、ごほうびのキスをもらう。それを毎日くり返す。昨日ほめたこととかぶらないのが、コツなんだわ!)

ところがそのさき。

永遠の愛を誓う——は、いちども成功したことがなかった。

ルカくらい人種がまざっていると、メルティングカラーのなかでさえよそ者あつかいされる。純粋な第五系人であるほど、ルカへの抵抗感も大きかった。そうなると、ハンサムも逆効果だ。財産狙いで女を誘惑していると蔑《さげす》まれるか、遊びたいだけの女が寄ってくる。

ぞっこんほれた前の前の恋人リィムも、ネコ使い部族の娘だった。

彼女はルカが結婚を口にしたとたん思いつめ、最後には父親と兄が出てきて、丁重に破局を言いわたされてしまった。失恋のショックは大きく、さすがのルカも、立ちなおるのに一年かかっている。

「そんなことより、ルカ! ボクシングの相手をしろよ!」

「オレにも流術《りゅうじゅつ》格闘技を教えてほしい」

「こらこら、待たんかい……ルカ、なにか言いかけとったが？」

ルカは気をとりなおす。いつものようにリサシーブの能力をふせて、話しはじめた。

「走訃王がくるって噂は、聞いたろ？　ブラックケルピィ家のお偉いさんによると、かなり現実味があるらしい。ダーウィーズも、警戒態勢に入ることが決まった！」

仲間たちに緊張が走る。

ぴりぴりとした空気を味わってから、ルカは宣言した。

「よってだ。ボスが、この街ごとまわすとさ！」

「まわす……？」

「おいおい、バドニクスがそう言ったのか?!　カーボネックのばあさんはなんて?!」

仰天したのは、アルフレッド＝ロマン・ブラックケルピィだった。熟練のケルピー人外使いである。パイロたち、ブラックケルピィ家の生まれではない者が首をかしげた。

「どういうことですか？」

「迷路園より外側がまわるのは、二十五年ぶりだ！」

ルカは城の事情通でもあるアルフレッドに、説明を任せた。石炭ストーブの横で丸くなっているケルピー犬をクッションに、興奮ぎみの人外使いがしゃべりだす。

「鍵の城は、全体が、でっかいダイヤル式錠だってのは知っているだろう？」

城の見取り図を、ルカは黒板へはりつける。

懐中時計そっくりの機械製図をさしながら、アルフレッドが言った。

「ダイヤル式錠ってのはな？　いくつかの回転機構のダイヤル――まんまるな数字盤に刻まれたミゾを一列にならべることで、そのミゾにはまった棒状のロックレバーが動き、開錠するしくみだ」

アルフレッドは、太陽を軸に、惑星直列がおきたような図を描きこむ。

太陽が、リサシーブのいる庭園。

いくつもの惑星は、迷路園や城の外壁、城下街だった。

「どこにでもあるダイヤル式錠だと、回転機構――暗証番号の数は、せいぜい三から五くらいだ。しかし鍵の城には、二十もの回転機構がある。それを動かすのは、言わずもがな、人外たちだ！　いつも動かしているのは、城の内部、つまり迷路園の迷路パネル十枚分だけ……だが城の外にゃ、さらに九枚のパネルがある。城下街に六、城門に一、外壁に二だ」

「城下街……って、街そのものが動くんですか?!」

「そうとも！」

ルカとアルフレッドだけじゃない。研究室全体が、興奮にわく。

「とても信じられない……最後のひとつは？」

パイロが聞いた。アルフレッドは、庭園にそびえるオークをさす。

「あれさ。リサシーブが寝ころがっている芝生に、鍵とツタの絵がついたアンティークタイルがあるだろう？　ほかの十九がすべて開錠しているときだけ、人の手でまわせるらしい」

その話は、ルカもさっき聞いたばかりだ。

最奥のアンティークタイルだけは触るなと念をおされたが、それ以外の回転機構をすべてまわす許可がおりたのは、二十五年前の城郭都市いっせい点検以来だという。しかし、ルカがもっともおどろいたのは、城の複雑な構造ではなかった。

(ブラックケルピィ家は……なんのために、こんなばかげた堅城を築いたんだ?)

——リサシーブ。

特別な人外を思いだして、納得する。

(あいつを守るだけじゃない……逃がさないための城でもあるわけだ)

獣《けもの》一体では開けない、鍵つきの城——。

ブラックケルピィ家の陰の采配者とはよく言ったものだ。実際は呪われし財宝か、囚《とら》われの姫君だろう。それをあわれに思うから、チョコレイトも油断していたにちがいない。

(……うん?)

城をまわす——か。

城の図面をながめながら、ルカはひとりごとを言った。

「……ワルツ、ワルツ」

「ルカ=リコ?」

パイロがよぶ。

「ロンド、ロンド……」

ルカは返事をせず、ぱちんぱちんと指を鳴らした。部下の何人かが、首をふる。

「こらいかん……リーダーのイカレスイッチが入っちまった！」

いかれていてなにが悪いのだ。

対人外戦――人より優れた獣と戦う、それが自分の仕事だ。人外の力は、常に人をこえる。だからこそ痛快でなければ割にあわないと、ルカは考えていた。

（そうだろ？　マルクス）

ルカには十三人の弟妹がいるが、本当はもっと多かった。とくに、すぐ下の弟マルクスの死は、ルカの人生を変えた。

弟は、城郭都市の目と鼻のさきで、人外に喰い殺されたのだ。

旅から戻る予定だったルカと父を、迎えに出ていたという。身元が判別できないほど凄惨な状態で、マルクスは見つかった。身重の母や弟妹にはとても見せられず、ルカと父が、歯とほくろの位置で本人だと確認した。憎むべき人外が目撃者もなく逃げおおせてしまったこともあり、未来の幸せを考えられなくなるほど、ルカは自分を憎んだ。

そんな彼をはげまし、救ったのもまた弟妹たちである。

だからこそルカは人生――人外との戦いを楽しむようにしていた。

「なぁ、リサシーブだけどさ」

発想の逆転。

ルカはつぶやいた。

「あのネコ……逃がしちゃだめかな？」

キバの研究室が固まる。やや長い沈黙のあとで、パイロが口火を切った。

「ダウト」

「スリーアウト！」

「ゲームオーバー!!」

仲間たちは口々に反対した。

「ルカぁ……いよいよボスにぶっ殺されるぞ?!」

「走訃王の角がある。リサシーブは逃げられないじゃないか」

「その通り！」

ルカは子どものように大はしゃぎする。

「ワルツワルツ！　ロンドロンド！」

「……よく楽しめるな。六災《ろくさい》の王がやってくるのに」

「だからだろ！　変態の人外研究者どもめ、そばで見たくないのか、伝説の走訃王を！」

部下の――半分以上が、ぴくりとした。

好奇心が恐怖に勝ったと感じて、ルカは自信をもつ。この作戦なら、ボスも文句なしに気に入るだろう！

ルカは高らかにこぶしをかかげた。

「おれたち、伝説になるぜ!!」

8

帝都イオアキム。

イオアキム城——。

姉妹が、宮殿の噴水広場で落ちあった。

「エレイン！」

妹のヴィヴィアン・ブラックケルピィが、豪華な漆黒《しっこく》の螺旋《らせん》階段を駆けおりてくる。

短い黒髪はボブカット。ドレスなどめったに着ない彼女は、しかし、ブラックケルピィ家一のおしゃれで通っている。素肌の上に黒いベルベットのジャケットを着たヴィヴィアンの胸もとは、くっきり開いていた。あいかわらず、過激な服装だ。

姉のエレイン・ラグドォルは、妹がいつも通りであることにほっとする。

腰までの髪に黒真珠《しんじゅ》のチェーンを編みこんだエレインはというと、ひとめで貴族とわかる黒レースのドレスをまとっていた。妹の手をとるなり、エレインはたずねた。

「ヴィヴィ……どうだった？」

「だめだ、話にならない」

舌うちせんばかりのしかめ面で、ヴィヴィアンは宮殿の奥をにらんだ。

大がかりな引っこしキャラバンが、王宮から荷物を運びだしていく。

前皇帝――ウーゼル＝レッドコメット・ブラックケルピィが死んだいま、あらたな皇帝のため、すまいをからっぽにしなければならなかった。近隣にあるブラックケルピィ邸へ、父母やアルスルの私物、自分の洋服ダンスや彫刻材が運ばれていくのを、ヴィヴィアンは悔しげにながめる。

「帝国議会《パーク》は、つぎの皇帝を選ぶことで頭がいっぱいだ。アルスルの裁判をやりなおすどころか、わたしたちを煙たがっている……とりあってさえもらえなかった！」

エレインはヴィヴィアンを抱きしめる。悔しさをわかちあった妹が、たずねた。

「母さまはどう？」

エレインは力なく首をふる。

姉妹の母、王妃グニエブル。彼女はいま、エレインの嫁ぎさきである、イオアキムのラグドォル邸に身を寄せていた。夫と自分にふりかかった悲劇を嘆くことで精一杯なのだろう。毎日泣いてばかりいる母の口からは、アルスルのアの字も出てこない。交渉に走るヴィヴィアンにかわり、彼女の世話をすることにしたエレインだが、実のところ、母との関係は悪かった。

エレインが、ラグドォル家の長男レックスと恋に落ちたからだ。

三年前のことだ。大恋愛の末、周囲の反対をふりきって結婚したエレインに、両親は激怒し者だったのだ。

た。エレインとレックスにはそれぞれべつの婚約者がいたし、レックスは、ネコ使い部族の若

帝国には、イヌ使い部族はイヌ使い部族と、ネコ使い部族はネコ使い部族と結婚すべきという、暗黙の了解がある。〈王城のうるわしき黒薔薇《ばら》〉の異名をもつエレインと、〈オッドアイの剣士〉ことレックスの関係は、禁断の恋とまでささやかれた。

幸い、今年になって、レックスが当主の説得に成功。二人はラグドォル邸で暮らすことを許され、今回グニエブルを引きとりたいとエレインが相談したときも、レックスの両親はしかたなく承諾してくれている。

(でも……わたくしは、永遠に和解できないまま)

——おまえはブラックケルピィ家の面汚しだ、もう顔を見せるな——!

父ウーゼルからの、最後の言葉である。

母グニエブルから投げつけられた言葉も、おなじほどエレインを打ちのめした。

——お父さまに従っていれば、まちがいはないのに。なぜ逆らうのです——!

両親に反抗した罪悪感からグニエブルを世話するエレインだが、いま、あれほど弱った母を見ていると、つい本音が出てしまう。

「すこし、残念だわ」

「なにが」

「……もっと、強い人だと思っていたのよ」

妹は鼻を鳴らした。

「あの人は、父さまがいないとなにもできない……わかっていただろう」

もとよりヴィヴィアンと両親の関係は、エレイン以上に悪かった。

父には、父の望む淑女像があって、ヴィヴィアンがそこから逸脱していたからだ。身なりや、勝ち気な性格だけではない。

勇ましきヴィヴィアンは、七歳で帝国の首席宮廷画家に弟子入りしていた。

淑女たれと、父母から命じられるままに生きてきたエレインからすれば、それだけでもすごいのに。妹は十三歳で、彫刻に目覚めたという。毎日のように自室——アトリエにこもり、石材や石膏と格闘するヴィヴィアンを、父母はなんどもとがめた。芸術など趣味にしておけ、皇帝の娘として恥ずかしくはないのかと。

「あの人たちとは理解しあえなかったし、自分の生き方をまげる気もない……けれどわたしも、甘かったな。父さまが死んだいま、帝国議会に話を聞いてもらうことさえできない。そういう意味では、わたしたちは、父さまに守られていたんだろう」

力なく、エレインもうなずいた。

父亡きいま、エレインもヴィヴィアンも、帝都での肩身がせまくなるばかりである。

「……守られていないって、不安になるものね」

「そうだ。だからこそ、わたしたちがあの子を守らないと」

エレインははっと妹を見つめる。

「アルスルも、父さまとはうまくいっていなかった。けれど、あの子は愛されたかっただけ……父さまを殺しただなんて、ばかばかしいにもほどがある！」

負けてなるものかと、ヴィヴィアンは空をにらんだ。

「わたしたちの嘆願書が、鍵の城へ届くころだろう。バドニクスの大おじうえは聡明なかただ。きっとリサシーブとやらへも、裁判のやりなおしを直訴してくれるはず」

――その通りだ。エレインはようやく笑顔になった。

「すこし、うれしいわ」

「なにが」

「あなた、とてもアルスルを愛していたのね」

ヴィヴィアンは否定する。

「あの子がいないと、腕が鈍るってだけ」

「腕？」

「モデル」

妹は言いわけするように説明した。

「エレイン。一日デッサンをさぼると、勘をとりもどすのに三日はかかるんだ。なのにわたしはもうふた月近く、満足いく環境で創作ができていない。つまり、もとのパフォーマンスを再開するために、半年以上の月日と集中が必要になるってことだよ。十九歳の芸術家見習いにとって、これがどれほどの損失か……」

「はいはい、わかったわ！　そうだったわね！」

小さいころ、ヴィヴィアンはアルスルを嫌っていた。

自分が意見をはっきりと口にする性格なので、アルスルの無口や、主体性のなさをよく思っていなかったのだ。最初は、意地悪でアルスルに彫刻モデルを命じていた。ところがいまとなっては、アルスルは、ヴィヴィアンの創作活動になくてはならない存在である。

「……あの子、体のラインがきれいだから。何時間でもつきあってくれるし」

ヴィヴィアンの態度もやわらかくなった。

それどころか、ずっと凝視しているせいかもしれない。アルスルの変化に気づくのは、いつもヴィヴィアンだった。アルスルも、黙っておなじポーズをとるのが嫌ではないらしい。なにげないしぐさがしなやかなので、ヴィヴィアンの芸術意欲を刺激するようだった。

（そう……アルスルはすばらしい子なのよ、お父さま）

父母はもちろん、ブラックケルピィ家にもラグドォル家にも結婚を反対され、友人たちに無視され、ヴィヴィアンにも呆れられていた、あのころ。

孤独なエレインをひとりなぐさめたのが、アルスルだった。

──エレインお姉さま。おめでとう──。

細い赤リボンを結んだ一輪の黒薔薇をわたして、妹は言った。

笑って、エレインのほほにキスもしてくれた。それはアルスルが特別だと感じたときにする、祝福のしぐさだった。妹の優しさに、エレインは、涙がこぼれるのを止められなかった。あの日、胸に決めたのだ。

いざというとき、アルスルの力になりたいと。まさか、もう……」

「……あの子、うまくやれているかしら。

「だいじょうぶ」

ヴィヴィアンが断言する。

「アルスルは待てる……チャンスを、だ」

エレインはなんどもうなずいた。それから、おまじないのようにつぶやく。

「……ブルーティアラ」

にゃあん、と、甘い鳴き声がした。

『おうち帰りましょ』

体をエレインにこすりつけながら、大きな獣《けもの》が立ちあがる。

『エレインの心臓がしめつけられてる……帰って、レックスに抱きしめてもらわなきゃ!』

明るいサファイア色の瞳。背は、エレインよりティアラひとつぶん低い。

ふわふわの長毛ネコ——ラグドール人外、だった。

ウーゼルの娘たちが、奔走《ほんそう》しているようだ。

(……まずい、まずいな……)

指の爪を噛みながら、アヴァロンは宮殿廊下の窓から、噴水広場を盗み見ていた。

アヴァロン・ブラックケルピィ大公。

皇帝ウーゼルの弟である。

ウーゼルが死んでからは、ブラックケルピィ家の代表として、帝国議会に出席していた。自分では気づいていないが、気位が高い。そして、その気位にまったくそぐわない無能な男だった。

彼は、自分こそが帝国の主役であり、ほかの者は、皇帝や実の両親だろうと、自分を飾る脇役に徹するべきだと考えていた。これまで、彼の無謀な挑戦や非礼の数々をひそかに尻ぬぐいしてきたのは、兄ウーゼルと鍵の城の円卓会議だ。ゆえにアヴァロンは困っていた。だれかに助けてほしいのに、今回ばかりはそうできない事情がある。

たしかに、ヴィヴィアン・ブラックケルピィの行動力は目にあまった。

しかしアヴァロンにとって、事態を悪化させているのは、姉のエレイン・ラグドォルのほうだ。いまも彼はエレインの姿が見えたために、こうして身を隠している。

(しおらしくしていればいいものを……あのネコを連れてふらふらと!)

アヴァロンは、影のごとくエレインにくっついているブルーティアラ号をにらんだ。

レックス・ラグドォル。

〈オッドアイの剣士〉とよばれる彼は、騎士の称号ももつ屈強な人外使いだ。

彼が鍛《きた》えた満三歳のブルーティアラは、現在、帝国で十九体しかいないスペシャル・ワーキングキャットの称号をもっていた。そしてこの若いメスネコ人外が、レックスの妻――エレインにべったりとなついていることは、イオアキム中で知られはじめている。レックス本人の話では、ブルーティアラの戦闘訓練をしたのは自分だが、育ての親はまちがいなくエレインだという。

イヌ人外では考えられないが、ネコ人外は、人間のリクエストをほとんど受けつけない。フェロモン・キャンディでの使役が前提になるが、まれに、信頼関係だけでイヌ人外以上の能力を発揮するものがいる。

ブルーティアラは、きわめて耳がよかった。

もともとネコは音に敏感で、イヌより優れた聴覚をもっている。ブルーティアラの強みは、人の心音すら聞きわけられること。そして音がおこった理由や、音を変化させるための手段を推察できることだった。イヌネコ人外が苦手とする理論的な思考をそなえた、めずらしい個体なのだ。ところが不思議なことに、Nテストのスコアは並。ほかのネコ人外とおなじか、すこし低いくらいらしい。

(個体の性格と……育て方、か)

母と慕うエレインの心を感じとり、寄り添おうとした結果だと考えられている。

ブラックケルピィ家――イヌの育成ではまったく注目されなかったが、ラグドォル家――ネコの育成で開花したエレインの才能だ。ブラックケルピィ家のアヴァロンはにがにがしく思うばかりだった。

ウーゼル＝レッドコメット・ブラックケルピィ皇帝が殺された舞踏会で。

アヴァロンとブルーティアラは、言葉をかわしていた。


あの晩。

悲鳴が、黒水晶《モリオン》の晶洞《しょうどう》――漆黒の大広間をつんざいた。

グニエブルだ。アヴァロンは直感した。

（やった……）

金で雇った密偵を刺客にしたてあげ、華やかな舞踏会へ送りこんだ。

その者が――やりとげたのだ。

皇帝ウーゼルの暗殺を！

場が騒然として、城の衛兵や警護の人外たちがわらわらと集まってくる。なにも知らないふうを装い、アヴァロンはその場を動かなかった。周囲の人々に自分の無実を証明してもらうためとはいえ、実の兄が死んだという事実が、アヴァロンを緊張させていた。

挙動不審にならないよう、ひそかに息を整えていたときである。

『あら、エレインのおじさん』

頭へひびく声がして、アヴァロンは硬直した。

ふり返れば、普通種のトラよりも大きなラグドール猫がアヴァロンを見つめている。明るいサファイア色の瞳がきらきらとかがやいていた。

「おまえ、は……？」

人外の首には、スペシャル・ワーキングキャットであることを示す、クリスタルのメダルがかかっている。イヌ人外にくらべれば格段にめずらしい称号から、ぴんときた。

(エレインの……ブルーなんたら、とか)

主人であるレックスとエレインは皇帝の殺害現場へ向かったらしい。アヴァロンはようやく、事態が奇妙なほうへ動いていることに気がついた。

「アルスル、アルスル!!」

ヴィヴィアンが叫んでいる。まず、キャラメル色のケルピー人外が引きずられていき、そのあと、ぐったりとしたグニエブルがエレインや友人によって運ばれていった。そして最後に、血まみれの黒いドレスをまとった少女が連れ出される。

アルスル=カリバーン、だ。

連行されていく少女の手には、虹黒鉄《にじくろがね》の枷《かせ》がかけられていた。

(どういうことだ……？ あの場にいたのか？)

ぞくりと、悪寒が走る。

(……指輪は？)

アヴァロンはぎりと歯を噛んだ。

(鍵の指輪は、どうなった……?!)

『……ねぇ？』

逃げたらしい刺客を、絞め殺したいほど憎んだときだった。

退屈そうにしていたブルーティアラが、アヴァロンの耳元でささやいた。

『ずいぶん心臓がばくばくしてるのね……なにか、悪いことした？』

アヴァロンの息が止まった。

ラグドール猫は、さして興味もない顔で続ける。

『去りなさい』

牙をむいて大あくびをした直後――人外は、眼球を正円に見開いた。

『エレインに黙っていてほしいなら』

有無を言わさぬ気迫に、アヴァロンはおされてしまう。

ネコの命令に従うしか道はなかった。


あれほどの屈辱ははじめてだ。

人外使いのはしくれなのに、ネコ人外のリクエストを受けてしまったのだから。負け犬のようにしっぽをまいて退散したばかりでなく、あの晩以来、アヴァロンはあらゆる場面でこそこそしなければならなくなった。ブルーティアラに見つからないためだ。

あとになって、アヴァロンは人外の真意に気がついた。

ブルーティアラは、探ったのだ。去れと言われておとなしく去ってしまったアヴァロンを見て、うしろめたいなにかがあると確信しただろう。徐々に退路を断たれていくような感覚が、アヴァロンを焦らせていた。

「……いまいましいネコめ!!」

昔から、アヴァロンはネコが大嫌いだった。

あのいまわしい豹《レオパード》――リサシーブを思いだすから。

――おまえでは、皇帝になれない――。

――おまえでは、円卓会議はつとまらない――。

――おまえでは、あの女の愛など勝ちとれない――。

いつもいつも、いつも。不愉快なことばかり口にする。アヴァロンはリサシーブを恨んでいた。とくに最後の予言は、アヴァロンを怒りで煮えたぎらせた。

(……愛を勝ちとれない、だと⁈!)

これまでなんど、兄の死を願ってきたことだろう。アヴァロンは長年――兄の妻へ、よこしまな思いを抱いていたからだ。

「グ、グ、グニエブル……っ」

エレイン、ヴィヴィアン、アルスル＝カリバーン三姉妹の母である。

グニエブルは、帝国でも一、二を争うほど由緒正しい家柄――ブラックケルピィ家の祖であるスムゥス家の生まれで、ウーゼルやアヴァロンとも遠い親戚にあたる。彼女の長女であるエレインは、〈王城のうるわしき黒薔薇〉と称えられるほどの美女になった。しかし、若きころのグニエブルの美しさはそれ以上だった。

〈黒薔薇の女王〉――。

ウーゼルと結婚したころのグニエブルは、貴族、平民、人外からでさえ、そうよばれていたのだ。美しい彼女にうっとりと見つめられ、語りかけられるウーゼルは、あらゆる男たちの羨望を集めた。四十歳になったグニエブルだが、いまなお熱狂的な崇拝者がいる。アヴァロンもそのひとりだ。いや、アヴァロンよりそばで、アヴァロンより昔から、アヴァロンよりもグニエブルを欲していた男などいないだろう。

あの薔薇を手に入れたい——！

強く願ってきたが、口にしたことはない。人生で、アヴァロンがウーゼルに勝てた瞬間などなかった。だからこそスムゥス家の当主は、愛娘を兄へ与えたのだ。卑屈なアヴァロンには、笑い者になるとわかっていながら彼女の前でひざまずき、愛を告白する勇気もなかった。

妄想のなかでだけ、アヴァロンはグニエブルを犯してきた。

愛をこめて、ときに残酷に——そんなある日。

鍵の城で。

アヴァロンは、リサシーブの予言を受けた。

——グニエブルを手に入れたければ——。

——皇帝から、ブラックケルピィ家当主の証《あかし》たる鍵の指輪を奪って、殺せ——。

——指輪をわがもとへ運んだとき、おまえの欲望が叶うだろう——。

昨年のことだ。

リサシーブがはじめて自分の幸福を予知したことに、アヴァロンは歓喜した。

あの薔薇が手に入る――！

願いが叶う、積年の想いが報われると感じたときには、兄を殺す罪悪感など吹き飛んでいた。

リサシーブが、当主の証とはいえ、ただの古ぼけた指輪をほしがる理由もどうでもよかった。

なのに。

「……手に入る、はずではなかったのか⁈」

アヴァロンは頭をかきむしる。

ウーゼルが死んでから、いくどとなくグニエブルを見舞った。しかし彼女は、まったくアヴァロンを相手にしない。最初はそっとしておいてほしいと言っていたのが、近ごろなど会ってさえくれなくなった。

「指輪、だ……！」

鍵の指輪を、リサシーブへ届けていないからだ。

しかし。そのありかが――わからない。

「なぜ、なぜ！」

指輪を見つけられずに戻った刺客は、自分のケルピー人外に殺させた。ウーゼルの私室を探したが、見つからない。宮殿はあまりに広く、すべてを探しきれていなかった。

「……指輪、指輪……」

うわごとのように、アヴァロン大公はくり返す。
破滅が、すぐそこまで迫っていた。

9

城郭《じょうかく》都市バテシバ。

東の城門――。

濃い霧が、巨大な城郭都市をおおっていた。

いましがたバテシバへと到着した人外《じんがい》使いたちは、動くことができなかった。

城郭の城門から――滝のように、水があふれていたからだ。

「……いったい、なにが……」

街は、水びたしだった。

濃霧の中心に、バテシバ城がそびえている。

虹黒鉄《にじくろがね》で作られた松ぼっくりそっくりの城は、大きな噴水と化していた。

扉、窓、煙突、あらゆる場所から、透明の水がほとばしっている。嵐によって海へと沈んでいくがごとき城を目にして、人外使いもケルピー犬も、みな言葉を失っていた。

城を中心にすり鉢状になった城下街は、水没している。

透明な水面のはるか下に――戦闘で廃墟と化した街が、見えるのだった。

現実とは思えない光景の街で、ケルピー犬が犠牲者を発見した。水がとめどなく流れる橋に、おり重なるようにして倒れている。

下は、男だ――頭がない。

上は、女だ――下半身が、なかった。すこし離れたところに、女ものの靴をはいた右足と左足首が転がっていた。

霧と水が深すぎて、城にも街にも、入れない。

一行は、水が浅くなっている外周を探索するしかなかったが、それでも百人近い犠牲者――ときに犠牲者の一部を見つけることになった。そのほとんどは頭を喰いつぶされた男か、内臓を喰い散らかされた女だった。女の場合、胸部か下腹部、どちらかが激しく損なわれている。子どもは、腕一本すら見つからない。老人だと、致命傷以外はきれいに体が残っていることもあった。恐怖と絶望が人外使いたちを襲う。

もう、明らかだった。

「……走訃王《そうふおう》よ。なんということを」

祈りをささげた人外使いたちは、四散した。

一隊は、荒野へ生存者を探しに。

一隊は、帝都イオアキムへと人外戦車を向かわせた。

一隊は、家へ――鍵の城へ走る。凶報を、伝えなければならなかった。

10

人外《じんがい》研究が盛んではなかった時代。人間はときに人外を、超自然的なもの、神秘的なもの、魔術的なものと混同することがあった。地域によって、人外たちは実にさまざまな名でよばれた。怪物、悪魔、堕天使といった負のイメージもあれば、神獣、天使といった正のイメージでよばれていたことをうかがわせる記録も残っている。とくに強大な人外王たちは、魔王、もしくは、創造主と同一視されたことさえあったようだ。（中略）

人外はなぜそのように、忌避《きひ》もしくは崇拝されたのか。

第一の理由は、寿命の長さだろう。そして第二に考えられる理由は、その擬態能力だ。人外のなかには、生物分類上、自身とはまったく異なる生物に擬態できる個体がある。たとえば、六災《ろくさい》の王である走訃王《そうふおう》は、人間への擬態がきわめて巧妙なことで知られる。彼は人体でもっとも複雑な組織である脳の働き――すなわち、人間の思考をも精巧に模倣する。（中略）

こうした能力は、擬態する対象を摂食（消化・吸収）することで獲得されていく。これは細胞レベルでの模倣を行うための、必須条件だと考えられている。とくに人外たちにとってよい教材となるのが、対象の脳だ。走計王の例からもわかるように、脳にふくまれる神経組織を多く摂取した個体ほど、本物と見わけがつかない高度な擬態をすることがわかっている。人智をこえた人外たちの味覚が、これを可能にする。

〈ギルダス・ブラックケルピィ著『人外王創造主論』より抜粋〉

バドニクスにとって、週の最終日はいつもかったるい。

円卓会議での昼食会——聖餐《せいさん》式が義務づけられているからだ。

帝国では日常的な儀礼で、聖なる供物をみなで食べることによって、創造主と信徒同士の絆を確認する。

はっきり言って、食事中まで、親族の説教や小言を聞くのはわずらわしい。

料理がまずければ暴れるところだが、ブラックケルピィ家でもっとも地位の高い人間たちの昼食会だけあって、領内でとれる最高級の食材がならんでいた。

本日のメニューは、二年間熟成させたという塩漬け豚モモ肉の燻製と、白カビのチーズ、香りの強いキノコをまぜた腸詰め、ガチョウのレバーパテといった前菜。クルミ入りのブレッド。

そして、西域《ウエスト》でいちばん有名な酒蔵の葡萄酒だった。牧畜犬系のイヌ人外を使役する城郭都市では、食肉加工製品と乳製品が充実するものだが、ダーウィーズも例外ではない。主菜もばかばかしいほど凝っていて、領内で一等賞をとったという普通種牛肉の網焼きに、胡椒とサクランボのソースをかけたものだった。

ツノの大広間に火急の知らせがもたらされたのは、重鎮の全員が食事を終えた、まさにそのときだった。

「最悪の知らせだ」

議長アンブローズが凍りつくのを、バドニクスはたしかに目撃した。

「バテシバが陥落した」

城郭《じょうかく》都市バテシバ。

ケルピーの弟種――バーブ人外種を操るイヌ使い部族・バァブ家が治めている。ブラックケルピィ家とバァブ家は、もう何百年も親密な関係にあった。バドニクスは陥落の原因を直感する。部下から耳打ちされたギルダスが説明した。

「〈大いなる美女と騎士〉の力が使われた痕跡があるそうだ。なにより……犠牲者は、いつもとおなじ」

円卓のだれもが眉をひそめる。一部から、絶望の吐息がもれた。

「女は、心臓か子宮だけ。男は、頭しか喰わない。子どもは骨も残さない。年寄りは、うち捨てられていたという……まるで好き嫌いをするかのように」

かの人外王は、草食性。

本来なら、肉など喰わずとも生きていける。

「美食家きどりが。人間の味を覚えているどころか……殺しが楽しいか！」

狂った、獣《けもの》。

（走訃王め……!!）

バドニクスは、ぎりりと葉巻を噛む。太巻のさきを食いちぎりそうなほど悔しい思いだったが、どうにかこらえると、アンブローズの言葉を待った。アイベックスの角の椅子に深くかけた議長は、うつむいていて、いよいよモップ犬のようだった。

「……何年ぶりかな。走訃王によって……西域《ウエスト》の城郭都市が沈められるのは」

一秒だけ考えたギルダスが、答える。

「三十三年ぶり、だ」

城郭都市サウル。

帝国の建国前から、ブラックケルピィ家の祖でもあるスムゥス家が治めていた街だ。いくどとなく皇帝も輩出したが、走訃王によって滅んでいる。散り散りになったスムゥス家の生き残りは、貴族の体裁こそ保っているが、もう都市を再興できるほどの力はなかった。

「バドニクス主任よ……バテシバの敗因は？」

「平和ボケ」

鼻の穴から紫煙をふいたバドニクスは、しぶい顔で答えた。

「サウルのときもそうだった。完全に油断してやがったな……生存者は？」

ギルダスは首をふる。

「バーブ犬どもは？」

「死体しか見つかっていない。荒野へ逃げたとすれば、何体かは生きているかもしれない」

「稼働区からの人外貸出を許可する。バテシバ近隣を探らせろ」

「わかった」

「バテシバとダーウィーズの直線上および経路付近にある都市には、伝令をやれ。バテシバとおなじ轍《てつ》を踏まないためにも、走計王への警戒をおこたらせるな……アンブローズ、それでいいんだな？」

「あぁ」

グラスの葡萄酒を水のように飲みほしたアンブローズは、うなずいた。

「帝都イオアキムに、応援は求めない」

リサシーブに注目を集めたくはない。そして、なにより。

（戦力外、だ）

帝国でいまもっとも平和ボケしているのがイオアキムだということを、バドニクスも理解していた。皇帝ウーゼルの殺害をよくよく調べもしなかったのが、その証拠だ。

「戦いがひかえている……その前に、さっさとけじめをつけよう」

今日ばかりは、バドニクスもアンブローズに賛成だった。

「アルスル＝カリバーンを裁くぞ」

足枷《あしかせ》の鉄球をかかえたアルスルは、迷路園を散歩していた。

たたらを踏み、よろめきながら、ついてくるケルピー人外に聞く。

「コヒバ。おまえは迷路を覚えている？」

『ううん！』

「……迷子にならない？」

子犬はうれしそうにしっぽをふる。

『まいごになったらね、おはなをならすの！　くうんくうんって、かわいそうなおとをだすとね、ぼすがおむかえにきてくれるよ。ゴロンをすれば、ゆるしてくれるんだ』

なるほど。――すこし、あざとい。

バドニクスが見かけほど怖くないと気づいていたアルスルは、うなずいた。

「すてきだ」

『すてきだよ！　ぼすは、すてき！』

うぉんうぉんと吠えたコヒバには、虹黒鉄《にじくろがね》の首輪がついている。

その首輪とアルスルの手枷《てかせ》は、鎖でつながっていた。コヒバと離れないことを条件に、アルスルは城内なら自由に歩いてもいいことになったのだ。領民のため、大聖堂で行われていた聖餐式も見に行った。

イオアキムではさっぱりしたうす味の魚介料理ばかりだったが、ここダーウィーズでは、こってりした肉料理がこれでもかと出る。大聖堂では、パンと葡萄酒だけでなく子豚や子羊の丸焼きまでふるまわれていて、まるでお祭りだった。昼、体温を測りにきたチョコレイトにそのことを話すと、彼女はすばらしい差し入れをしてくれた。

（ハチミツ、たっぷり……！）

ダーウィーズ・ケーキ――チーズをふんだんに使った焼き菓子だった。

濃厚で、やや塩がきいている。領内のレンゲ畑でとれたハチミツを、チーズの生地が見えなくなるまでかけるのがダーウィーズ風らしい。聖餐式用に焼かれたものだが、一口めで、アルスルはたちまちこのデザートのとりこになった。食べすぎてしまって、半ズボンのウエストがすこしきつい。

（……いっぱい、歩こう）

迷路園は、入り組んだ住宅街のようだった。

通路の左右の漆喰《しっくい》壁は、クリーム色。床には、緑と黄緑のモザイクタイルが敷きつめられている。それらをまんべんなくおおうツタの木は、よく見ると、きちんと剪定されていた。迷路の天井は頑丈な虹黒鉄の格子で、ツタがまきつく棚にもなっている。そこからさした木漏れ日がタイルをまぶしく照らしていて、ため息が出るほどきれいだ。

クリーム色の通路には、数歩おきに窓や街灯がついていた。窓に決まった形はない。大きかったり、小さかったり、丸かったり、格子窓だったり、内側にカーテンがかかっていたりする。ときどき扉もあった。豪華な二枚扉にはまったプレートを、アルスルは読みあげた。

「ツタの会議室……？」

『ぼすとけんきゅうしつのりーだーがおはなしするところ！』

それぞれの扉には、なんとかの会議室、研究室、倉庫、資料室、などと書かれた金色のプレートがはまっていた。銀色のプレートがついていることもあって、こちらは食堂、談話室などとある。金が仕事の部屋で、銀が休憩の部屋らしい。アルスルが寝泊まりしている鍵つきの部屋は、銀のプレートで、カギの客室、とあった。

わかれ道にきて、直進か右折か迷っていたときである。

ずん、と地面がゆれた。

「きた」

地鳴りとともに、今日二回目の回転がはじまる。アルスルはあたりを見まわした。

ツタの棚に隙間を見つけると、いちど鉄球をかかえなおしてから、助走をつけるためにうしろへさがる。コヒバが応援するように上半身を低くした。

『きをつけて、おひめしゃま！』

よたよたと走りだしたアルスルは、勢いをつけて光る風を踏んだ。とても重いが、どうにか太いツタの枝にのっかる。つぎの瞬間、コヒバがオオカミのように壁を駆けあがった。人外としては小さな体でなんとか棚の隙間をくぐると、鉄球ごとアルスルを引きあげてくれる。

迷路の壁をよじのぼったアルスルは、声をあげた。

「……すごい！」

迷路園が、巨大な時計のようにまわっていた。

外周から数えて奇数のパネルが、右まわりに動きだす。すこし遅れて、偶数のパネルが左へとまわりはじめた。アルスルとコヒバの位置が、十二時から三時までずれる。かと思うと、こんどは外側にある五枚のパネルが、時計まわりに回転をはじめた。

アルスルは木の年輪を思い浮かべる。

心材――迷路園の中心にあるパネルだけが、動かないことに気づいた。

あの、オークがそびえる植物学庭園だった。

（……リサシーブ）

足の間に鉄球をおいて、アルスルはあぐらをかく。

軽い朝食をとれるほどの時間がたってから、ようやく迷路園は動かなくなった。アルスルとコヒバは、八時三十分の位置で止まっていた。

『どんなもんだい！』

コヒバが胸を張ってみせる。

迷路園を俯瞰《ふかん》していたアルスルは、はっとした。

（そうか……パネル十枚分の迷路を覚えてしまえば、あとは、組み合わせだ）

パネルとパネルを行き来できるようになっている部分に注目する。

数えると、時計の文字盤とおなじ位置に、十二ゲートがあった。

さらに時計の一時間――パネルの十二分の一、三六〇度分の三〇度にあたる部分だけは、迷路ではなく、空き地になっていることにも気づく。空き地の床は、ほかとはちがい、黒い星の幾何学模様タイルがはめこまれていた。十枚のパネルにひとつずつ。ぜんぶで、十個。

アルスルはぴんときた。

（あの空き地を一直線につなげたら……入口の大聖堂から、リサシーブへ直行する道になるのかも！）

きっとそうだ。その天文学的な確率を知るためには、まず、迷路園がぜんぶで何通り回転するかを割り出さなければならない。

（ええと、つまり、選択肢の計算だから……十二かける十一かける十かける九かける八かける七かける六かける五かける四かける三、で……何通りだろう？）

拾った小石で、壁に計算式を書こうとしたときだった。

『二億三九五〇万八〇〇通り。だが、まちがっている』

バリトンの声が頭へひびいた。

アルスルは息をのむ。びくりとしたコヒバが、しっぽを内股へしまいこんだ。

『実際は、三十一通りだ』

声が断言する。アルスルは迷ったが、どこへともなく質問した。

「……三十一、って数はどこから？」

『太陽暦』

即答される。

『太陽を基準に、一年を約三百六十五日とし、十二ヶ月にわけるという暦《こよみ》だ。これだと、一ヶ月は最大で三十一日となる……カレンダー、だよ』

「……おなじ数字の日は、毎月、おなじ迷路ってこと？」

『真実は未知よりくだらない。各研究室の黒板を見るといい……毎日、迷路園の地図が張りだされるから』

ばかにしたようにバリトンの声が笑う。

「でもおじさまは……」

『バドニクスだけだ。一日三度、まじめに迷路を暗記しているのは』

アルスルはおどろいた。

『というより、あの男にしかできないだろう。彼以外の凡人のため……円卓会議は、人はみな善良だというおろかな前提のもと、三十一通りしか迷路園を動かすことを許していない。人間という種の脳は、符号化された短期記憶エングラムを刺激する能力が、さほど優秀ではないからな』

よくわからない単語をならべた声は、つぶやいた。

『バドニクスだけだ……いつでも私を殺せるよう、備えているのは』

アルスルの胸がひやりとする。

「……殺す？」

『こちらへおいで。処女のアルスル』

心を読ませない声で、人ではないものがささやいた。

『仲なおりをしよう』

ステンドグラスからの夕日が、オークの大樹を燃えるような赤紫に照らしている。

『アルスル＝カリバーン皇女を無罪とする』

判決を聞いたとき。

アルスルはぽかんとした。

証人として同伴しているバドニクスとアンブローズは、おどろかない。すでに知っていたらしい。オークの根もとで横たわるリサシーブは、アルスルへ聞かせるように話した。

『私からすれば真実だが、帝都の子羊たちは納得すまい……だから、アンブローズ。帝都イオアキムで証拠を集めさせよう』

「その任をだれに託す？　まさか……アヴァロン・ブラックケルピィ大公かね？」

ドレッドヘアの下で、アンブローズがむずかしい顔をした。

アルスルも父ウーゼルの弟を思いだす。

記憶にあるアヴァロンは、陰険な人物だった。アルスルがNテストで人外類似スコアを出してからは、それをネタにアルスルを笑い者にしてきた。面と向かってバカだと言われたこともある。——彼がアルスルを助けてくれることは、ないのではないか。

リサシーブも首をふった。

『いや。一任するのは、エレイン・ブラックケルピィ皇女……失礼、エレイン・ラグドォル騎士夫人がよいだろう』

ひさしぶりに姉の名を聞いて、会いたくてたまらなくなる。アンブローズはというと、顔をしかめた。エレインの結婚相手が原因にちがいない。

「……あの背徳者かね？　いや、ウーゼルとグニエブルの娘ではあるが……彼女は人外使いになるための試練を受けていないし、軍人でもない」

『チャンスは平等に与えられるべきだ』

気がのらない様子で、アンブローズは天をあおいだ。

「またエレインか……リサシーブ、きみは以前も彼女の結婚に反対しなかったな。まさか、〈王城のうるわしき黒薔薇《ばら》〉のファンなのかね？」

『〈黒薔薇の女王〉の元崇拝者である議長殿に言われたくはないが……そう受けとってくれていい』

アンブローズは言葉につまる。それを見たバドニクスが鼻で笑った。

「……では、帝都の犬長シリウスを補佐につけよう」

せめて優秀なイヌをと議長は配慮したが、リサシーブはこれにも首をふった。

『ラグドォル家に協力をあおぐがいい』

「リサシーブ、それはできない」

人外の要望を聞き入れていた議長が、かたくなに拒絶する。

「ネコだよ、きみ！」

『よく言う。ネコ科の予言をあてにしておいて』

白いヒョウはのどを鳴らしてみせた。

『ラグドォル家の人外名簿の末席に、満三歳のブルーティアラ号がある。これにエレインの補佐を頼むがいい。スペシャル・ワーキングキャットの称号ももっている』

考えこんだアンブローズにかわり、バドニクスが言った。

「人選に文句はないが……捜査範囲に、事件当日の晩餐会出席者や使用人だけでなく、イオアキムにいるブラックケルピィ家の者もくわえたい」

「身内が犯人ではないかという、きみの推理かね？　まぁ、止めはしないが」

議長が口をはさむ。異論ないのか、リサシーブもあくびで返した。

『ほかには？』

「ラグドォル家からすれば唐突な依頼だ。不審に思われるぞ」

ヒョウのしっぽがアナコンダのごとくゆれた。にやりとしたようだ。

『そうそう……バドニクス。明日の正午、ヴィヴィアン・ブラックケルピィ皇女の名義で、アルスル＝カリバーンの再審理嘆願書が届く。妹ヴィヴィアンの望みを受け、姉エレインに捜査を任せる……私からすれば自然だが、どう思う？』

「……さきに言え」

大おじが舌うちする。

『アンブローズ。予言しよう』

リサシーブはまだ不満そうな議長を見た。

『この道をたどれば、ラグドォル家と友好関係を築くきっかけとなる。そしていまより十年後……ラグドォル家から皇帝が選定されるぞ』

アンブローズがぎょっとする。バドニクスは眉をひそめた。

『玉座にいるのは二期十年。ラグドォル家でははじめての皇帝だ。ラグドォル家は……経験豊富で信頼できる大臣を求めるだろう』

見返りは大きい――。

白いヒョウは瞳を細めた。

『エレインは……そのために用意しておいた、駒《ビショップ》だ』

男たちが沈黙する。突拍子もない話であるはずなのに、二人はリサシーブを信じたようだった。アルスルは言葉を失っていた。

(……こうやって、動かしてきたんだ)

ブラックケルピィ家を――。

体が冷えていくのを感じる。リサシーブに対してわきあがった感情――それは興奮や尊敬でなく、恐怖だった。

『……さて』

ぶわりと鳥肌がたつ。

『男はさがれ』

人外の眼光が、アルスルへそそがれていた。

『私を、処女とふたりきりに』

「なぜだ？」

バドニクスが聞く。リサシーブは、すこし牙をむいた。いらだったようだ。

『処女を観察したい』

アルスルは——またもや、ぽかんとした。

たしかにヒョウとは、獲物や敵を観察する生きものだけれども。ほかの説明はなく、からかっているだけにも見える。おなじことを感じたか、大おじは首をふった。

「だめだ」

『……おまえたちへの誠意は示したはずだ』

「おいおいどうした……おまえにしては、ずいぶんこだわるな？　え？」

「バドニクス、もういい！」

人外の機嫌をそこねるなと、アンブローズがたしなめる。しかし、大おじはひかなかった。

「なにかあるのか？　この、アルスルに」

人外は答えなかった。

人と人でないものが、おたがいを探りあう。あらゆる方角からレイピアを突きつけられたように、空気がぴりぴりと緊張していた。たまらず、アルスルは声を出した。

「……おじさま」

「うるせぇ」

「わかっています。でも、ひとつだけ……」

深呼吸をすると、アルスルはリサシーブを見つめた。

「……ひとつだけ、いい？」

ヒョウのしっぽが疑問符の形にまがる。

「処女とよぶのは、やめて」

『はずかしいか？』

「怖い」

そうよぶとき、リサシーブの声がとても低くなるからだ。

「あなたが、怖い」

アルスルは両手を結んで、祈るように言った。

白いヒョウがぱちぱちと目をまたたかせる。おどろいたらしい。

毒気を抜かれたのか、長いしっぽが地面にたれた。

『……それは失礼した。友のアルスル』

聞いてくれた。アルスルはほっとするが、ふと首をかしげる。

（……ん？）

とも。

そう、聞こえた。アルスルが動かないので、リサシーブはめんどうそうにする。

『嫌か。では……』

「いい」

アルスルはあわてて答えていた。

「それが、いい」

11

引きさがったのはリサシーブだった。

バドニクスも、すこしだけ白いヒョウを尊重した。

ふたりきりではなかったが、リサシーブからもよく見える庭園の芝生で作戦会議が行われることになったのだ。議題はもちろん、走訃《そうふ》王《おう》についてだった。

「よし。アルスル」

アルスルに視線が集まる。

「ルカが作戦を立てた。鍵はおまえだ。よって、おまえも頭に叩きこめや」

バドニクスの犬歯がぎらりと光る。

口の悪さや、顔の傷だけじゃない。本気で狩りの準備をはじめた大おじは——冷や汗がにじむほど怖かった。

「まず、各研究室のリーダーを覚えろ」

バドニクスは自分をさした。

「ボスは、俺だ。城の主任研究者。専門は、〈大いなる〉〈ささいなる〉ギフト研究。鍵の城につとめる全員を指揮し……まぁ、アンブローズをイラつかせないようにする」

「異議あり」

同席していたアンブローズがつぶやくが、バドニクスは黙殺した。

つぎに彼は、メガネザルそっくりのギルダスをさす。

「ギルダス・ブラックケルピィ。情報管理部門長。専門は、人外《じんがい》史および人外王史の研究。城の資料館と、ブラックケルピィ家の人外使いをまとめている。よその城郭《じょうかく》都市から情報収集をするほか、リサシーブの秘密を守るための情報統制もしている」

父ウーゼルのはとこで、バドニクスのいとこ――だったはず。

バドニクスは、彼の横にいる女をさした。

「チョコレイト・テリア。生体管理部門長。専門は、捕食人外の行動研究および兵器転用研究。帝国議会《パーク》つきの研究者だったのを、ギルダスがスカウトしてうちにきた。リサシーブと稼働区にいる人外の健康管理をするほか、走計王の角をとりのぞく方法や、人外の一部を使った武器の開発も任せている……あー、なんだ。体のことで困ったら、彼女を頼れ」

チョコと目があう。今日も、つるりとしたスキンヘッドとピアスが光っていた。そのとなりで、メルティングカラーの青年が手をふっている。

「こいつは、もう話したな。ルカ＝リコ・シャ。対人外防衛部門長。専門は、対人外戦および攻城・籠城の戦略研究だ。いまをときめくシクリッド社に、若くてイキのいい戦闘員をと注文したら、こいつが派遣されてきた。まぁ、傭兵《ようへい》だ。普通、身元があやしいやつは部門長にしないんだが……リサシーブの希望で、この役職につけている」

「希望？」

大おじもルカも、うんざりという顔でヒョウをにらんだ。

「……からかいがいがあるんだとよ」

最後にバドニクスは、ミイラのようにかわいた老婆をさした。

「ミセス・ハンナ＝カーボネック・ブラックケルピィ。城郭管理部門長。この人は研究者じゃない、工学技術者だ。鍵の城と城下街の補修を任せている。礼儀を忘れるな、うまくやれ」

ハンナ＝カーボネックはうなずくが、自己紹介はなかった。

とても堂々としている。城の大聖堂でよく見る女性だと、アルスルは気がついた。

一日三回の創造主への礼拝に、ゆったり昼食をとれるほどの時間をかける人だ。円卓会議の最古参、アンナ＝ウァースの双子の姉であり、息子はチョコの部下で、優秀なフェロモン・キャンディ研究者であるジャン＝フィッシャーだという。

――そろそろ、頭がこんがらがってきた。

バドニクスは指揮するように葉巻をふる。

「はい、ボス！」

さわやかに返事をしたルカが、アルスルへ熱いウインクを飛ばした。

「プリンセス！　あんたは囮《おとり》になってくれ！」

――命がけ、らしい。

（無罪になったばかりなのに……）

なにひとつ聞きもらしてはいけない。

心臓を小さく三回ノックすると、アルスルは集中した。


「ワルツワルツ……作戦はこうだ！」

城の見取り図を指でフライングディスクのようにまわすと、ルカは言ってのけた。

「いちどだけ、城のダイヤル式錠十九機構をすべて解く……幾何学通路、ブラックミルキーウェイをつなげちまうのさ！」

あの、黒い星の幾何学模様タイルがはめこまれた空間だ。

開城──開錠すると、あれが惑星直列のようにまっすぐつながるのだと聞いて、アルスルは納得する。アンブローズとギルダスが仰天した。

「……私は、厳重に鍵をかけろと命じたんだ！」

「まぁ、最後まで聞いてくださいって」

「だめだ!!　それでは、リサシーブが逃げてしまう！」

「なに言ってんの、ミスター・ギルダス。あのネコ、なにがあっても逃げられないじゃん。そうだよな、姐御《あねご》？」

目を丸くしていたチョコが、おそるおそるうなずいた。

不敵に笑んだルカは続ける。

「なら、話はシンプルだ。プリンセスを使って、標的を城の奥へ誘導する。やつがリサシーブのいる庭園まで入りこんだら、もういちど城をまわして、施錠！」

青年はにやりとした。

「走詐王を城内に隔離する」

ルカとバドニクス以外の全員が、どよめいた。

「むちゃな……！　六災《ろくさい》の王を引き入れるというのか?!」

「ミスター。あんたらはダメダメって、そればっかりだ。メリットを考えてみてくれよ」

ルカは順を追って説明した。

「鍵の城は、西域《ウエスト》でいちばん頑丈な檻だ。内側からはどうやっても開けない。だから、つかまえた走詐王を飢えさせ、弱らせることができるはずだ」

アルスルはハンナ＝カーボネックをながめる。

老婆は、じっと城の見取り図をにらんでいた。──できない、わけではないようだ。

考えこむように葉巻をふかしていた大おじが、手をあげた。

「走詐王のギフト……〈大いなる美女と騎士〉について補足する」

アルスルは耳をすませた。

「ひらたく言えば、やつの影から生じた水によって、幻影を作りだす能力だ。ただし〈大いなる〉と冠されているように、桁《けた》ちがいの規模になる」

城郭都市サウル。

城郭都市バテシバ。

走訃王に襲われたどちらの都市も、山中や荒野にありながら、水没したという。

「まぼろしとなる水の質量は、物理法則に反する。この水は……どこかから、とめどなく、永遠に流れ続けることがわかっている。対処法は、ふたつだと仮定されてきた」

ひとつは、走訃王が百キロ以上は遠くへ離れること。

もうひとつは、走訃王が死ぬことだという。

「水は、無色無味無臭……しかし、これを飲んで異常を訴えた例が十件ほどある。大きくわけると、怪我や病が治癒したというもの。そして反対に、精神状態が悪化したり、死亡したというものだ。普通種や最大種にもおなじ変化が見られるが、人外種だけは、絶対にこの水を口にしない。イヌネコはもちろん、昆虫人外すら嫌がる。両生類、魚類系の人外は、はじめは問題なく泳ぐが、目を離してしばらくすると死んでいる、という例があった」

寒気がしたらしい。

チョコレイトが静かに身震いした。

「まぼろしの形はさまざまだ。人間、動植物などあるが……美しい女やたくましい男の姿をとって人をだまし、湖や沼へ引きずりこんで喰らうことが多い。ゆえに、〈美女と騎士〉の名がついた」

バドニクスはいまいましげに紫煙を吐いた。

「走訃王は邪悪だ」

獣《けもの》ではなく人間を語るように、大おじは言った。

「やつは……喰らった人間の脳からまぼろしを再生する。死んだ人間のふりをしてみせたという報告は、星の数ほどあるぞ」

うきうきしていたはずのルカが、気を引きしめるように顔を固くした。

バドニクスは人々を見まわす。

「アンブローズ、ギルダス……おれがルカの案を気に入ったのはな。城の構造をうまく利用して、〈大いなる美女と騎士〉に対応できると感じたからだ。たとえ城のなかで洪水がおころうが、地下の稼働区から荒野の渓谷へ、排水できる。そして……アルスル」

バドニクスはアルスルを見すえた。

「おまえが生き残れる可能性も、生まれる」

アルスルは息をのんだ。

「もちろん命の危険はある。だが、のたれ死によりましだ。前におまえは言ったな……殺されるときまで、その気持ちはわからないと」

「はい」

「死にたいのか?」

彼の瞳は猟犬のように鋭かったが、言いようのない優しさで満ちていた。

思わず、アルスルは本音をこぼす。

「……生きたいです」

アンブローズとギルダスがはっとした。バドニクスはうなずいた。

「だろうな。ウーゼルも、そう願うだろう」

犬歯を見せて笑んだ大おじは、親族へたずねる。

「それでは、ウーゼルの親友アンブローズ、はとこのギルダス……なにか質問は？」

男たちはじっとりとした目でバドニクスをにらんだが、さきほどよりもずっと真剣な顔で、考えこむ。

「……異議、なし」

重いため息とともに、ギルダスが降参した。彼はあきらめをこめて議長を見つめる。

ややあって、アンブローズが聞いた。

「……走訃王とともに閉じこめられるのは、アルスル＝カリバーンだけではない。よしんば、小さな彼女は逃げおおせたとしても……」

アンブローズは難色を示した。

「リサシーブは、どうなる？」

「そりゃあ……走訃王の捕殺許可をもらえるなら、先手をとれるかと」

ルカは答えたが、どこか自信なげだ。助けるようにバドニクスが応じる。

「この作戦。リサシーブは、とうに承諾している」

「……なんだと⁈」

アルスルもおどろいた。椅子から立ちあがった議長は、オークの大樹をふり向く。

「リサシーブよ。正気かね⁈」

ずっとこちらをながめていた白いヒョウが、悠然と返した。

『正気だとも』

『しょ……失礼。友のアルスルが命をかけるというのに。私がそうせずして、どうする』

「殺されるかもしれない！　それは、許されない！」

アンブローズは拒絶した。

沈黙がおりる。意見のぶつかりあいは平行線をたどるかに思えたが、その様子をじっと見つめていたアルスルは、ふいにひらめいた。

（……どうしよう）

意見——筋が通っていて、かつ、チーム全体の利益になること。これは、本当にそうだろうかと考えたアルスルは、悩んだ結果、声をあげた。

「……質問が」

ルカがおどろいてこちらを見る。つぎの言葉を続けるか迷ったときだった。

「レディ・アルスル」

言ってくれたのは、スキンヘッドの女——チョコレイトだった。

「続けて。あなたならどうする？」

狩るべきだ。ずっと決めてきたアルスルは、そのつもりでたずねた。

「……走訃王を殺せる武器は、この城にありますか？」

ギルダスがぎょっとする。目を細めたバドニクスは、無言でうながした。

「それから……この方法だとリサシーブを守れるかなって」

「なんだって?」

ルカが興味をもつ。芝生にアヒル座りをしたアルスルは、チョコレイトから鉛筆を借りると、城の図に小さな数字を書きこんでいった。

二八一。

六四〇。

三三九九。

――そんな数を百個くらい。

さらに迷路園のところどころへ、マルを三十個ほどつける。みなが首をかしげた。

「……それは?」

「部屋から部屋への歩数と……わたしが隠れられそうな場所です」

覚えた数をまちがえないよう、アルスルはたんたんと説明していった。

「わたしの一歩はだいたい六十五センチだから、わたしの百歩は約六十五メートルになります。速さを計算すると、距離わる時間で、およそ秒速百八センチ。つまり分速六十五メートルで、時速三・九キロメートルです」

「……おれ、算数苦手なんだよなぁ」

ルカがぼそりとこぼすので、アルスルは計算式も書きだした。

「迷路園全体の回転にかかる時間は、いつも十五分くらい。ひとつのパネルが十二分の一……つまり三六〇度分の三〇度だけまわるのには、きっかり三十秒かかります」

「……それ、だれから聞いたの？」

チョコレイトがたずねる。

アルスルはとなりのコヒバをなでた。子犬が誇らしげにしっぽをふる。

「ここ何日か、ずっとふたりで数えてました。歩いたし、時計もありました。だから、この道をこう進んで……」

ルカがもってきた今日の迷路園の地図を、鉛筆でなぞっていく。

「ここ。ここに、走計王を閉じこめます」

リサシーブがいる庭園ではなく。

幾何学通路——黒い星のタイルがはめこまれた空間をさす。

「走計王が入城してから、幾何学通路のパネルが切り替わる三十秒以内に、わたしがこのルートを通過できれば……敵だけを閉じこめられます。わたしの速さとこの歩数なら、ぎりぎり間にあうと思います。走計王の大きさがわからないので、ルカの案どおり空き地はくっつけておいたほうがいいですが……たぶんこれなら、リサシーブは安全です」

長い距離を走るのは、得意じゃない。

けれど、そうも言っていられない。

（……友だち、のことは、助けないといけないはず）

顔をあげたアルスルは——みなの視線が自分自身に集まっていることに気がついた。大おじでさえ目を丸くしている。ルカにいたっては、あっけにとられていた。

「レディ・アルスル、あなたは……」

それだけつぶやいたチョコレイトが、周囲の反応をうかがう。

「……すみません。がっかり、させたでしょうか」

急に自信をなくして、アルスルがちぢこまったときだった。

「いいセンスだ」

ハンナ＝カーボネック、だった。

「だれでも思いつくことじゃない。そうさね、できないこともないよ。ただし、地下の修繕が終わればだけど。それに秒単位でアリ人外を操るのも、至難のわざだ……なんで、バドニクスのぼっちゃん」

気のせいか、バドニクスが姿勢を正したように見える。

「あれ。ぜんぶ出したら」

「どれです」

「いちばん高くて、貴重なキャンディ……一〇一番」

カーボネックがはじめて笑う。しわくちゃの顔から目が消えて、ドライフルーツのプルーンのようになった。一〇一番と聞いたチョコのほほが引きつり、ギルダスは凍りつく。痛いところを突かれたらしい、バドニクスがうなった。

「……城の財政がな。ウーゼルがいなくなったんできびしくなると、大騒ぎなんだが」

バドニクスはわざと困ったように議長を見た。


とっぷりと日が暮れたころだった。

「ルカ。アルスル」

大おじは、クラッシャブルハットをおさえてくつくつと笑う。

「いい会議だった。あとは出資者しだいだが……おもしろくなってきたぞ」

ひどいしかめ面になったアンブローズとやつれたギルダスを見送りながら、ルカが大きくのびをした。

「ボス、ごきげんっすね？　ミスター・アンブローズをいじめて楽しんでなぁい？」

「うるせぇな……ったく、俺よりちっと背がのびたくらいでいきがりやがって」

ルカは両手を天へ向けると、アルスルに笑いかけた。

「ヘイ、プリンセス！　あんた賢いな！」

「……そうなのかな？」

アルスルは首をかしげる。青年は、ヘーゼルアイをチャーミングに細めた。

「人外類似スコアだからか？　あんた……リサシーブと似てる」

わけがわからず、アルスルはルカを見つめ返す。

「どこが？」

「食えないところ？　あと、観察ばかりしてるところとか？」

にんまりとしたルカが、さらに顔を近づけた。――すこし、近すぎる。

（また……キスができてしまう）

それはまずい、のだろう。じりじりと後ずさりするアルスルを見て、ルカは大笑いした。

「おれでよければ答えてやるよ。ひとつめの質問」

なんのことかと考える間もなく、ルカは声をひそめた。

「走訃王を殺せる武器のことだ」

青年は、不思議な言葉をささやいた。

「この城に存在する。でも……使うことはできない」

なぞなぞのようなセリフに、アルスルはきょとんとする。

「説明終わり！　悪い、最重要機密なんだ。だから、捕獲する作戦で進めることになると思う。もし走訃王を殺す場合は、飢えさせるか……気色悪いけど、稼働区のアリ人外を使えばなんとかなるんじゃないか？」

アルスルは納得する。

（……お砂糖、山もり）

落っことしたキャンディにアリがむらがる絵を想像して、背筋が寒くなった。

バドニクスはチョコとハンナ＝カーボネックと話しこんでいたが、やがて区切りをつける。

アルスルたちがキャンディ・アクセサリーをつけていることを確認すると、背を向けた。

「おい、俺はいちど家に帰る。なにかあったらよべよ！」

それだけ言うと、彼は庭園を出ていく。

（いえ……？）

大おじは、円卓会議や研究員、人外使いたちとおなじく、城の居住区で暮らしていると思っていたのだが。アルスルが首をかしげると、ルカはにやりとした。

「かわいいメスネコが待ってるのさ」

「ねこ？」

「金色のペルシアン。ウエストのくびれた」

ペルシャ猫――すこし低い鼻と、ふかふかした毛なみをもつネコだ。

「トウはたってるが、えらくべっぴんなネコで……いつもはつんとすましてるくせに、ボスが城下街の邸宅に帰らないと、さびしがってなぁなぁと鳴く。強面《こわもて》のボスがめろめろなの！」

青年はちゃかすようにはしゃいだ。

「ボスの顔にある、でっかい傷。あれも昔、そのペルシアンにひっかかれたんだとよ！　リサシーブじゃなくて」

「ルカ」

チョコレイトがたしなめるが、彼女もまた、ほほえんでいた。

「……あなたも見たことが？」

「きれいよ。アタシは好き」

アルスルはバドニクスの傷痕を思いだす。ネコのひっかき傷とは、とても信じられなかった。

(ナイフで裂かれたような傷、だけど……)

白いヒョウの爪を観察しようとしたアルスルは、しかし、すぐ目的を忘れる。

(……あ。にくきゅう)

パンケーキより大きな肉球を発見して、目を奪われてしまった。

そっと近づいたアルスルは、リサシーブの前足の裏をつついてみる。思ったよりすべすべとして、やわらかい。どれほど長い間、走っていないのだろう? くすぐったいのか、彼は前足を胸の下へひっこめた。すこしうちとけられたようだ。でも、アルスルは気づいていた。

会議の間——ただのいちども。

リサシーブはアルスルから目をそらさなかった。

「……わたしの観察は、できた?」

『あぁ』

氷細工のようなひげがふわりとゆれる。

『おまえは父親に似ていない』

アルスルは固まった。どうしてそうなったのか、自分でもよくわからなかった。

「……それから?」

『……やはり、おまえのようだ』

謎に満ちた言葉だった。

角がうがたれた体をぎこちなくのばしてから、リサシーブは頭をあげた。

『チョコレイト』

襲われたときを思いだしたのだろう、女がすこし緊張する。

『わが友のアルスルを、カギの客室へ。それから……おまえのボスに報告を』

リサシーブは声をひそめた。

『たまごが流れる』

たまご——？

チョコレイトとルカから、表情が消えた。

わけもわからず、アルスルはいつもの部屋へ戻された。

アルスルにかわって鉄球を運んでくれることになったコヒバは、まるでトッテコイのリクエスト用ボールをくわえているようだ。

部屋についたアルスルが、重い鉄球をコヒバから受けとったときだった。

（う）

下半身に、熱い違和感がおりてくる。——やってしまった。

身につけているショーツのことを考えて、アルスルはがっかりした。

「……きた」

「なにが？」

聞き返したチョコレイトが、はっと息をのむ。
月のもの、だった。

12

七日後。

報告が入った。

ケルピー犬たちが、走計王《そうふおう》を見つけた。

城郭《じょうかく》都市バテシバの近郊。――荒野から近い湖のほとりで、歌っていたという。

城郭都市ダーウィーズまで、イヌ人外《じんがい》で十日の距離だった。

ウマの足なら、五日とかからないだろう。

鍵の城。

地下、人外稼働区――。

ダーウィーズにきてからおどろいてばかりのアルスルだったが、今日ほどびっくりしたのは、まちがいなく生まれてはじめてだ。

稼働区は、地下へ向かってそびえる丸い塔のようだった。

（……どうなっているのだろう?!）

地下一階へおりたとき、アルスルはさっそく不思議を見つけた。

地下なのに、太陽の光が差しこんでいたのだ。円柱の塔には、各フロアの十二方位に、ガラスのない大きな窓が設けられている。しかし、これが妙なのだ。

どの窓からも、方角を無視してたっぷりと光が入っている。

はっとしたアルスルは窓の外をのぞいてみた。

「……かがみ！」

「そう。よく気がついたわね」

チョコレイトは静かに笑うと、指さした。

百メートルほど向こうに岩壁がある。そのすぐ上は、城下街だ。だとすれば、この渓谷が城の内堀だ。岩壁のところどころには、巨大な鏡――ぴかぴかに磨かれた正円の金属板がとりつけられていた。一枚の大きさは、スターチェッカー――五人十体編成の三チームで陣とりをする人人外《じんじんがい》競技の、競技場ほどもある。

あれらに反射させて、太陽の光をとりこんでいるのだ！

「あの鏡も、人外可動式よ。太陽のかたむきにあわせて角度を変えるから、日の出から日没まで、地下はほぼずっと明るいの」

地下二階へおりたとき、アルスルは自分が夢を見ているのかと疑った。

そこが、あまりに広い牧場だったからである。

（ううん……動物園、だ！）

地面は、土か、岩か、池か、芝生か、雑木林だ。それぞれにあった場所で、さまざまな種の生きものが飼われている。リサシーブによく似た獣《けもの》――普通種のクロヒョウや、最大種のライオンまでいるではないか。

（普通種、最大種……人外種まで！）

気温と湿度は高く、ジャングルにいるような気分だった。

「稼働区は、地下十九階まであるわ。地上に近いほど、昼に活発な生きものが。地下深くなるにつれ、夜に活発な生きものが飼われているの……そこの道、ときどきアリが通るから、ぶつからないで」

チョコレイトについて、アルスルは稼働区をまわる。

「十九層あるフロアは、一層一層が、鍵の城と城下街、外壁を施錠・開錠するための回転機構よ……あ、そこ。ケルピー犬の訓練場だから、入るときは気をつけて」

ケルピー犬たちは、稼働区にある犬舎で暮らしている。動物園の警備員というわけだ。円卓会議の許可があれば、居住区で飼い主と一緒に生活することもできるらしい。

塔の中心は、鉛筆の芯のような金属の柱で貫かれていた。

柱には、船の舵輪《だりん》に似た大きなハンドルがたくさんついている。そして、ハンドルの表面は――黒鉄《くろがね》色にかがやく巨大なアリで、びっしりとおおわれているのだった。数千体という数と密度におののいたアルスルを見て、チョコがうなずいた。

「グロテスクで、はじめは嫌だったわ」

「……いまは？」

「キュートに思えてくるから、不思議ね」

スキンヘッドの女は、涼しい顔でアリたちをながめた。

「あのアリは、九世代前まで瑪瑙王《めのうおう》の眷属《けんぞく》だったそうよ。彼女たちが上層……迷路園の回転機構を動かしているの。それより下層は、円卓会議の許可がないかぎりいつもは封鎖されていて……あぁ、そこも。ときどきアリのおとしものがあるから、要注意」

地下十一階までくると、動物園が終わった。

かわりにたくさんの人間が出入りしていて、騒がしい。いかにも古びたフロアの床を修繕しつつ、足場を組んでいる。ケルピー犬たちも石材や金属材を運ぶのを一生懸命手伝っていた。

その中心に、ハンナ＝カーボネックがいる。

チョコは貴族同士がするような、とてもていねいなあいさつをした。

「ごきげんよう、ミセス……絶好調ですか？」

「突貫工事さ。地下全層を開放なんて、おそうじ、じゃすまないのに！　アンブローズのぼっちゃんは、政治はうまいが、工事の命令はいつだってめちゃくちゃ。アンナ＝ヴァースが甘やかすから……聖書を読むひまもありゃしない！」

双子の妹のぐちをこぼす彼女は、敬虔《けいけん》な創造主の信徒で、聖書日課——聖書の決められた箇所を決められた日に読むことを習慣にしていた。チョコが相づちをうつ。

「アリたちも下層に慣れさせないといけませんわ……あぁ、レディ。そこは」

「床が抜けそう、気をつける」

あくびをしつつアルスルは答えた。

今日も、早朝からかけっこだった。迷路園を走るだけだが、これがつらい。

邪魔になる足枷《あしかせ》ははずしてもらえたものの、一緒に練習するルカとコヒバの体力ときたら、無尽蔵だった。

「さすが黒色人種！　女でもバネがちがうよな、バネが！　よしよし、おれも負けないぞ！」

『コヒバもまけない！』

ルカは、百メートルを十一秒で駆ける俊足で、四十キロを二時間とすこしで走りきる持久力自慢でもあった。人外でケルピー犬のコヒバは言うまでもない。アルスルは彼らに毎日、くたくたになるまでしごかれている。シャワーとランチのあとだからか、いまも立ったまま眠れそうだった。チョコレイトが聞いた。

「体調は？」

アルスルがなんでもないというように首をふると、チョコはしゃがんだ。言って、とばかりに小首をかしげる。――すこし、甘えたくなった。

「……ねむい」

「おなかは痛くない？　頭痛や吐き気は？」

心配されてうれしい。アルスルの胸がぽかぽかとあったかくなる。

「チョコ、優しい」

「そう？」

「それに、みんなから頼りにされてます……ぜんぜんちがう」

ついアルスルはくらべてしまった。

「……お母さまと」

「〈黒薔薇《ばら》の女王〉と？　恥ずかしいわ、くらべないで」

チヨコが照れる。言ってもいいことだろうか。迷った末、アルスルは続けた。

「前は、いきなり年齢を聞いてごめんなさい……興味があったから」

がっかりされるのを覚悟で、告白してしまった。

「チヨコとお母さま、おない年」

「……いろいろとショッキングね」

女は静かに苦笑いした。ハンナ＝カーボネックも声をあげて笑う。アルスルはほっとした。がっかりされたわけではなさそうだ。老婆とわかれて地下一階まで戻ったとき、アルスルはもっとチヨコレイトの話を聞いてみたくなっていた。

「チヨコ、子どもはいますか？」

「いないわ」

「どうして？」

「ほしいと思わなかった」

なるほど。アルスルは納得するが、ふと、女の表情がさびしげになった。

「がっかりするかしら？」

「いいえ」

「……アタシのママは、がっかりしたわ」

アルスルはチョコを見た。母とは似ていない――けれど母よりあたたかい女性は、どこか遠くをながめた。

「テリア家は……とても大きくて」

アルスルも知っている。

テリア家は、帝国一人口の多いイヌ使い部族だ。

帝国議会《バーク》にも、なんと六十もの議席をもっている。テリア人外種が枝わかれをするたび、そのテリア種を使役する血縁者を、あらたなイヌ使い部族の一門として帝国議会に承認させてきたからだ。承認は多数決で決まるため、テリア家の議席が増えるほど、あらたなテリア貴族の創設も容易になってきている。彼らは数で議会を掌握《しょうあく》しようとしているのだと、父ウーゼルがこぼしていた。

「ママはアタシにも、イヌ使い部族との結婚や、たくさん子どもを産むことを期待していた。でもアタシは人外研究に夢中で……あの家にいても息がつまるだけ。そう感じたから、必死で勉強したの……好きに生きていけるよう、研究者として成功するために」

最後はひとりごとのようだった。

じっと窓の外をながめていた彼女が、夢から覚めたように目をまたたかせる。

「……アタシいま、声出てた？」

「……うん」

アルスルはチョコレイトの手をとる。なんと言っていいかわからないが、そうしたいと思った。すこし元気が出たのか、チョコは静かに笑う。

「レディ・アルスル、優しい子。あなたはきっと、お母さまの誇りでしょう」

（誇り？）

アルスルは母グニエブルの心を想像する。

父が望まないかぎり、母がアルスルを誇りに思うことはないだろう。いつものようにそう考えたときだった。

――ほろりと、涙がこぼれた。

チョコが息をのむ。あわてて彼女の手を離そうとしたアルスルは、しかし――それができなかった。すがるように握りしめてしまってから、本当はおなじことを、母その人にしたかったのだという想いに気づく。

（あぁ、そう……か）

帝都で死刑を宣告されたとき。

自分の心に、怒りも悲しみもわかなかった理由がようやくわかった気がした。

母に見放され、失意の底に突き落とされたからこそ、抗うことさえあきらめていたのだ。アルスルとグニエブルの関係などまったく知らないチョコの前で、アルスルは、行き場のない願いを口にしてしまった。

「お母さまは、いつか……わたしを信じてくれる、かな？」

いつか、愛してくれるだろうか？

問いかけてみたものの、答えはもう知っている。

そんな母に、それでも愛されたいのか。

アルスルは自問した。

答えは——イエス、だった。

父の死が夢であればいいのに、と。本当は毎日、願っている。

父が生きていて、その父に認められたなら。

母に愛してもらえる日も、きたかもしれないからだ。

——けれど。

（その日は……もう、やってこない）

実感したときには、雨もりのようにぽたぽたと、涙が止まらなくなっていた。

アルスルは腕で目元をおさえる。ブラウスが熱く濡れていくことさえ、みじめで、せつなかった。

「……アルスル」

チョコレイトに抱きしめられる。

「アタシには、お母さまの心はわからない……でも、誇りなさい。あなたは誠実だった」

スキンヘッドの女は、小さな子をあやすように、とんとんとアルスルの背中をたたいてくれた。チョコの胸もとはやわらかく、オレンジとレモン——柑橘《かんきつ》系のコロンのかおりがする。バラやユリの香水を好む母とは趣味がちがうが、いいにおいだとアルスルは思った。

「誠実、って……?」

「嘘をつかず、真剣につくすこと」

あなたのことよ、と、チョコは力強くささやいた。

不思議だった。彼女の胸で深呼吸をしているだけなのに、悲しみがすこしずつ癒えていく。アルスルは過去にリサシーブを踏んづけた自分を、ほめたいと思った。

(……よかった。この人が生きていてくれて)

彼女を祝福したくなったアルスルは、そっと体を離す。特別な瞬間であることを示すために目を閉じると、女のほっぺに、ちゅ、とキスをした。おどろいたチョコがはにかむ。

「なに?」

「あなたの命《ライフ》に、祝福を」

父が死んだ日からはじめて、アルスルはほほえんだ。

チョコレイトが目を丸くする。彼女はじっとアルスルを見つめたが、やがて、静かにうなずいた。まるで、なにかを決心するようだった。

カギの研究室——生体管理部は、静かだった。

だれも話さないのではなく、人がいない。チョコによれば、みな稼働区の生きものの世話や観察をしているか、武器庫にこもっているという。

「武器庫？」

「兵器を開発したり、しまっておくところ。城内にひとつ、城壁に四つ……でも」

チョコは入って左にあった鋼鉄の扉へ寄ると、両手で思いきり引いた。

扉には車輪がついていて、ぎいぎいと騒々《そうぞう》しい音をたてながら横へ動いていく。金色のプレートには、一番武器庫、とつづられていた。

「城の武器庫は、アタシ専用」

そこは舞踏会でもできそうなほど広く、天井の高い空間だった。

六面すべてが青い金属でおおわれていて、ノックすると、鉄琴《てっきん》みたいにすき通った音がする。

部屋は三つのスペースにわかれていた。手前は石や毛皮や歯牙などがしまわれた物置、まんなかは資料とメモがうず高くつまれたデスク、そして最奥が――鍛冶場だった。

火の入っていない炉と煙突をながめていたアルスルに、チョコが聞く。

「あなたが生まれたとき、お父さまはもう皇帝だったのよね？　なら、剣術《ソードマンシップ》は習った？」

アルスルはうなずくが、すぐ首をふる。

「期待しないでほしい」

「なにを習ったの？」

「……レイピア」

チョコレイトが固まった。

いつもはフェンシングの授業ばかりで、本物の剣は二、三回しか握ったことがない。そう伝えたが、女は呆然としている。

「チョコ?」

「……これは、偶然なの?」

ひとりごとのようにつぶやくと、彼女は部屋のまんなかにある鍵つきの箱へと歩いていった。ついていったアルスルは、箱のあまりの奇妙さにおどろいてしまう。

光沢のある石と金属でできた、まだら模様の宝箱だった。

マーブリングで描かれた絵のように、さまざまな材質がまじりあっている。人間の手で作ったとすれば、とても緻密《ちみつ》な計算と技術が必要だったはずだ。

「この箱は、東域《イースト》で発見された大シンジュガイ——虹霓王《こうげいおう》の眷属からとれた凝固物を加工したものよ。衝撃に強く、金属を溶かすような人外の分泌物も、ものともしない」

チョコは炉へ向かうと、煙突の裏にあるレンガのいくつかを、ハンマーでたたいたり、まわしたりした。すると小さなレンガのひとつがはずれ、古びた鍵があらわれる。女はそれで宝箱を開けた。

純白のベルベットでつつまれたレイピアが収められていた。アルスルは息をのむ。

細くてまっすぐな刃が、ぼんやり光っていたからだ。

象牙《ぞうげ》のような乳白色だが、研いだばかりのようにぎらりとしている。アルスルの心臓などひと突きで止めてしまうかもしれない。剣を手にしたチョコがつぶやいた。

「リサシーブの牙でできているわ」

「……リサシーブの？」

「アタシが作った。もう……八年も前よ」

チョコレイトは、光るレイピアをアルスルへ差しだした。

「あなたに」

「え？」

「身を守るために、使って」

アルスルはおどろいたが、リサシーブの牙だと聞いて手をのばす。

ずしりと重いかと思ったのに、意外にも、剣は枝のように軽いのだった。かまえて軽くステップを踏んでいたアルスルを、チョコがよぶ。

「アルスル……よく聞いて。心に、とめておいてほしいの」

女はあらたまると、おごそかに話した。

「このレイピアを作れと言ったのも、リサシーブよ」

――チョコレイト。私の牙をけずり、剣をうて――。

――そう。レイピアがいい――。

「剣にはたくさん種類がある。なのに彼は、そう望んだの」

「……偶然じゃなくて？」

「そう思いたいわ……でも」

あやしくかがやく剣をながめてから、チョコはアルスルの肩に手をおいた。

「彼があなたにこだわるのは……あなたが、特別ななにかをもって生まれてきたからかもしれない」

ぞわりと、鳥肌が立った。

「……なにか、って？」

「……あまり好きな言葉じゃないけれど」

チョコレイトは目をふせると、深呼吸をして、言った。

「宿命」

そう、なのだろうか。アルスルは混乱する。

「それがよい未来へつながるのか、悪い未来へつながるのか、アタシにはわからない。リサシーブはあなたを利用しようとしているのかもしれないし……そんなはずはないと、言ってあげることもできないわ」

困ったような顔で女は言葉を探す。

「……生きていると。ときに、避けて通れないことが」

アルスルの髪をなでながら、彼女はつぶやいた。

「大切な人の死……大いなる自然の驚異……運命のいたずらもあれば……自分やだれかの人生を変えてしまうような、選択をしなければならないときも」

アルスルは耳をすませる。

「みながおなじとき、おなじ試練に遭遇するわけではないわ。理解者がいないこともあるでしょう。でも、だからこそ人生には……たったひとりで立ち向かわなければならないときが、くる」

大切な言葉が、アルスルにしみていくのだった。

「あなたがすべきこと……できることを、忘れないで」

それは？

「孤独にたえること」

ひゅうと、胸に穴が空いたと感じる。

「選び、行動すること」

どくんと、穴に血がめぐった。

「そして……胸を張ることよ」

両手で胸をおさえたアルスルは、息をするのを忘れていた。

「……苦しい、な」

「ええ、ごめんなさい。若いあなたがうんざりすることを言っている」

そうかもしれない。

けれどアルスルは、女をより好きになっていくのを感じた。チョコはしめくくった。

「でも、約束する。それをのりこえたとき……あなたは、変身しているわ」

「なにに？」

「……ちがう自分に」

なるほど。アルスルはすこし前向きに考える。

（……レディ・がっかり、じゃ、なくなっているのかも）

不安と期待でふくらむ胸を、アルスルは小さく三回ノックする。

アルスルの額にキスをすると、チョコレイトがひざまずいた。

「どうかあなたに、創造主の祝福を。レディ・アルスル＝カリバーン」


その晩。

鍵の城は臨戦態勢に入った。

アルスルは、庭園でリサシーブと待機することになった。

チョコレイトが彼に襲われた日から、二階の監視席には、十二門の大型弩砲《どほう》――バリスタが設置されている。装填された太い槍の刃には、スカーレットオリックスの角が使われているらしい。走訃王の角からヒントをえてチョコが開発した、対人外用の麻酔弾だ。走訃王を攻撃する武器ともなるため、今夜からは城の兵が交代ですべてのバリスタについていた。

ネグリジェでなく、いつものブラウスと半ズボンで眠ることにしたアルスルは、リサシーブのとなりにぶあつい毛布を敷く。ブーツと、あのレイピアがそばにあるのも確認した。

「今日からよろしく」

『こちらこそ、友のアルスル』

紳士のような返事があって、なんだかおかしい。

寝ころがって見た景色は、すごかった。かすむほど高い天井は、グレープフルーツを半分に切ったような、完全な丸天井だ。時計をかたどった金の鍵と緑のツタのモザイク画は、望遠鏡がほしいくらいに細かい。モチーフをひとつひとつ鑑賞していたら、一日が飛ぶようにすぎてしまうだろう。

(芸術はよくわからないけど……ヴィヴィアンお姉さまに、見せたい)

天井から宙づりになってでも、姉は模写をするにちがいない。

想像してくすりとしたアルスルは、目をつむる。草と木々が風でこすれる音、水のせせらぎが大きくなって聞こえた。おだやかでよく眠れそうだが、自分の寝相が悪いことも見張りの兵士たちに知られてしまうだろう。そんな未来を予感して、アルスルはがっかりする。

「みんなそんなに、リサシーブが怖いのかな?」

『……彼らは、おまえも怖いのだ』

ささやき声が頭へひびいて、アルスルはおどろいた。

「わたしは人間を食べないのに?」

『アンブローズが警戒している……おまえがバカなのか、賢いのか、わからなくなったからだ。

ゆえにいまも、手枷《てかせ》だけははずしてもらえない』

目線でアルスルの両手首を示すと、バリトンの声が説明した。

『政界や社交界では役に立たず、がっかりされてきたおまえの平凡さ、主体性のなさ……それは、冷徹さと適応力……つまり、実戦に必要となる知性だ』

「実戦？」

『私の言葉で言えば……狩り』

リサシーブはごろごろとのどを鳴らす。

『人間では退化してきた力だ。彼らは時間をかけてそれを学ぶが、身につけられないまま終わる者も多い。生まれながらにその力をもつおまえは、ゆえに、異物と見なされているわけだ』

異物、か。アルスルはふと思う。

「リサシーブもめずらしい色。あなたはアルビノ？　あなただけが特別？」

『そのようだ。すくなくとも……わが王は、白くはない』

わが王——。

言いようのない好奇心が生まれて、アルスルが目をかがやかせたときだった。

『質問を禁じる』

さきまわりされる。

『王の名を口にすること、王について語ることは、われらのおきてを破ることになる』

「……もう、破ってる。白くはない人外王」

黙りこんだリサシーブは、失敗をごまかすようなあくびをした。

「聞きたい。すこしだけ……！」

眠る前の物語のつもりで、アルスルはねだる。リサシーブはのんびりしっぽをゆらしていたが、やがて語りはじめた。

『わが王は……〈大いなる黙示文〉、とよばれるギフトをもつ』

リサシーブより正確な、予知の力だという。

『王はかつて、その予言によって人間の国を助けたが……ゆえに、敵対するべつの国に狩られかけた。頭を七つに割られた王は、命からがら逃げたと聞く。それから一万年以上もの歳月がすぎたそうだが……わが王がふたたび人の前にあらわれたことはない』

「一万年で……ただの一回も？」

ヒョウは優雅にうなずく。これほど美しい生きものなのに。

人間がその王を愛せなかったことを、アルスルはさびしく思うのだった。

白いヒョウに体を寄せて、深く息を吸う。彼の毛皮から、麦と太陽のにおいがしたからだろう。リサシーブが麦畑を駆けまわる絵を空想する。

「あなたの狩りを、見てみたい」

『見せてもいいが、見せられない』

リサシーブはメロディをつけて答えたが、その皮肉が、ふいにアルスルを悲しくさせた。

体をおこしたアルスルは、立ちあがる。

いきなり白いヒョウの背によじのぼったアルスルを見て、監視席の兵たちがどよめいた。母猫のようにされるがままだったリサシーブも、アルスルが走訃王の角に触れた瞬間、かすかないらだちを見せる。

『……よせ』

角は背骨の左からあばら骨の隙間をぬって、彼を貫いていた。アルスルが両腕で抱きしめられるほどの太さである。チョコによれば、胃のはじを貫通しているらしい。アルスルは全体重をかけると、おもいきり角を引っぱった。

一瞬、リサシーブの毛がぶわりと逆立つ。

『やめろ、痛む！』

「ごめん」

角は、びくともしなかった。

あきらめて白い毛皮に座りこむ。おしりが彼の背骨とあばら骨にあたって、アルスルはいよいよ悲しくなった。リサシーブは子犬のコヒバよりもやせていた。すべり台のようにあばら骨をすべると、アルスルは毛布へおりる。

（どうすれば、彼を自由にできるのだろう……？）

バドニクスにも、チョコレイトにも、ルカにもわからないという。

ではだれに聞けばいいのかと考えたときだった。

アルスルは——ふいに、ひらめいた。

（……王、は？）

思いついた瞬間、口にする。

「走訃王なら。あなたを……自由にできると思う？」

リサシーブの耳が、ひくりと動いた。

「王本人なら、この角をとりのぞけない？」

これまでだれも試すことができなかった方法だ。研究者たちに聞いてみなければならないが、失敗する根拠はないんじゃないだろうか。アルスルは期待をこめて問いかける。

「リサシーブ？」

ヒョウは返事をしなかった。

「……ごめんなさい。そんなに痛かった？」

ついさっきまで冗舌とさえ思えたリサシーブが、すっかり沈黙してしまったのだった。アルスルは違和感を覚える。

――リサシーブは、あなたを利用しようとしているのかもしれない――。

チョコレイトの言葉が頭をよぎった。

（そうかもしれないし……そうじゃないかもしれない）

どうすればいいかわからなくなったアルスルは、そっと、白いヒョウに触れる。

角に貫かれたわき腹をさすってやっていたときだ。

人外が――アルスルの胸に鼻をうずめた。アルスルは目を見開く。

「……どうしたの？」

疲れたため息だけが、返ってきた。

視界のすみで、緊張した兵たちがバリスタに手をかける。――これ以上、この友だちを苦しめないでやってほしい。無駄とは知っていたけれど、せめて顔だけでもかばえるよう、アルスルは全身で人外を抱きしめた。

『……不思議だ』

バリトンの声は悲しげだった。

『おまえといると……私が獣であることを忘れそうになる』

「なぜ？」

『おまえが、獣のようだからだろう』

よくわからない。だから、なぐさめるようになでる。

『われらは、群れをもたない。つがいの相手とも、時をすごさない。母ときょうだいはあるが、幼獣期をすぎればたがいに忘れさる』

「……さびしい？」

『さびしくはない。そうした獣……それゆえに』

声の最後はかすれていた。

『だれかを友とよぶのは、はじめてだ』

わたしもだよ、と。

アルスルは心でささやいた。

その、六日後だった。

走訃王がやってきた。

13

昼すぎだった。

冬の乾いた空は、不気味なほど青ざめている。

ダーウィーズの荒野にまずあらわれたのは、獣《けもの》の砂塵ではなかった。

だれとはなしに、口にした。

「歌……？」

歌声だ。しかし、どこから聞こえてくるかがわからない。歌が頭へ直接ひびいているのだとわかったとき、人々はぞっと背中を震わせた。

男。

声域は――テノール。

人々はおののいて耳をすませていたが、やがて総毛だった。

「……ヒムだ」

「〈雪よりも白く〉、か……？」

「人外《じんがい》が……なぜ人間の讃美歌《さんびか》など」

とても古く、耳慣れた歌詞が、かえっておぞましい。

城壁の警備についた兵たちさえ、後ずさりをしたときだった。

「きたか」

「……ボス！」

葉巻をくわえた派手な男が城壁へやってきたとたん、人間たちに統制が戻る。

三日月形の口ひげから紫煙をくゆらせると、彼は命じた。

「鐘塔の鐘を鳴らせ。アンブローズにも報告……ルカ、よんでこい」

走訃《そうふ》王《おう》到達の鐘がけたたましくうち鳴らされる。ハチの巣をつついたように城下街があわただしくなるなか、バドニクスは連れてきたイヌ人外たちをよんだ。

「ロメオ。フリエタ。コヒバ」

ケルピー犬は、三体ともおなじ返事をした。

『はい、ボス』

バドニクスはそれぞれをていねいになでる。三体とも、生まれたその日からめんどうを見てきた。わが子をもたないバドニクスにとって、彼らとの絆は親子とよぶにあたいする。その彼らに、バドニクスは残酷なリクエストをした。

「アルスルを守れ……命とひきかえにしても、だ」

『はい、ボス！』

彼らはしっぽをふってうなずいた。

「……いい子だ」

苦笑したバドニクスは、ジャケットの内ポケットから金色の紙につつまれた飴玉のような物体をとりだす。紙をはがすと、キャラメルそっくりの食べものが出てきた。特上のフェロモン・キャンディだ。甘いごほうびを、雄犬、雌犬、子犬の順で与える。


地下、稼働区。

「チョコレイト！　ハンナ＝カーボネックから合図です！」

有能な助手であるタン・ステットソンが叫ぶ。いよいよだ。

地下一階にいたチョコレイトは、両手で自分のほほをたたく。まずは、地下十八階のハンドルへ、一〇一番のフェロモン・キャンディを投入するよう指示した。一分後に地下十二階、さらに一分後に地下九階を動かす予定だ。

一〇一番が与えられたのだろう。

地下一階のハンドルにむらがっていたアリ人外たちが、いっせいに下層へと動きだした。

「やはり、アリンコの食いつきがぜんぜんちがいますね！」

でっぷりとした大男のタンは興奮していた。本当にそうだと、チョコも思う。

西域《ウェスト》には、昔、クロアリたちの女王がいた。

瑪瑙王《めのうおう》。

ところがこの人外王は、べつのアリ人外によって淘汰《とうた》され、滅んだ。以来、眷属《けんぞく》のアリたちはあらたな女王を選ばないまま卵を産み、巣も作らず移動する道を選んだという。

彼女たちは人間を攻撃しない。なわばりにもこだわらない。

そして、動物質より糖がお好みだ。つまり、肉より甘いものに食いつく。

一〇一番は、彼女たちの道しるべフェロモンに、四大諸島の固有種である黒四王《こくしおう》の巣から採取した花蜜《はなみつ》――ハチミツを練りこんだものだった。これは現在、世界でいちばん甘い糖だと考えられている。

もともと第五合衆大陸には、ハチミツを作れる人外種がいない。

それが、一〇一番が高価になる理由だった。稀少な人外種ハチミツを一回輸入するだけで、年間研究費の半分ほども金がかかってしまう。鍵の城では、最大種のハチミツを代用した一〇二番、サトウキビや果物を練りこんだ一〇三番などのキャンディも開発されたが、アリたちのお気に入りはいつだって一〇一番だった。タンが嘆く。

「くぅ。これだけの量をいっぺんに使うなんて……！」

「言わないで」

時計の針とにらみあいながら、チョコレイトは、各層に配備された手旗信号手に指示を出し続ける。

城門の前で準備体操をしながら、ルカは聞いた。

「怖いか？」

ブーツがぬげないよう、なんどもひもを結んでいた少女が顔をあげる。

アルスル＝カリバーンだ。

はじめは心が読めない人形のようだと思っていたが、最近、すこしかわいく見えてきた。ルカより十歳下だから、七番目のきょうだいで妹のメアリー・シャとおない年だ。そして――弟マルクス・シャが死んだ年齢でもある。

（死ぬには、まだ早すぎる）

ルカの首には、形のちがう笛《ホイッスル》が四つもかかっていた。そのひとつをつまんでプロペラのようにまわしながら、ルカは少女へウインクを飛ばす。

「ま、安心しなって。なにかあっても、おれがあんたを守るから！」

アルスルはじっとルカを見あげた。この目だと、ルカは思う。この目つきがリサシーブそっくりで、つまり、すべてを知られていると感じるのだった。かと思いきや、生まれたばかりの子猫のように無垢に見えることもあって、放っておけない。

走る邪魔にならないよう、レイピアを背中にかけた少女がたずねる。

「……ルカは怖くないの？」

彼女は三回、自分の胸をノックする。アルスルなりの願かけらしい。たぶん、勇気がほしいとき。少女がそのくせを見せることに、ルカは気づいていた。

「怖いもの見たさ、かな。危険だからこそ、興奮する……狩りは楽しいぞ！」

「楽しい……」

「たがいが命がけでぶつかるってこと！　しっかし、すげぇなぁ！」

額に手をかざして、ルカは荒野をにらむ。

「死の戦車《チャリオット》、か」

城郭《じょうかく》都市の外壁に。

――鍵の城ほどもある巨大なウマが、迫っていた。

まっ青な晴天の光を受けて、体毛が七色にかがやいている。

いや――実際に、ウマの体はカメレオンのように色が変わっていた。黒、白、茶、黄、赤、灰、斑《まだら》。ちらちらと星のように明滅して、全容がつかめない。ルカの肌にじわりと汗がにじんだとき、ずん、と地面がゆれた。

「……きたきた！」

地面の下から、鐘の音をかき消すほどの轟音《ごうおん》がこだました。

地鳴りとともに、十一から十六番目の回転機構――城下街の回転がはじまる。六重のリング状に分断された街が、右へ、左へ、回転をはじめたのだった。

まるで、ドラゴンの咆哮《ほうこう》だ！　アルスルがつぶやいた。

「……恐竜の声みたい」

「最高にクールだ！　まさか、この瞬間に立ちあえるなんて！」

おもちゃのジオラマか、創造主の奇跡か。そうでなければ白昼夢を見ているようだ。

（ちゃんと動いているな！　走訃王が迷路園に入ったら、いつもは開かれたままの十七から十九番目の回転機構……城門と外壁も動かして、施錠……！）

おさらいしたルカは武者震いする。

ケルピー犬たちが位置についたのを確認すると、ぽんとアルスルの肩をたたいた。

「よし、いくぞ」


かぐわしい香りに、頭がくらくらする。

鼻へ抱きつかれたかのように、狂おしいほど愛しいにおいがした。

もう、そこに。

もう、会える。

すべてわかっていた彼──王は、悠然と石のアーチをくぐった。

わが女は、どんな強さの男を好むだろう？　──戦馬《いくさうま》か、駿馬《しゅんめ》か、輓馬《ばんば》か。

わが女は、どんな姿の男を好むだろう？　──白毛か、青毛か、月毛か。

はやる心を王はおさえた。

はじめての瞬間は、なにごとも臆病になるものだ。怖がらせてはいけない。

石でできた人間の城をそっとながめたときだった。

『……ふぇい、ふぁーた……』

狂おしいほど愛しいものが、跳ね橋のまんなかに立っていた。

人の姿をとっているが、王には、わかる。

『……おぉ、おぉ……！』

漆黒《しっこく》の肌。

夜に負けぬほど、黒いたてがみ。

しなやかな両足はみずみずしく、とてもすばしっこそうだ。

王はひとめで、そのおさない女が気に入った。まじりけのない一色だけの牝馬《ひんば》を、彼はことさら偏愛していた。笑いかけようとして、女が自分よりはるかに小さいことに気づく。

王は瞳を閉じた。

すると、不思議なことがおきる。

濃い霧が立ちこめた直後――ざばん、と激流がおこった。

王の体は、炎へ投げこまれた雪のごとく、溶けていた。大津波と感じるほどの洪水をもろに受けて、人間の街が、またたくまに水びたしとなる。川面を漂う花びらのように、人間たちがぼろぼろと流されていったが、女には水がかからないよう注意をはらった。女を踏みつぶさず、だが、逃がさないために。よぶんな水を捨て、ちょうどいい大きさになる。

『ふぇい、ふぁーた……わがおんなよ』

しかし。

おさない女は、おびえていた。

大きな音をたてたからか。自慢の歌でも歌ってみせようか――そう考えたときだった。

女がくるりと背を向けた。そのまま、一目散に走りだしてしまう。

突然べつの場所から飛びだした人間の男と、大きな家畜のイヌたちが、そのあとをついていった。追われているのだろうか。そういえば、女の両手には鎖がついていた気がする。考えようとしたが、うまくいかない。

女が宿したたまごのにおいで、王の頭はいっぱいだった。

『ふぇい!!　ふぁーた!!』

王は声を張りあげる。音の反響がびりびりと街全体をゆらして、倒れる家さえあった。

体を七色にきらめかせた彼は、おさない女を追いはじめる。

こわい。

こわい。

こわい。

『おひめしゃま、べすとたいむこうしんなの！』

「黙って逃げろ、ワンコロ!!」

しっぽをふって駆けるコヒバとは反対に、ルカは青ざめていた。

彼はずぶぬれだったが、エントランスを抜けて迷路園へ入るやいなや、木の笛を吹く。鳥の鳴き声に似た高音が、城内をつんざいた。アルスルが最初のポイントを通過した合図だ。

「プリンセス、急ぎすぎるな！　後半がもたなくなる！」

わかってはいる。

しかし、頭ではなく体――本能が、全力で逃げろとアルスルに命令していた。

「ヘイ、プリンセス……アルスル!!」

追いついたルカがアルスルの手首をつかんだ。

「落ちつけ、アルスル！　だれも、なにも失敗していない！」

でも。

「……人が死んだ」

「あぁそうさ！　おれたちが失敗すれば、もっと死ぬんだぞ！」

目の前で、たくさんの兵士が城壁から落下していった。大量の水で稼働区の内堀へと流されていった者もいた。あの高さでは、深さでは――助からない。

恐怖と絶望でへたりこみそうになるアルスルを、ルカが引っぱる。

手をつないだ二人は、何日も走りこんだ迷路を駆け抜けていった。リサシーブがいる最奥のパネルから数えて、十一枚目――いちばん外側の迷路パネルから、ひとつ内側のパネルへ入ったときだ。さっきとおなじ木の笛の音が、上空からとどろく。

さっきのポイントを目標が通過した合図だった。

『走計王が迷路園に入ったわ！』

ケルピー犬のフリエタが教えてくれる。

『数えるぞ！　一、二、三、四、五、六、七……』

先導するロメオがカウントをはじめた。

きっかり三十秒後、ずんと地面がゆれる。しかし迷路園ではなく、とても遠くで地鳴りがはじまった。城下街と城門、外壁が、回転をはじめたにちがいない。

『すごいすごい、ぴったりんこ!』

子犬のコヒバだけは大はしゃぎだった。

七枚目の迷路パネルを通過したところで、ルカがまた笛を吹く。こんどは石の笛だ。

今日という日のため、たくさんの合図が決められた。走訃王が城の外へ引き返したときや、迷路園を壊したときなどは、それぞれべつの合図が送られてくることになっている。通過の合図しかないときは、作戦どおり、王がアルスルを追ってきている証《あかし》だった。

(フェイ……ファータ……妖精《フェアリー》?)

走訃王が口にした言葉。

あれは、どういう意味だろう?

四枚目の迷路パネルを通過する直前で、石の笛の音が聞こえた。

「くそ、速い……あのウマ、迷路なのに、ほとんど迷ってないじゃないか!」

文句を言いながら、ルカが銀の笛を吹く。

『においだ! 王は、お姫さまのにおいを追ってきている!』

「だからおれは、煙でやつの鼻をつぶそうって提案したんだぜ?!」

『そんなことしたら、わたしたちの鼻もきかなくなるじゃない! だいたい、ボスが言っていたでしょ、鼻をつぶしたって、フェロモンは嗅ぎとれるものなのよ!』

走りながら、ケルピー犬夫婦とルカが言い争う。恐怖と戦いながら、アルスルが必死に息を整えたときだった。ひときわ高音の笛が、三回、吹き鳴らされる。

「虹黒鉄《にじくろがね》の笛……！」

城外の回転が終わった合図だ。

走計王が城内に隔離されたことを知り、アルスルに勇気が戻ってくる。

「計画通りだ。アルスル……」

「やれる」

心臓を三回ノックしたアルスルは、はっきり答えた。こちらを見つめた青年は、アルスルの頭をくしゃくしゃとなでる。それから、レイピアごとアルスルの背をたたいた。

「よし、いけ！　ロメオ、コヒバ、たのむ！」

つぎの角でルカとフリエタがわかれた。そのまま監視席へ上がり、上階からアルスルを援護する予定だ。数秒後、ルカが虹黒鉄の笛を鳴らす音が、迷路園にひびきわたった。アルスルがひとりになった合図だ。ロメオとコヒバにはさまれて、アルスルは走る。もう息はあがっていて、とてもつらい。

（リサシーブ……わたしたちの未来は、どう見える？）

レイピアに触れながら問いかけたとき、ずん、と地面がゆれた。

こんどはここ——迷路園がまわりはじめる。

『残り一分を切った！　幾何学通路が開くぞ！』

『がんばれ、おひめしゃま！』

最後の角をまがると、二枚目と一枚目のパネルが交差しはじめたところだった。息もきれぎれに、アルスルは目的地へ到着する。

金地に黒の星が刻まれた幾何学模様のタイルは、ぴかぴかとかがやいていた。

夜空に浮かぶ天の川のように、星の道が一直線に続いている。そのさきにオークの大樹が見えた。木漏れ日の下で——じっとこちらを見つめている、リサシーブも。

「……リサシーブ！」

思わず顔がほころんでしまった、そのときだった。

『ふぇい』

耳のうしろに、吐息がかかった。

『ふぁーた』

アルスルは凍りつく。

『つかまぁえたぁ』

背後から。——ずるりと、男の太い両腕がのびてくる。

（……足、動かない）

目をおおわれ、体を引きよせられそうになった。

『おひめしゃまをはなせ‼』

乳歯をむいたコヒバが、その腕に噛みつく。

『コヒバ！』

ロメオが、アルスルの背後にいるそれへ体当たりした。

コヒバがものすごい力でふりはらわれる。

聞いたこともないケルピー犬の悲鳴——断末魔の叫びが、迷路園へこだました。


星のタイルに投げ出される。

右半身を打ちつけて息が止まったアルスルを、つぎの瞬間、監視席から飛びおりただれかが引っぱりおこした。ルカだった。

青年はなにも言わず、小動物が逃げるように走りだす。

(……コヒバ？)

アルスルは、イヌが悲しげに鼻を鳴らす音を聞きとった。コヒバだ。とっさにふり返ろうとしたが、アルスルの肩をつかんだルカが許さなかった。

子犬の声は、どんどん遠ざかっていく。

(……いや、だ)

おいていけない。

胸がつぶれそうになって、ルカをよぼうとしたときだった。

『ル、カ……』

頭へひびいたのは——少年の声、だった。

ボーイ・ソプラノ。知らない声だ。アルスルは、わけがわからなくなる。

『ぼくのみずをあびたね。だから……おもいだしたよ』

妙な霧が立ちこめて、その声は笑った。

『ルー……あにき』

ルカの体が、びくりと痙攣《けいれん》した。

「……マルクス?」

知らないだれかをよぶと、青年は立ち止まる。

『ルカ=リコ！　時間がない、走って!!』

前を走るフリエタが吠えたが、ルカは呆然とふり返る。アルスルも見た。

アルスルとおない年くらいの――少年が、立っていた。

瞳は、ライトブラウンとダークグリーンがまじる淡褐色。そして、何人にも見えない。彼の足もとには、赤い水たまりと、壁にたたきつけられてうずくまるコヒバ。そして――切り裂かれたロメオの肉塊が転がっていた。

とり乱したルカが聞く。

「なぜ、おまえが……おれの弟を知っている?!」

『おうに、たべられたから』

少年のヘーゼルアイが細められた。

『きょうのきみらみたいに、ひっしでにげたんだ……でも、だめだった。はしってにげたら、あしをけられてつぶされた。はってにげようとしたら、うでをふまれてつぶされた。とてもいたくてこわかったから……なんども、ルーをよんだ』

ルカの心臓がどくどくと鳴りはじめたのを、アルスルは感じる。

少年の肌に、波紋が広がった。水面のようだった。

『おさななじみのくりすてぃ……ぼくはあのこがだいすきだったけど、まだ、きすしかしたことがなかった。それをしったおうは、よろこんだよ。ぼくのあたまをそっとかんでね？　かたいほねをはがしてから、すぷーんひとくちずつ……ほんとうにちょっとずつ、ぼくののうみそをかじっていったんだ。そのときには、もう、ぜんぶきもちよくなっていたよ』

ルカの息が、体が。

わなわなと震えて、止まらなくなっていた。

『ルー』

満ち足りた顔の少年が、よぶ。

『どうしてまもってくれなかったの？』

ルカが、衝動的にシースナイフを抜いた。

「……さきに行ってくれ、アルスル」

――だめ、だ。

『走って!!』

泣きそうな声でフリエタが叫ぶ。アルスルはぎょっとした。

建物そのものが水に沈みはじめたかのように、足もとからどんどん水が迫ってくる。その水たまりがルカに近づいたとたん――ふくらんだ。はっとしたルカは、風を踏んで飛びのく。しかし、それよりも高くのびた水が、ルカの左足を空中でわしづかみにした。

アルスルは総毛だつ。

水は――たくさんの人間の、指の形をしていた。

『けがれたおとなのくせに。きたないてで、ぼくのおんなにふれたな』

少年がにっこりと笑う。

魚がおしつぶされたような、濡れた破裂音があった。


若い男の絶叫がある。こんどは、人間だ。

(……ルカ?!)

ふたたびバドニクスが身をこわばらせたとき、となりの白いヒョウが身じろいだ。

『バドニクス』

リサシーブだった。

『もういい。城の回転を止めろ』

「……なんだと……?!」

『アルスルの命とひきかえだ……ここで、処女が獣に犯されるのを見たいか』

葛藤《かっとう》も絶望もない。

まるで——こうなることがわかっていたように、人外は話した。
『私は、王と話がしたい』
失敗を告げるガラスの笛の音が、城をつんざいた。
『すべておまえのさしがねだね……ぶざまでいやしい、豹《レオパード》』
少年の形をした獣が、ほほえんだ。

14

ブラウスをさいて、まっ赤になったルカの足をしばりあげたときだった。

アルスルは少年に抱きあげられる。レイピアを抜くひまもなかった。

シャボン玉をあつかうかのように、彼は優しかった。

アルスルの肩が触れて、彼のあたたかいほほが、ちゃぷんと波うつ。服は濡れないのに水の感触があって、アルスルはぞっとした。ふりほどいて逃げたいが、できない。少年とは思えないほどその力は強かった。

『のろわしき豹《レオパード》』

星の幾何学通路をまっすぐに進んだ少年――走訃王《そうふおう》が、庭園へ到達する。

堂々とした足どりは、優れた皇帝だとたたえられた父ウーゼルよりも、自信に満ちたものだった。オークの大樹までやってきた王は、角に貫かれた白いヒョウを見つめる。

『どれくらいぶりかな？』

『四百と十八年、百四十六日ぶりだ……走訃王よ』

リサシーブが答える。

王は、声をあげて笑った。

『うれしいよ。そんなにもながく、くるしんでいてくれたなんて……！』

少年の言葉に、どろりとした憎悪がこもる。

頭蓋骨の内側を黒くぬりつぶされるような感覚があり、アルスルは恐怖でおぼれそうになった。リサシーブの背後にいたバドニクス、監視席につめていた円卓会議のギルダスとアンブローズ、人外《じんがい》使いや人外たちも後ずさる。リサシーブだけがたんたんと話した。

『……今日、この日を。待ちわびていた』

金、銀、銅にかがやく不思議な瞳がアルスルへと向けられる。

『友の……いや、友とはなれない。はじめから』

リサシーブは目をふせる。

『ただの、アルスル＝カリバーン』

アルスルを悲しみが襲う。しかし、白い人外から出たつぎの告白は、アルスルの心をうち砕くほどの衝撃を与えたのだった。

『おまえの父……ウーゼルを殺すよう命じたのは、私だ』

アルスルの息が止まる。

その場にいたあらゆる人間たちも、愕然とした。

（うそ、だ）

そうであってほしいと、アルスルはバドニクスとアンブローズを見る。だがどちらも、声も出せないほどに色を失っていた。

「……本当、なの？」

『鍵の指輪がほしかった。自由になるため……走計王をよぶために』

バリトンの声に、いつもの雄々しさはない。

『アルスル、おまえは聞いた。王自身なら、この角を抜けるのではないかと……おまえは正しい。その通りだ。ブラックケルピィ家の者に発見される前……王自身、そう宣言した。私自身も感じる。いまも、王がそばにいると、角が動こうとするからだ』

本人にしかわからない痛みが教えるのだという。アルスルは自分の心臓をノックしようとしたが、できずに立ち尽くしてしまった。

『感謝する。ただのアルスル。そして……すまなかった』

人間たちの困惑をおきざりにして、リサシーブは少年と見つめあった。

『走計王よ。許しを乞いたい』

少年の形をしたものが、笑みを深める。

『……どうつぐなう？』

白いヒョウは、深くこうべをたれた。

『忠誠を誓おう』

アルスルは耳を疑った。

獣《けもの》が——ヒョウが。なぜ、別種の獣に仕えるというのか。

『きさまには、きさまのおうがいるじゃないか！』

少年も笑う。リサシーブはうなだれて首をふった。

『……わが王は、孤高の獣。私がどれほど苦しもうとも、救いの手を差しのべてはくれなかった。私は……わが王のようにあれず。そして、罪を悔いている』

誇りも、なにもかも捨てさって。

『走訃王よ、慈悲を！　雪よりも白く、わが罪を洗いたまえ……どうか！』

リサシーブは懇願していた。

『もう私を、自由に……!!』

泣きながら祈るようだった声が、途切れる。

ばすん、と重い音がして、アルスルと少年がおなじ方向を見たときだった。

赤い肉がはじけた。オークの大樹に鮮血が散る。

「……リサシーブ!!」

バリスタから発射された矢が、リサシーブの首を貫いていた。

噴水のごとくあふれだした血の泉へ、ヒョウの頭がゆっくりと沈む。

なめらかな白い毛皮が、赤い体液をしとどに吸って、レッドベルベットの絨毯のように染まっていった。──父の血、父の最期そっくりの光景が、アルスルの心をかき乱す。

人外に囚われていることも忘れて、アルスルは激しく身をよじった。

「なんという、ことを……！」

唖然としたバドニクスが、二階の監視席をにらみつける。そして、うなった。

「アンブローズ……！　どういうつもりだ!!」

アルスルはばっと視線を上げる。

大弓を発射した兵のとなりに。議長アンブローズがたたずんでいた。

「……自由を与えるくらいなら」

父の親友だった男は、冷たい怒りに震えていた。

「ブラックケルピィ家の秘密がもれるくらいなら……殺処分がふさわしい！」

動かなくなった白いヒョウから、血が広がっていく。

夕暮れの影がのびるようだった。その量と赤さがアルスルをがくがくと震わせる。

しかし。それとはまったくべつの震えが、すぐそばでおこっていた。

『……なんて』

不気味な震え——ひき笑いが、アルスルの内臓を伝う。

『なんて、こっけいなんだろう！』

王だった。

顔が横に裂けるほど、彼は口のはしをつりあげて嗤《わら》っていた。

凍りついたアルスルをおろすと、少年はリサシーブへ近づく。虫を殺すように血だまりを踏みつけてから、彼はヒョウの耳元でささやいた。

『……わなだと、わかっていたよ』

その声が少年のソプラノではなく、男のテノールに変わる。星が明滅するように、彼の声はさまざまな声域を行き来していた。

『のろわしき豹《レオパード》。きさまのにおいは、わすれようもない……このまちにきたときからずっと、わなだとわかっていた』

「……なら。なぜ、あなたはきたの？」

『きみにあうため。そして……わらうため』

アルスルに怒りがわきあがる。

『豹《レオパード》のみじめさを！　にんげんのみにくさを！』

自分にこれほど煮えたぎる感情があることを、アルスルははじめて知った。音もなく——背中のレイピアに手をかける。それを目にした人間たちが、目を見張った。

「醜いというなら……その姿を、やめて」

死を覚悟したアルスルは、片手でレイピアをかまえた。

「本当のあなたは、どこ？　本当のわたしは、人間だよ」

ぽちゃんと、少年の肌に波紋ができる。

「リサシーブや人間を嗤うけれど……そういうあなたは、あなたが本当に好きだったひとのことを覚えているの？」

白い女の幻影を、アルスルは思いだしていた。

「……雪よりも白いひとを」

少年が銅像のように動かなくなる。

――隙あり。

レイピアは斬るためでなく、突くための剣だ。

心臓《こんしん》、ただ一点に的をしぼったアルスルは、迷わず前へとステップを踏んだ。

渾身の力をこめて、リサシーブの牙をくりだす。きっさきが、少年の背にめりこもうとしたときだった。人間ではありえない速さでふり返った少年が、かくんと、ひざを折る。

『はずれ』

彼の背をほんのわずかにかすった直後、のびてきた手がレイピアをつかんだ。アルスルはぎょっとしたが、どんなに力をこめて押しても引いても、動かない。

『ふぇい、ふぁーた……ぼくをこわがらないで』

ばきんと音がする。

信じられない力でレイピアが折られていた。

ぱらぱらと砕け散る刃を目にして、アルスルは驚愕する。

『わがつのにかけて。ぼくはえいえんに、この豹《レオパード》をゆるさないとちかった』

「どうして……?!」

『きみを。こいつは、たべてしまったじゃないか』

獣とは思えない答えだった。人間のような執念と憎悪に、アルスルは呆然とする。

「それだけの、ことで……」

『それだけ？』

折れた牙を投げ捨てると、少年はアルスルの両手をとった。

『……きみをはらませることが、ぼくにとってどれほどのよろこびか。きみはしらないだけ』

もはや、だれへ向けられた愛情かもわからない。

人でないものの王は、ふと、過去をなつかしむような目をした。

『ぼくのこをはらめるおんなは、めったにうまれない。さいごはきみで……きみのまえは、きもとおくなるくらい、むかしだった』

王はアルスルを抱きよせる。

水面のようにゆれる少年の瞳に――大つぶの涙がたまっていた。

『きみがうまれてきてくれたとき。ぼくは、うれしくてないたよ。きみはきっと、ぼくよりつよいこうまをうみおとしてくれるにちがいない……そうしたら、やっとぼくも、ねむりにつけると』

「……眠り？」

続きはなかった。

アルスルは、少年から口づけを受ける。

『きみにしゅくふくを』

あたたかなキスのあと――飴玉ほどの水滴が舌にのった。

王はそのまま、アルスルにすこし上を向かせる。強い力に逆らえず、それを飲みこんでしまったとき――言いようのない嘆きがアルスルを襲った。

目を見開いたアルスルは、泣きそうになる。

そばに。

白い裸の女が、立っていた。

子どもと女のはざまにあるような体。肌も、長い髪も、雪よりも白い。よく見れば、アルスルとおない年くらいかもしれない。顔はやはり、髪におおわれて見えなかった。

（……このひと、は……）

だれもおどろかないから、自分にしか見えない女だとわかる。

だがまぼろしとは思えないほど、彼女は鮮烈だった。王から受けた水のせいだろうか。ほどなくアルスルは、この白い女が――リサシーブに喰われながら、意識が途切れる瞬間まで王を求めていたことを、思いだしていた。

少年は満足げにうなずいた。

『そのうつくしいあしで、ぼくのしとねまであるいておいで。そうしたら……豹《レオパード》を、じゆうにしてあげてもいい』

「……え？」

『ふぇい、ふぁーた。ぼくのおんなよ』

王は、アルスルを受け入れるように両腕を広げる。やおら、彼が大樹をあおいだとき。

『えいえんにあいしているよ』

少年の体は――水となり、崩れ落ちていた。

その夜。

ケルピー犬のロメオが、バドニクスとフリエタに見守られて息を引きとった。

「……よく、守った」

その瞬間に立ちあったギルダス・ブラックケルピィは、兄弟のように育ったいとこが、悲しみにうちひしがれているのを感じていた。冷たくなるまでロメオの体をなで続けた男は、おごそかに立ちあがるやいなや、ギルダスに聞いた。

「損害は」

いとこの強さを、ギルダスはあわれに思う。

「確認中だが……死者四百三十一。重傷者千五百五十。ケルピー犬など使役人外が……ロメオを入れて、三体死亡。コヒバは左下肢を骨折したが、ぴんしゃんしている。城下街は、城門付近を中心に家屋の全壊が多数……城郭《じようかく》内のおよそ三割が水没したよ」

「……ふん！　最悪よりはマシってわけだ！」

「だといいが。稼働区からの排水を続けているが……やはり水がひかない。この寒さだ、領民たちの今晩の寝床を確保するのが、いちばんの課題だよ」

ロメオのなきがらとフリエタをブラックケルピィ家の人外使いに任せると、二人は仕事を再開した。街の要所をまわり、兵や責任者に指示を出さなければならなかった。

「ルカは？」

「意識が戻らない。だが、よく鍛えている。もちこたえるだろう」

「足はどうだ」

「……さっき、切断手術が終わった」

バドニクスの渋面がさらにしかめられる。ブラックケルピィ家には、メルティングカラーのルカをよく思わない者も多い。しかしバドニクスはというと、あの青年を気に入っていた。円卓会議にはない明朗快活さがよかったのだろう。だが走計王に握りつぶされたことで、青年は左のひざから下を失ってしまった。もう、傭兵《ようへい》を続けることはできない。

「やられたな」

バドニクスは葉巻に火をつける。ロメオへのはなむけだろうか。いつもより大きい、同銘柄のなかでは最高級のものだった。

「俺たちが誘いこんだガキは、水の木馬《デコイ》……王の本体ではなかったわけだ」

走計王の捕獲に失敗した。

苦いが、それが現実である。水の少年が溶けた瞬間をギルダスは思いだした。

「誤算だったよ……まさか、あれほど精巧な幻影を作れるとは」

これまでの報告と異なる。それとも――報告があがるほど、生存者がいなかったか。

「……相当、喰ったな」

バドニクスはいまいましげに吐き捨てた。

「人外とはいえ、本来は獣。想像力……表象能力は、人間よりおとるはず。だが人間の脳を喰い続けたことで、過去の再生も、幻影の創造も、飛躍的に上達したとみた」

絶望がギルダスを襲う。

人外――人より優れたる、獣。

そんなものを狩ろうとしたこと自体、あやまちだったのだろうか。

(……希望が必要だ。しかし、これは……)

疲弊《ひへい》を感じたギルダスは老眼鏡をはずす。ところがバドニクスはというと、鍵の城へ戻ったとたん、リサシーブの治療に立ちあうと言って座ろうともしなかった。おない年のギルダスは、いとこに疲れがないわけではないことを見抜いている。

「……バドニクス。すこし休んだらどうだ」

「うるせぇ、休んでいる場合か。アンブローズはどうした⁈」

「ツノの大広間で会議中だ……今後の方針について」

「水びたしの街をほっぽってか？　目ん玉ついてんのか！」

アンブローズの動揺も、ギルダスには理解できた。

亡きウーゼルとアンブローズの深い友情こそが、ブラックケルピィ家に最盛期をもたらしたのは事実だ。しかし、議長は失念していたのだろう。それが――リサシーブを道具としてあつかったゆえの成功だということを。

(利用しているつもりで……みながリサシーブに利用されていたのだ)

――今後、リサシーブをどうするか。

ギルダスが考えようとしたとき、城の住人や兵士、被害を訴える領民などでごった返していた大聖堂の入口がざわめいた。なにごとかとそちらを見れば、よたよたとした足どりのケルピー犬が、屋外にある水びたしの跳ね橋からやってくる。

色は、レッドタン――背がこげ茶色、腹が赤褐色。

首輪はないが、右の眼球がまっ白に濁っていた。

「あれは……」

なつかしい顔だ。ギルダスは思わず表情をほころばせる。

仰天したのはバドニクスだった。

「……パルタガス⁈」

現役を引退し、いまは城下街のバドニクス邸で暮らしている、パルタガス号だった。

たしか、満百四十歳。イヌ人外としては大変な高齢だ。老いて体の骨が浮きあがったケルピー犬は、しかし、高らかに遠吠えをする。

『ごきげんよう！　わしのバドちゃま！』

大聖堂にいるほぼすべての人間から、どっと笑いがおきた。

あわてて駆けつけたバドニクスは、不機嫌そうに咳ばらいをする。

「パル！　ここでその呼び方はやめてくれ……！」

『あん？　あんだって？　もっかい言ってくれないかね、わしのバドちゃま！　おやまぁ、ギルちゃまも！　おひさしぶり！』

耳が遠いのだ。しかしひょっとすると、わざとかもしれない。

老犬パルタガスのしっぽは、子犬よりも激しく左右にゆれていた。彼はかさついた鼻でバドニクスとギルダスを嗅ぎまわる。ふと、長いしっぽが力なくたれた。

『バドちゃま……この、血のにおい』

バドニクスが固くなる。

「……ロメオだ」

『……ほうか』

こぶしを握りしめたバドニクスに、老犬が寄り添う。

『ようやった、ようやった。わしの息子は、ケルピー犬の誇り！』

うつむく男の顔を、パルタガスは優しくなめた。

『ようやった、ようやった。わしのバドちゃまは、ブラックケルピィ家の誇り！』

「……うるせぇ。誇りどころか、大失態のあとなんだよ」

冷たく返したバドニクスだが、ようやく肩の力が抜けたらしい。

ギルダスは安堵すると、老犬につき添っていた黒装束の人物をながめた。

黒い手袋に、黒い長靴。黒い布をまとっている。顔にまで黒いベールをかぶっていた。やはりその人物を見つけたバドニクスが、低い声でたずねる。

「……なぜ、きた」

「望んだのは彼。あなたを心配して、いてもたってもいられなかった」

女だった。年長で、ギルダスともさほどかわらない。バドニクスは周囲を盗み見ると、声を小さくした。

「そうじゃない。おまえの話だ」

「老いた彼には、杖が必要だったから」

ベールの下で、女はじっとバドニクスを見つめる。ギルダスは複雑な思いだったが、この女と老犬こそ、バドニクスにとってもっとも心休まる相手だということもわかっていた。

緊張の糸が切れたように、いとこが脱力する。

「……よくきてくれた。ペルシア」

慣れた動きで肩を抱くと、バドニクスは女をエスコートした。

15

長い長い、夜が明けた。

ふりそそぐ朝日のなか、チョコレイトがようやく手術を終える。

瀕死のリサシーブが、乾いた血にまみれて眠っていた。白い毛の上からコルセットのようにまかれた包帯が、目をおおいたくなるほど痛々しい。

「ミスター・アンブローズ……迷ってくれたようで、よかった」

人外《じんがい》用包帯をピンで止めると、チョコは大きく息をついた。

矢の当たりどころのことだろう。

大弓の一撃は、わずかにリサシーブの急所をはずれていたそうだ。予知の力を失いたくなかったのだろうと、チョコは言う。

(痛かったろうに……がんばったね)

安心したとたん、アルスルの目頭が熱くなった。リサシーブのあばら骨をなでたが、たまらずその白い毛皮に体を寄せる。

――どうか！　もう私を、自由に――!!

悲痛なバリトンの声が耳にこびりついていた。

アルスルの一生では足りない、長い時間。彼は、苦痛にたえてきたのだ。

その苦しみが――アルスルの父への憎しみにつながったとするなら。やるせなさで胸がいっぱいになる。涙をこぼしたアルスルを見て、チョコが抱きしめてくれた。

「気を落とさないで。彼の再生力なら、すぐ元気になるわ……」

チョコと助手のタンという研究者が手術道具を片づけたところで、バドニクスがやってきた。

昨夜ばかりは城に泊まったらしい。彼のペルシャ猫は、無事だっただろうか。

チョコが人外の容態を報告する。

バドニクスはうなずいたが、表情は暗かった。

「……延命、か」

それはリサシーブに――これからも、いままでとおなじ生活が待っていることを意味していた。だからだろう、自分の仕事をやりとげたチョコにも、笑顔はない。チョコたちが去っても白いヒョウから離れないアルスルを、大おじが注意しようとしたときだった。

彼は、アルスルの足もとで転げまわる小動物に気がついた。

「おい。それ」

白い子猫だった。

リサシーブ用のブラシをかりて、ブラッシングしてやっていたところである。子猫は毛づくろいよりも、ブラシとじゃれるのに夢中だった。

「……ルカの病室の扉にはりついていて。彼が拾ってきたと、パイロという研究者の人に聞きました。だからここでおるすばん……ふふ。ブタの毛ブラシ、好き?」

その白いおなかをくすぐりながら、アルスルは思う。

(しろい)

雪よりも、白い。

「……フェイ。ファータ」

バドニクスが固まった。

人ではないものを見るような目を向けられたので、アルスルは説明する。

「どちらも、彼女の名前」

「彼女?」

「食べられた、王の伴侶」

眉をひそめた大おじが、探るようにアルスルをのぞきこんだ。

「ほかにわかるようになったことは?」

アルスルは腕をあげる。ぴったり西を指さした。

「……九十キロメートルほどあっちに」

バドニクスが顔をしかめる。

「走訃王《そうふおう》、か……?」

「います。いまは、廃墟のような街で水あびをしている」

「……西の廃墟」

眉間にしわをよせてバドニクスは考えこんだ。きっと、頭のなかから地図を引っぱりだしているのだろう。ふいに、彼の顔がけわしくなる。

「旧、城郭《じようかく》都市サウル……か」

バドニクスは不機嫌もきわまった様子でアルスルをながめた。

「……おい。話がある」

「はい」

「われわれは敗北した。円卓会議の結論は、こう……六災の王の脅威は去ったものとみなし、城郭都市の復興に専念するとする」

アルスルはすこし――かなり、おどろいた。

「……脅威は去った、の根拠は？」

「まったくない‼」

お手上げだというように、大おじは天をあおいだ。どうやら、会議でかなりの激論がまきおこったあとらしい。彼の声はややかれていた。

「そのうえでおまえに質問する……まだ、走訃王を狩るべきだと思うか？」

芝生に座りこむと、アルスルは猫とブラシをひざへのせた。

「……王が言っていました。仔馬が生まれたら、やっとぼくも眠りにつける、と……あれは、どういう意味でしょうか？」

「わからん。だが……思いあたることはある」

バドニクスはリサシーブをながめると、腕を組んだ。

「Nテストを考案した人外研究者――ワイマラナァ姉妹は、人外動物界十二門、一万体の人外へヒアリングを行い、成果を論文にまとめた。それによれば……王の名を冠した人外たちの多くは、やがて眠りにつくという」

伝説を語る吟遊詩人《ぎんゆうしじん》のようだ。アルスルは聞きいった。

「それが文字通り休眠をさすのか、死をさすのか、あるいはべつのなにかへ変態するのか……真相はわからない。一説によれば、人外王とは、特別な叡智《えいち》を受けついだ人外たちに贈られる尊称だとも言われる」

「叡智?」

「〈大いなる〉、と名づけられたギフトのことだ」

〈大いなる美女と騎士〉。

〈大いなる黙示文〉。

〈大いなる聖槍《せいそう》〉。

第五合衆大陸にかぎってさえ、無数の力が確認されてきた。

「人間にはない偉大な力だ……しかし人外にとっても、強大で異質な力であることにはちがいないらしい。〈大いなる〉ギフトの負荷にたえるため、人外王たちはいつかかならず眠りにつくと、ワイマラナァ姉妹は仮説を立てている。これがいまの定説だが……まぁ、あまり気にするな。やつらの研究はわからないことだらけのまま、何千年とほったらかされてきた」

アルスルもリサシーブを見つめる。いつのまにかおとなしくなった子猫のくせ毛をとかしながら、断言した。

「……わたしの考えは変わりません。もちろん、みんなが手伝ってくれれば、ですが」

大おじはむずかしい顔をしている。なにか迷いがあるようだ。

「理由を」

「ミスター・ギルダスから聞きました。鍵の指輪が、人間の体から性フェロモンを発生させる期間は、半年くらいだって。わたしが指輪をのみこんで、もう三ヶ月になります……時間がありません。走訃王がわたしに関心をもっているうちに、たたかないと」

それに。

水没した街のこと。

ルカの弟や、ロメオ、死んでいった領民たちを思う。

「やっぱり……彼は、殺しすぎました。生きるためでなく、楽しむために殺し続けるなら……いまを生きている人間や人外のために、走訃王を狩るべきです」

「なぜおまえが、それをなす?」

試すようにバドニクスが問うた。

なぜ、わたしが?

自分に質問したアルスルは、バドニクスを見つめる。それから、チョコやルカ、コヒバたちに、ハンナ＝カーボネックなど、たくさんの人々を思い浮かべた。

――この人たちが、好きだ。

アルスルが笑い返すと、大おじは面食らった。

「わたしは……ダーウィーズで暮らす人たちを死なせたくはないですから。そして走訃王を狩ることは、帝国を守ることにもつながるはず……お父さまやお母さまだけじゃない、みんながよろこんでくれるでしょう。もうひとつの理由は、おじさまには言いづらいけれど……」

アルスルはためらいがちに前を向いた。

「わたしは……リサシーブを自由にしたいと思います」

「なぜだ」

「友だちだから」

予想どおり、バドニクスがかっとなった。

「おまえがなにを考えているのか、さっぱりわからん！　人外だぞ！」

「おじさまにもケルピーの家族がいるのに？」

「あいつらは使役犬だ！　だが、リサシーブはちがう！　人間に育てられたことも、訓練を受けたこともない。まして、ウーゼルを殺させた犯人かもしれないんだぞ?!」

そうかもしれない。

いや、きっとそうだろう。あの場面で彼が嘘をつく必要など、なかったのだから。

「そうだとしても。やっぱり、理由を聞かないと」

「おい、あのな……っ！」

「……わたし、ずっと友だちがいなくて」

　バドニクスが鼻じろむ。

「変なやつだ、皇帝の娘なのに、がっかり……って、言われてきました。姉たちや、キャラメリゼという兄がわりのケルピー犬がいてくれたので、さびしくはなかったけれど」

　いつか、おたがいを理解しあえる友が見つかる、と。キャラメリゼは言った。

　見つかったと、アルスルは思っている。しかし友であろうと、常に理解しあえるわけじゃないことも学んだ。

　友が理解できない行動をとったときは？　どうするべきだろう？

　血まみれのリサシーブをながめながら、アルスルは一晩じっくり考えた。

（友だちの心が見えないときは……友だちのために行動するべき、であるはず）

　それは？

（……助けること、だ）

　友のために、自分をささげることだ。

　助けられないこともあるだろう、助けを断られることもあるだろう。それでも、友を助けようとする努力をやめてはいけない。友を理解しようとする努力を忘れてはいけない。

（そういう……ことだよね？　キャラメリゼ）

　だって、友なのだから。

「さきに友とよんでくれたのは、リサシーブだし。その彼が、なぜ……お父さまを殺すよう命じたのか。鍵の指輪がほしかったと彼は言ったけれど……理由をすべて聞いてからでも、絶交宣言は遅くないと思います」

大おじがなにか言いかける。――そのとき、だった。

『しかり』

バリトンの声が答えた。

アルスルは息をのむ。バドニクスもぎょっとした。

それぞれ反射的に白いヒョウを確認したが、人外は意識を失ったままである。顔を見あわせた二人は、そろって視線をさげた。

「……リサシーブ？」

ひざの上の子猫、だった。

あられもない姿で毛づくろいされながら、まだ短いしっぽをうっとりゆらしている。

『処女のグルーミングはたまらない』

ころんとでんぐり返った白猫が、アルスルの太ももにほおずりした。

――すこし、かちんとくる。

アルスルは両手で子猫のほっぺたをつまんだ。

そのまま左右へ引っぱって、のばす。つぶれたマシュマロそっくりになったとき、

『……失礼した。友のアルスル』

非力な子猫は、うるんだ瞳で謝罪したのだった。


人目を避けた二人と一匹は、バドニクスの私室へうつった。

主任研究者のプライベートルームは、豪華だった。それでも城下街に別宅をもつ大おじは、仮眠をとるときくらいしか居住区を使わないという。

ぜいたくな家具は、たくさんの観葉植物とおなじ緑色で統一されていた。大中小のハープがある居間は、コンサートができそうだ。小さな教会ほど広い食堂には、アルスルの背より高い大理石の暖炉。さらに寝室が六つもあって、中庭にはモザイクタイルばりのプールまである。

その前で、とんでもなく老いたレッドタンのケルピー犬が熟睡していた。

「金のムダ。研究費へまわせと言っても、聞きやしねぇ！」

どこからか普通種害獣用の捕獲檻をもってきた大おじは、葉巻で子猫をさす。

「ぶちこめ」

その顔つきたるや、これまででいちばん狼男そっくりだった。なのに猫ときたら、ぷいとそっぽを向く。食堂の革張りソファへかけたアルスルのひざで、満月のように丸くなった。

「かわいい態度だな、え？〈ささいなる二次資料〉、つったか……?!」

『しかり』

「要約！」

『ネコ科の普通種であれば、肉体をかりられる』

主任研究者である大おじすら、初耳だったらしい。

ということは、あらゆる人間に秘密にされていたギフト、ということになる。

『ちなみにその間は、予知ができない……血を流しすぎたせいだろう。本来の肉体が意識をとり戻せそうにないので、こうさせてもらった』

「てめぇは！　いつもいつも、重要な話をあとでしやがる‼」

『おまえや円卓会議へのカードだ。猫は爪を隠す、という格言もある』

にゃあ、と、子猫はあざとく鳴いてみせる。

アルスルは髪の細い赤リボンをほどくと、ベルベットの半ズボンについていた銀ボタンもはずした。ボタンにリボンを通して、子猫の首に結びつける。とりあえず、これでノラ猫あつかいされることはないだろう。

（……うん。かわいい）

鍵の紋章が彫られたボタンが、鈴かメダルのようにゆれる。子猫の性別はまだよくわからないが、彼《リサシーブ》がぴしりと胸を張る姿は、とても愛らしかった。

『アルスル＝カリバーン。おまえの友情に、敬意を』

子猫は音もたてず、オーク材の丸いサイドテーブルへ飛びうつる。

『……はじまりは、ある予知だった』

「はじまり？」

まじめな口調になった彼は、もう百年は昔だとつぶやいた。

『私は、私の死を予知した』

アルスルは息をのんだ。

『およそ百年後……走訃王の到来によって命を落とすと。鍵の城が陥落すれば、身動きがとれない私は、王の水で溺れるか、炎にまかれて死ぬようだった。また王が死ねば、角が抜けて解放されるが、逃げる前に殺処分されるらしかった……重要なのは』

リサシーブはうなだれた。

『走訃王の生死に関係なく、私が死ぬということ』

血まみれのリサシーブを思いだし、アルスルは震える。

「……怖かった？」

『怖くはない。いずれ、どんなものにもやってくる……だが、そうであればこそ。獣《けもの》である私の本能は、どんな手を使っても生きのびようとする』

「帝国の皇帝を殺してでも、か？」

バドニクスが嫌味をはさむ。

うしろ脚で耳をかいた白猫は、秘密を打ち明けるようにささやいた。

『……まず前提として。私はすべての事象を予知できるわけではない。一方で、いちど予知した事象は、百パーセントの確率で的中する』

「はん。便利なもんだ！」

『もちろん、このギフトにはしかけがある。これらの予知は……おどろくほどささいなきっかけで補正されるのだ』

「補正？」

『……蝶のはばたきは竜巻《たつまき》をおこすか、だよ』

子猫はずいぶん迷ってから、言いたくなさそうに説明した。

『一匹の蝶、一人の人間のなにげない行動が、未来を大きく変えることもある。そうなった場合、その未来を予知したどこかのタイミングで、予知の更新がおこることがあるのだ。これは予知の頻度とおなじく法則性がない。私に原因があるのではなく……わが王から、なんらかの影響を受けているようだ』

バドニクスがぽかんとした。

リサシーブは、彼の王について、大おじの前で語ったことがなかったのだろう。

これ以上は話せないと、子猫は念をおした。

『完全なるわが王のギフト……〈大いなる黙示文〉にくらべれば。わが〈ささいなる黙示文〉は、不完全なのだ。しかし、ゆえに私は考えた。この更新を意図的におこせば……私が生きて解放される未来も導き出せるのではないか、と』

もし、走計王がダーウィーズへこなければ？

もし、走計王がリサシーブを許したとすれば？

――未来を変えられるかもしれない。

リサシーブは直感していた。

『……鍵の指輪だ』

特別なフェロモン・キャンディ。

どんな獣も、人外王でさえ。生殖の本能からは逃れられないものだ。

生贄《いけにえ》となる女を用意し、あれを使えば。

『いちどかぎり。走訃王の行動を操れる……と』

あやふやな希望を胸に、リサシーブは動きだした。

『失敗は許されない。とくに、鍵の指輪を使うタイミングは。安全な隠し場所をもたない私は、指輪の入手をぎりぎりまで待つことにした』

一方で、人間への助言を惜しまなくなったという。

未来を教えてやる、願いを叶えてやる。そうした言葉に人間が弱いことは学んでいたから、彼らの欲望を見抜き、予言で操るようになったのだ。

『なにしろ……私には、ブラックケルピィ家への不満があった』

白猫は白状した。

『角を抜くこと。走訃王の討伐という希望を託した私は、人間から利用される私自身に目をつぶってきたのに。実のところ、ブラックケルピィ家には六災《ろくさい》の王を狩ろうという意志も勇気もなかったのだ……アルスル、おまえがやってくるまでの四百年、ずっとだ。ウーゼルが皇帝に選ばれたときは、こんどこそ国をあげて王を狩ってくれると期待したが……彼は、言ったよ』

「……なんて？」

『さぁ、リサシーブ！　これからがブラックケルピィ家の黄金時代だ！　もっとだ、もっと未来を教えてくれ！　われらに、永遠の繁栄と祝福を！　と……』

アルスルはうなだれる。奮いたつ父が、目に浮かぶようだった。

人間はもう信用できない——。

『失望した私は……すでに、人間を利用することをなんとも思わなくなっていた。たとえばあの男、ルカ＝リコもそうだ』

「ルカ……？」

ぞくりと寒気が走る。リサシーブの耳がしおれた。

『からかいがいがあるから、ではない。走訃王に喰い殺された弟がいると、ルカ＝リコが話す未来は予知していた……彼が怒りのために役割を忘れ、今回の作戦が、最後の最後で失敗するようしむける。そのためだけに彼を部門長におしたのだ。そうすれば、選択肢のひとつ……走訃王と話ができる未来を導けたから』

バドニクスが絶句する。

残酷なことをした——。

つぶやいた白い猫は、金の瞳でアルスルを見つめた。

『……友よ、正直に話そう。皇帝を殺せと命じる必要も、なかった』

アルスルの胸がしめつけられる。

こうべをたれたリサシーブは、釈明した。

『しかし、私への面会を許された者で……鍵の指輪を当主から奪ってこられる人間は、そういない。そもそも、あの偉大なウーゼルに逆らう者がいるだろうか？　よって……ウーゼルへの憎悪をもつ者を選び、あおらなければならなかった』

「……おい。だれの話をしている？」

バドニクスが眼光を鋭くする。

『アヴァロン・ブラックケルピィ大公』

白猫は答えた。アルスルははっとする。

せり上がるマグマのように、バドニクスも立ちあがった。

『あの男は、幼少から兄ウーゼルへの劣等感を抱き、のりこえることができずにいた。心もとない手駒だが、彼よりよい条件の人間を予知できず……結果はさんざんとなった。彼がはりぼての成功をおさめたのは、ウーゼルの殺害のみ。肝心の指輪はこの通りだ』

白猫はアルスルの腹を見つめる。

「……あの、無能が……!!」

歯ぎしりするほど、バドニクスは憤慨していた。

アルスル、とバリトンの声がよぶ。

『おまえが鍵の指輪をのみこんだ瞬間。あらゆる未来が更新された』

「え……？」

『私が描いていた計画よりも、一年は早く、走計王の到来が確定したことで……私の死も決定的となった』

　アルスルはうろたえる。

「でも、私がすぐダーウィーズを出ていれば」

『その結末はおこりえない』

　宇宙の真理を語るように、リサシーブは断言した。

『おまえは、アルスル＝カリバーンだ』

　謎に満ちた言葉だった。

『絶対値だ。プラスにもマイナスにも縛られない……未来そのもの』

　わけがわからず、アルスルはバドニクスを見やる。

　大おじはリサシーブの言葉を説明できないようだったが、それでもなにかの予感をたたえた目でアルスルを見つめた。子猫が話を結んだ。

『そして絶望した私は……おろかにも、走訃王へ命乞いをしたというわけだ』

　わからないことは、いくつか残っている。

　それでもアルスルのなかで、ほぼすべての記憶がつながった。実験のあった日、リサシーブが泣くように吠え続けていたことも思いだす。子猫はアルスルと目を合わせることができず、ちぢこまった。

『……すまない。醜態だった』

　アルスルは目を閉じる。

父を、想った。

父が受けた痛みと、リサシーブが受けた痛み。どちらもがあまりに苦しく、想像を絶するほど耐えがたく、アルスルにとっては深い悲しみしか生まなかったことを、胸に刻む。

(ごめんなさい。お父さま……わたしは、それでも)

すべての陰謀を聞かされてなお――自分の心に、リサシーブへの怒りや憎しみが生まれないのをアルスルは感じていた。

(だって彼は、ずっと、ずっと……ひとりぼっちだった)

だれも味方がいないときは。

自分で、自分の身を守るしかない。

痛みよりも、もっとリサシーブを苦しめたもの――孤独という名の悪魔が、いかにおそろしい存在か。その悪魔が、いつも、どんなひとのそばにも立っていて、むなしい自棄や卑屈な復讐をささやくことを。アルスルはよく知っていた。

子猫をひざにのせたアルスルは、丸くなる。全身で彼を抱きしめた。

彼がひとりぼっちではないことを教えるためだった。

『昨日まで……私は、孤独だった』

あたためられる卵のようにじっとしていた白猫が、つぶやいた。

『今日からは……おまえがいるらしい』

アルスルは子猫の両肩に手をおく。力強くうなずいて、笑ってみせた。心をうたれたように目を見開いた子猫が、じっとアルスルを見あげた。

『……だれよりも予知の力に操られていたのは、私であったのかもしれない』

バリトンの声が笑う。

『私は、まだ死んでいない』

金の瞳が不敵に光った。

『そして本来、狩りとは命がけ、か……わが友に感謝を』

「……どういう意味？」

『ようやく狩りができる』

最初で、最後の。

『自由になれるチャンスが……四百年ぶりにめぐってきたのだから』

黙って話を聞いていたバドニクスが、葉巻に火をつける。

大おじはしばらく口のなかで煙を転がしていた。長い熟考のあと、彼は口火を切った。

「……リサシーブ。おまえは信用できん」

アルスルは緊張する。しかし、大おじはつけ足した。

「だが、もう走訃王を狩るチャンスがないという点には同感だ。そして俺も、絶対にこの機会を逃してはならないと思う」

なぜかと問うように、白猫が瞳を細める。

もういちどだけ人間を信用できるか、見定めるようだった。

「とりわけやっかいな人外王どもが、六災の王とよばれるようになってどれほどの時がすぎたか……その一体すら、狩られたことがないのにだぞ？」

天井をあおいだバドニクスは、ため息とともに煙を吐いた。

「いずれ、七災、八災、九災の王も出てくるにちがいないからだ」

「あ……」

アルスルは寒気に襲われる。その通り、だった。

派手な姿と柄の悪さからは想像できないほど、男はひたむきだった。

「帝国の人外研究者として。俺は、先例……六災の王を狩る方法を、ひとつでも後世に残したい。もちろん、希望もな」

希望——。

（……立派な人だ）

いまさらながら感服してしまう。覚悟を決めたバドニクスが、宣言した。

「円卓会議の許可はおりないだろうが、知ったことか。俺たちは俺たちで、走訃王の狩りを続けようじゃねぇか……！」

子猫が金の瞳をかがやかせる。

そのしっぽがぴんと直立したのを見て、アルスルにも勇気がわきあがった。肉食獣の高揚が、ぴりぴりと伝わってくる。二人と一匹が、満場一致を確認したときだった。

ノックもなしに、扉が開いた。

「それは、困る」

とっさにアルスルの肩へ飛びのった子猫が、ヘビのような威嚇《いかく》の声をあげる。

「シナリオにないからだ」

円卓会議の議長――アンブローズだった。


アルスルはとっさに白猫の口をふさぐ。アンブローズだけではない、食堂の外には――ブラックケルピィ家の人外使いと、何体ものケルピー犬がおしかけていた。

「……おいおい。なんだ、ぞろぞろと」

「バドニクス・ブラックケルピィ。きみを拘束する」

「あ?」

「狩りはもう終わりだ」

アンブローズが目くばせすると、人外使いたちがバドニクスの左右にまわる。妙に冷たい空気を感じて、アルスルは身を固くした。

「金を浪費し、領地を犠牲にして勝算の低い狩りに挑んだことはまだいいがね……敗北の決まった狩りを続けるなど、許さない」

ドレッドヘアの奥で、黒い瞳が鋭く光っていた。

「狩りとは、娯楽でなければいかんのだよ」

アルスルは困惑した。

「娯楽であり、余興であり……ほどよい刺激もあるが、あくまでも美しい物語につつまれていなければならないのだ。勝利が約束され、狩人を華やかに演出するものでなくては！」

アンブローズは、パーティの主催者のような言葉をならべていく。

呆れたバドニクスが声を低くした。

「……現実の獣は、人の思い通りには動いちゃくれねぇぞ」

「だろうな。しかし、走計王を撃退するという目的は達せられただろう？　帝都イオアキムで上演する劇としては、もう十分だ……われらがすべきことは、いまやひとつ。この物語の主人公……主演役者をしたてあげ、ウーゼルにかわる帝国議会《バーク》のスターとすること！」

その者を帝国議会の議席に座らせるのだと、アンブローズは息まく。

——政治の話だ。それはわかるが、その重要さがアルスルには理解できない。人外類似スコアのせいかとも思ったが、大おじの反応もさしてかわらなかった。

「くだらねぇ。なんの意味がある？」

「ブラックケルピィ家からあらたな皇帝を出すための、土壌作りだ！　無論、何年後になるかはわからない。だが、いつまででも待とう……われらには、リサシーブがいるのだから！」

富と名声への執着を、アンブローズはあらわにしていた。

アルスルの肩で子猫が爪を立てたのがわかる。彼は、いまいましげにアンブローズを見すえていた。

「主人公にふさわしいのは……ブラッド・スポーツの専門家、ブラッド・バドニクス。もしくは、虐《しいた》げられし皇女、アルスル＝カリバーンだと私は考えている。どちらも、申しぶんのない血筋と経歴をもつのでね」

そこで議長は、思いだしたようにアルスルを見た。

「どうだね？　レディ・がっかりと後ろ指をさされてきたきみが……下賤《げせん》の者たちを見返すときがやってきたんだよ」

「バカが。アルスル、相手にするなよ……」

鼻を鳴らして灰を落とそうとしたバドニクスを、アンブローズが指さす。

「セイアツ」

リクエスト、だった。目にも留まらない速さで、一体のケルピー犬がバドニクスの腕に嚙みつく。人外はあごをふると、そのまま大おじを地面へねじふせた。

アルスルはぎょっとする。

アルスルの影がのびたからだった。いや、そうではない――黒い布をまとった人影が、アルスルの背後からソファをのりこえたのだ。いったいどこからあらわれたのだろう？　その人物は、またたくまにアンブローズの首へ短剣を突きつけた。

「ペルシア、よせ!!」

大声を張りあげたのは、床にはいつくばらされたバドニクスだった。それを無視した黒衣の人物が、アンブローズにささやく。

「夫を放せ」

熟年の女、だった。

黒いフードの下で――金貨よりかがやく金髪が光っている。瞳は、銀貨のようにきらめく灰色だ。象牙そっくりの白い肌を見て、アルスルは目を丸くした。

（第七系人、北砂《ほくさ》の民……！）

五十代なかばくらい。しわの刻まれた顔は、しかし、おどろくほど整っていた。

夫――？

（……おくさん？）

ぎらりとした刃を前に体をこわばらせた議長は、それでも、笑う。

「いまわしい奴隷よ。結婚を禁じる文言こそないが……城郭都市ダーウィーズでは、奴隷身分の者が裁判をおこすことは認められていない。たとえ殺されようとも、だれにも文句は言えないのだよ？」

アンブローズが警告したが、女には引く気がないようだった。

「やめろ、アンブローズ!!」

バドニクスが怒鳴る。議長はポケットから、金の紙につつまれたキャンディをとりだした。フェロモン・キャンディにいち早く反応するよう、多くのイヌ使いは、自分の人外にドッグフード――配合飼料以外のものを与えない。ケルピー犬たちがいっせいによだれをたらすのを見て、アルスルは立ちあがった。

「待って」

みなの視線が集まった。

白猫を肩にのせたまま、アルスルはアンブローズへ歩み寄る。

「……情に任せて口を開くことは、弱点を見せるに等しい。発言には気をつけたまえ」

そのつもりもない。

アルスルがじっと見あげていると、アンブローズはひるむように右手のキャンディをポケットへ戻した。ケルピーたちががっかりしてしっぽをたらすが、いっこうにかまわない。短剣のきっさきに手をあてると、アルスルは第七系人の女もさがらせた。なにも言わずに、彼女は従ってくれた。

「ミスター・アンブローズ……あなたの考えはわかりました。でも、納得はできません。何年もさきの、くるかどうかもわからない未来より。いま、目の前にある恐怖と戦うべきではないのですか」

「目の前にある恐怖など！　未来が見えていないことにくらべれば、恐怖のうちに入らない。たんなる障害物——競技ハードルだよ。高すぎるハードルは、ときにあきらめることも必要になる……あぁ。子どもだからと、きみを無視したりはしないよ。ウーゼルは十八歳で円卓会議に名を連ねたからだ。しかしね？」

はなから期待していない顔で、アンブローズは言った。

「ウーゼルの庇護も、バドニクスの援助もないきみに……なにができる？」

もっともだとアルスルは思う。アンブローズの問いかけは、正しくもあった。

(わたしにできること……わたしが、なしうるべきこと)

アルスルは、暖炉の上に飾られたヘラジカの剝製を見あげる。

大きな角に——雪よりも白い女が、腰かけていた。
おさない女は、もの悲しげに西をさす。

まぼろしだとは、わかっている。

自分にしか見えていないことも、彼女がもう死んでいることも。

けれどアルスルは、雪よりも白い女を、このままにしておけないと思った。

(彼女だけじゃない……わたしも、だ)

このままではいけない。

(子猫人形《キティ・ドール》、人外もどき、言いなり姫君……レディ・がっかり)

このままではいたくない。

アルスルは——変わらなければならなかった。

自分が未知なる扉の前に立っていると感じたアルスルは、これまでになくていねいに、はっきりと胸を三回ノックする。けげんそうにしたアンブローズへ、たずねた。

「……わたしにそれができたなら。椅子をくれますか?」

「椅子?」

白い子猫が、まつ毛が触れるほどの近さからアルスルを見つめる。

「ツノの大広間にあるものです」

角の椅子――。

アンブローズがぎょっとした。バドニクスも目を見張る。

「円卓会議の席がほしい、と……？」

「お父さまの椅子があまっているでしょう？　それとも、もうだれかが座りましたか？」

「……それはない。すくなくとも、ウーゼルの喪に服すうちは」

議長はアルスルを小ばかにした。

「どうせなら帝国議会の椅子にしてはどうかね？　円卓会議のものより、座り心地がいいだろう？」

「いりません。帝都にいても、自由に狩りができないので」

「……は？」

「誓いを。ミスター・アンブローズ」

アルスルはバドニクスをまねる。すこし上目づかいをしてから、声を低くした。

「わたしが走詐王を狩ったら。円卓会議に参加させてください」

おとなたちが愕然とする。リサシーブだけは、おどろかなかった。

（なしとげる）

アルスルは決意していた。

走訃王を狩り、リサシーブを解放すること。ブラックケルピィ家のあやまち――リサシーブを利用することでしか未来へ進めなくなったいまの一族を、正すこと。

(この気持ち……はじめてだ)

決意のあとにやってきたのは、みなぎるほどの勇気と活力だった。

「……小娘のたわごとだ」

「子どもだからと、無視したりはしないって」

アルスルは食いさがる。アンブローズが気を悪くした。

「きみにそんな野心があったとはね……よかろう。ただし、きみも誓いたまえ！」

議長は言いはなった。

「狩りに失敗したら！　きみはもう、ダーウィーズに戻ってはならない！」

バドニクスが驚愕する。

「鍵の指輪をのみこんだ者の定めだ。運命に殉じるがいい！」

それは死を意味する。

もうひとつ、と議長は告げた。

「バドニクスは軟禁する。また、城の人的資産である研究者たちを連れていくことも許さない。アルスル＝カリバーン、きみだけの勇気を見せてくれ」

「アンブローズ、てめぇ……っ」

声をあげて笑ったアンブローズは、バドニクスを連れていくようイヌ使いたちに命じる。無理やり引っぱりおこされた大おじは暴れかけたが、妻のことを考えたのか、ぐっと怒りをおさえた。

「……いい子にしてろ、ペルシア。アルスルに従え」

金髪の女へ語りかけると、彼はジャケットの内ポケットを探る。

とりだしたのは、真鍮《しんちゅう》の犬笛だった。それを奪ったアンブローズが、自身のケルピー犬ににおいを嗅がせる。くまなく鼻を動かした人外は、問題ない、というようにフセをした。犬笛をひったくって奪い返したバドニクスは、それを、アルスルへ手わたす。

「幸運を、プリンセス！」

議長は紳士のふりを貫いた。

「前言撤回なら、いつでも受けつけるよ……議員のつまらない意地の張りあいは、慣れているのでね！」

16

鍵の城、リサシーブの庭園——。

バドニクスが拘束されて、七日がたった。

リサシーブも昏睡《こんすい》したままだ。昼も夜もそばに研究者をつけているが、いちども目を開かない。意識だけが体を抜けだして、散歩へ行ってしまったかのようだった。

チョコレイトが沈んだ気分で包帯をとりかえていると、また、あの白い子猫がやってくる。

「……ハイ、プチリサ」

チョコレイトはあいさつした。

にゃあと返事をした子猫が、リサシーブに飛びのる。捕食人外《じんがい》や走訃王《そうふおう》の角を怖がりもせず、薬品くさい首へピンク色の鼻を近づけてから、フレーメンの顔になった。チョコはおといから、子猫を、小さなリサシーブ——プチリサとよんでいる。白ヒョウと白猫は、なんとなくしぐさが似ていた。

城のだれか、ルカあたりが拾ったノラ猫だと思うが、その首には細い赤リボンがまかれている。ぶらさがっているのは鈴ではなく、銀のボタンだ。鍵の紋章が彫られているから、アルスルのものだろう。

（アルスル……）

カギの客室に閉じこめられてしまった少女を思ったときだった。助手のタンが、イノシシのごとく庭園へ駆けこんできた。

「チョコレイト！　円卓会議が！　レディを解放したと！」

包帯をとり落としたチョコレイトは、叫んでしまう。

「……アルスル!!」

あとからやってきたのは、アルスル＝カリバーンだった。

ツタのブラウスに黒い半ズボン。両手には、虹黒鉄《にじくろがね》の手枷《てかせ》がゆれている。

めずらしくとり乱したチョコレイトは、駆け寄ってアルスルのほほとおでこにキスをあびせた。アルスルも、小さな子どものようにハグを返してくる。

「こんなことになるなんて……あぁ、無事?!」

「ありがとう。なんともないよ」

――いつになく、しっかりとした受け答えだった。

（あら……?）

なにか、変化があったように見える。

ほほえんだ少女からその理由が読みとれず、チョコレイトは首をかしげた。

同、ツタの会議室。

「世論はまっぷたつだよ」

ミセス・ハンナ＝カーボネックは、しぶい顔だ。

ダーウィーズは、バドニクスが円卓会議に拘束されたという話でもちきりだった。

「バドニクスのぼっちゃんは、領民に人気があるんだけどね……いざ走計王を狩るとなると、みんな尻ごみしちまう。自分たちをまきこむな、狩りなんざよそでやれって」

あたりまえの反応、ではある。

実際に走計王を目にして、みなが恐怖にのまれているのだ。

(だからこそ……ボスという指導者がいるべきなのに)

チョコレイトは悔しかった。主任研究者がいないので、部下たちも混乱している。いまも排水を続けているためか、稼働区の人外にも落ちつきがなかった。くわえて対人外防衛部門長のルカが入院中だから、城の兵士と人外使いにも、不安が広がっている。

「……それはさておき。なんだって、あんたがここにいるんだい？」

ハンナ＝カーボネックは目をすがめる。

ツタがまきつく大理石の長椅子へかけ、ひざにプチリサをのせたアルスルの、うしろに——黒衣の女が立っていた。この七日間、アルスルとともに軟禁されていたという。

ペルシアだ。

連れそって三十年になる、バドニクスの妻である。

「夫に言われた。姫《プリンキピサ》に従えと」

「第七系言語はおやめ。第五系人の言葉で！」

「その、ミセス……」

「お黙り。チョコレイト・テリア」

老婆は冷たく言うが、彼女はこれでも、ペルシアへの偏見がないほうだった。

貴族階級のなかでも、ブラックケルピィ家の歴史は古い。チョコレイトが生まれたテリア家とくらべても、より伝統的な価値を重んじている。

そのブラックケルピィ家生まれの、バドニクスと。

第七系人純血種――北砂《ほくさ》の民、ペルシア。

ひと昔、いや、ふた昔前。二人の関係は、帝国新聞の紙面を飾るほど、世間を騒がせたことがあった。帝国での第七系人は、奴隷人種ともよばれるからだ。

地上の覇者として栄華を極めた七帝《ななてい》帝国だが、七人の賢帝時代がすぎた七百年前、蜂起した第四系人に敗れたのち、滅亡。現在の第七系人は、没落の一途をたどっている。第四系人の手によってほとんどが捕虜となり、ペルシアのような奴隷として、世界中へ輸出されるようになっていた。

（……第七系人に市民権を与えるかは、城郭《じょうかく》都市によってことなるけれど）

イオアキムやダーウィーズでは、れっきとした奴隷だ。

そして若きころのペルシアは――帝都の最高級娼婦だった。ラブロマンスが大好きな社交界では、いまでも昨日のことのように語られる。

（あのブラッド・バドニクスを誘惑した、希代の悪女……黄金のペルシアン、って）

絵に描いたような、身分ちがいの恋だったわけだ。

とはいえ噂などあてにならず、チョコからすれば、二人は仲睦まじい夫婦だった。ペルシアは風変わりだが親切で、いくどとなくバドニクス邸へ招待されているチョコとルカも、よい印象をもっている。しかし、ブラックケルピィ家がそれを祝福するはずもない。円卓会議とバドニクスのぎすぎすとした関係は、いまにはじまったことではなかった。

「気にするな、ピアス《トリピター》」

自身がつけた愛称で、ペルシアはチョコをよぶ。

彼女は老婆の前へ出ると、うやうやしくひざまずいた。黒のベールごしながら、第七系人流の大変礼儀正しいあいさつ――女が女の左手へ、騎士のような口づけをする。

「お許しを。マイレディ・ハンナ＝カーボネック・ブラックケルピィ」

完璧な第五系人言語で発音すると、ペルシアは頭を下げた。

「……わけがわからないよ。北砂の民ってやつは」

うんざりと手をふったハンナ＝カーボネックが、本題に入る。

議題はもちろん、アルスルがたった一人で走計王の討伐を許された件だった。

「むちゃよ。ボスもいないのに……そうでしょう？」

チョコはハンナに同意を求める。

「じょうちゃん。あんたはどう思うの？」

老婆が聞くと、アルスルは回想するように遠くを見た。

「走訃王は……リサシーブとはちがいます。人のように考え、人のようにだれかを憎みながら……一方では人のように苦しみ、そして、人に飢えています」

人に飢える――？

ぴんとこなかったので、チョコたちはさきをうながす。アルスルは続けた。

「彼はあのとき、なぜわたしに手を出さなかったのでしょうか？」

ざわと身の毛がよだった。おぞましさからチョコは考えないようにしていたが、その通りである。王は少女に危害をくわえることや、さらうこともできたはずだった。

「自分の足で歩いてこいと、彼は言った……わたしは、こう思いました。彼は……さびしいのではないかと」

「さびしい？」

「わたし、いいえ、伴侶となるメスに……心から、愛してほしいのではないかって」

チョコレイトは困惑する。

愛されたい？　それゆえに、愛すべき者の心を尊重するというのか？

獣《けもの》のことわり――繁殖期のチャンスを逃してまで？

「……それでは、まるで人間だわ！」

「人に近づきすぎた……あわれな獣なんです。わたしの姿形はもう関係ないのでしょう。そして彼が人のようにあるかぎり、わたしは、彼の油断を突けると思っています」

「……勝算があるということかい？」

「わたしひとりで戦うわけでは、ないので」

おだやかな顔で、アルスルはひざのプチリサをなでる。

ごろごろとのどを鳴らす子猫は、まるで、長年の友人のようだった。

ハンナ＝カーボネックが考えこんでしまう。彼女は手元にあった自分の聖書を開き、閉じてから、また開いた。

「でも、彼と戦うには……どうしても必要なものが」

少女が言いかけたときだった。けたたましい音をたてて、会議室の扉が開け放たれる。

「ヘイ、狩りを打ち切るなんて、おれは許さないぞ‼」

アルスルがはっと腰を浮かせた。

のりこんできたのは、ルカ＝リコ・シャだった。

左ひざから下は、もうない。両わきに松葉杖をはさんだ青年は、三本足でかけるケンタウロスのように意気ごむと、みなの前に躍り出る。その顔は青く疲れていて、ヘーゼルの瞳だけがらんらんと血走っていた。病室を抜けだしてきたようだ。

「ルカ、落ちつきなさい」

「落ちついてられるか！　人外戦車を出そう、ブラッドボスだってそうするはずさ！　みすみす獲物を逃がしたってのに、勝手に狩りを終わらせやがって……円卓会議の腰抜けが！」

ルカが乱暴にわめきちらす。

数日前に目を覚ましてから、ずっとこうだった。命の危険はなくなったが、体力が戻るほど怒りと痛みもたぎっていくようで、医者や仲間たちは手を焼いている。うつ手なしと老婆が首をふったとき、松葉杖を大ぶりしたルカが転倒した。

暴れ馬のようだ。こめかみをおさえたチョコはアルスルを見やる。

すると、少女がにっこりした。

「よかった。ルカ、元気で」

かわいらしい笑顔に、ルカもぽかんとする。そうかとチョコは納得した。

（……この子。笑えるようになったんだわ）

鍵の城へくるまで、どんな人生をすごしてきたかはわからない。しかし、母親との関係は良好ではないようだった。父親を亡くし、帝都で死刑の判決を受けてからは、笑う余裕などなかったにちがいない。アルスルに見とれていたルカが、われに返った。

「あんたも……ええと、無事でよかった」

「足は？」

立ちあがったアルスルは、ルカのそばでひざをつく。少女におきるのを助けられた青年は、悔しそうに顔を歪めた。力なく自分の左足を殴りつける。彼の痛みまで伝わってくるようで、チョコもやるせなかった。

「……祝福なんていらない。おれは、弟を汚しやがったあの悪魔を……っ！」

途切れたひざの包帯に、じわりと血がにじんでいた。青年の顔がいよいよ土気色になっていく。少女はそっと彼の足をさすった。

「ルカ。祝福を」

「弟が……マルクスが、あの悪魔にどんな殺され方をしたと思う？　あいつが言った通りだ。手足をつぶされて、生きたまま頭を……もうほっとけよ！　あんたには関係ない!!」

「ルカ」

ルカのやつあたりを、アルスルはなんなくかわした。

両手でおごそかに青年の両肩をとると、背筋をのばす。おそらく――祝福するためだろう。そっと目を閉じた彼女は、ルカのほほに、ちゅ、とキスをした。

（まぁ！）

効果はばつぐんで、青年が人形のように固まった。

「わかるよ。悔しいこと、許せないこと……でも、いまは、だめ」

ルカの額に触れたアルスルは、悲しそうにする。興奮と出血で熱が上がったらしい。少女は青年の手をとった。

「ルカ、意外と向こう見ず。生きていたことに、祝福を」

青年から、怒りと焦りが抜けていく。

「……謎めいた女になっていくなぁ。あんた」

小さく笑いをこぼしたルカを見て、チョコもほっとした。まぁ、いまくらいのキスなら。バドニクスも気を悪くしないだろう。


走訃王を狩るために。

どうしても必要なものがある。かつてルカから聞いた話を、アルスルは覚えていた。

(この城に存在する。でも……使うことはできない)

それは――。

「王を殺すことができる武器、か」

痛みをごまかすためのウイスキーをあおりながら、ルカがうなる。彼はチョコレイトに視線をやると、ハンナ＝カーボネックを盗み見た。

「……このババにしてやれることは、いっこだけ」

老婆はつぶやくと、心を決めたかのようにこう言った。

「庭園のアンティークタイルを開けるよう、城をまわしてやろう」

チョコとルカがぎょっとする。意味がわからず、アルスルは首をかしげた。

「……よろしい、んですか？　ミセス」

老婆はゆっくり立ちあがると、アルスルをなでた。もうずっとケルピー犬たちにそうしてきたからだろう。ハンナ＝カーボネックが生きものをなでる達人であることを、アルスルは知った。ミイラそっくりな老婆の手は、愛情にあふれていたのだ。

「本当なら怒鳴りつけて止めなきゃいかんのだろうけど……あたしゃ、じょうちゃんに宿命のようなものを感じるよ」

「……宿命？」

とても重い言葉だ。

またださとアルスルは思う。おなじことを、チョコレイトにも言われたことがあった。

ハンナ＝カーボネックは迷うように話しはじめる。

「……若いころね。リサシーブから予言を受けたのさ」

老婆は言った。

「もし、走訃王との戦いを望む女があらわれたなら。鍵の城を全開錠せよ。さすればブラックケルピィ家に、末永い繁栄がもたらされるだろう……と」

チョコとルカが絶句する。

アルスルの体にも、鳥肌が立った。

震える指で白い子猫に触れてみるが、彼は身じろぎもしない。だれかが自分の墓の上を歩いたかのように四人は沈黙したが、やがて、うろたえたルカがたずねた。

「ミセス・ハンナ＝カーボネック、あんたは信じるのか？　あの性悪《しょうわる》ネコを……」

「リサシーブを？　もちろんだよ」

老婆が断言する。青年はぐっと息をのんだ。

「それにね。信じようが信じまいが……創造王の見えざる手に導かれていると感じたとき、人はそれを宿命とよぶのさ」

宿命――。

胸で唱えるアルスルを、老婆は楽しそうにながめていた。

「さて、そうと決まれば用意せな……チョコレイト、ルカ。あんたも」

無愛想な顔をすると、ハンナはペルシアを見つめた。

「希望を忘れずに。皇女を助けておあげ」


ツタの会議室を出たハンナ＝カーボネックは、稼働区へと戻っていく。

（……宿命、か）

あれから、どれほどの時がすぎたろう。

息子のジャン＝フィッシャーを生んだ年だった。

目も開かない赤子をリサシーブにお目通りさせたハンナは、謎に満ちた物語を聞いた。

――七十一年後の、冬だ――。

その予言は、ハンナの理解をこえていた。

――ブラックケルピィ家の女が、女帝となる、、、、、、、、、――。

きたる日。

彼女のために城をまわせと、ヒョウは言った。

――その女は、英雄となる宿命をもって生まれてくる者。走訃王……はじめて六災《ろくさい》の王を狩った偉人として。彼女はいずれ、帝都の玉座に座るだろう――。

あれから五十年以上がすぎた。女と出会うことなくハンナが死をむかえるか、よもや予言がはずれたかとも思っていた。

しかし。

(まさか……噂のがっかり娘、だったとはね)

アルスルがダーウィーズにやってきた当初は、思いだしもしなかった記憶。だが、いまやハンナは、リサシーブが正しかったことを確信しつつある。

(走訃王の死は、リサシーブの解放を意味する……)

ハンナは生まれてこのかた、リサシーブが歩くところを見たことがなかった。

とても信じられない。もし、予言が当たったとしても。ブラックケルピィ家の内情を知りつくしたリサシーブを野に放つくらいなら、親族たちは彼を殺してしまうだろう。ハンナはまごころから、彼が生きて解放される未来はないのかと聞いた。自分にできることはあるか、とも。

――ハンナ。おまえに求めるのは、秘密と実行だ――。

だれにも今日の予言を語るな。

きたる日に英雄を助けよと、彼は念をおした。

――その女に、私はすべての希望をかけるのだから――。

切実な、あの言葉が。昨日のことのように、ハンナの心に残っている。

「……賭けには勝てそうなのかい？　リサシーブ」

どこへともなくたずねたときだった。

『おかげさまで。勝つだろう』

バリトンの声が、頭へひびいた。

ぞわりと悪寒が走る。

立ち止まったハンナは、庭園をふり返った。使い古した自らの聖書を、やおら両腕にかかえる。知らぬうち、古い歌詞を唱えていた。

（……いにしえよりわれを試し、われの罪を暴くもの……）

雪よりも白きもの。

ブラックケルピィの部族を導くもの。

（……鍵の城、の……）

創造主の声とは、彼のごときものだろうか。

人ではないものへの畏怖が、ハンナの背を凍りつかせていた。


鐘塔の鐘が、夜の十二時をうつ。

ずん、と地鳴りがあって、アルスルは緊張した。

予定にない迷路園の回転がはじまったのだ。オークの大樹を監視していた兵たちが騒然とする。みなが稼働区へと向かったのを見はからい、ルカが動いた。

「よし……走れ、走れ！」

ルカは松葉杖を支えとしながら、星座の点を追うように、器用に風を踏んでいく。感心したアルスルは、抱きしめていたプチリサを肩へ乗せると、医療工具一式をかついだチョコレイトとともに駆けだした。

眠るリサシーブの陰に隠れた三人は、人気がないのを確認する。

リサシーブの正面にまわったチョコが、カメ人外の甲羅《こうら》でできた医療用ノコギリをかまえた。彼女はリサシーブの大あごにくつわを嚙ませると、あざやかな手つきで彼の犬歯をけずりはじめる。ルカとアルスルは、足もとのアンティークタイルに注目した。

大樹のそばに、古ぼけた丸いタイルがはまっていた。

車輪ほどの大きさで、鍵とツタの緻密《ちみつ》な絵が描かれている。十九すべての回転機構が開錠したとき。最後の回転機構であるこのタイルも、動かせるようになるという。

「そこ。ダイスくらいの穴がある」

ルカが松葉杖でアンティークタイルをさす。

なるほど。まんなかに、とても小さな穴が五つあった。アルスルは五つの穴に右手の指をおしこんで、ぐっとつかむ。おどろくほど固かったが、踏んばって右へ力をかけていると、がきん、としかけがはずれる手ごたえがあった。

ほかの十九の回転機構にくらべれば、ささやかな回転だった。

かちゃかちゃと歯車やゼンマイの動く音が続き、ぴたりとやむ。つぎの瞬間、アンティークタイルがひざの高さまでせり上がった。するとこんどは、鍵とツタの絵の部分だけがへこむ。

ふたつに割れて、プレゼントボックスくらいの空間があらわれた。

ほこりっぽい底のまんなかには、鍵とツタの金細工がほどこされたとても美しいクリスタルのペトリ皿——シャーレが安置されている。

中身は、海色のゼリーにおおわれて固まった——結晶、だった。

「これ、が……?」

白い子猫が、体毛をたわしのように逆立てる。

はじめて目にするというルカも信じられない様子だった。

「月雷王《げつらいおう》の棘《とげ》」

結晶は、細い細い正方晶系の形をしていた。

長さは、アルスルの小指くらい。両はじがアイスピックのように鋭くとがっている。表面は透明だが、中心がほのかに青く脈うっていた。

「この城に隠された、最後の秘密……〈大いなる聖槍《せいそう》〉、さ」

アルスルは人外防護手袋をはめると、両手でそっとシャーレをもちあげる。急いで金庫を閉じるよう言ったルカは、にっと笑んだ。

「走訃王を殺せる武器だ……姐御《あねご》!」

「もう終わる」

ごとんと、根もとからカットされた牙が落ちる。

「……このさき、リサシーブは食事ができなくなるかも」

「ノープロブレム」

『また生える』

チョコとプチリサが自信ありげに笑う。さっきと逆の順番ですべてを戻した三人は、来たときとおなじく、わき目もふらずに走り去ったのだった。


月雷王。

六災の王の一体で、帝国の東域《イースト》では最大の脅威とされている人外王だ。

この王から採取できる棘を、〈大いなる聖槍〉という。

「知られるかぎり……この世でいちばん強力な、致死毒よ」

チョコの説明を聞きながら、アルスルは総毛だっていた。

手袋とクリスタルのシャーレごしにもかかわらず、もっているだけで死に侵されていくような、言いようのない不気味さと不快感がある。

「人外王でさえ、またたく間に殺す猛毒。だから、人外殺傷兵器への転用が急がれていたって話だけれど……百年ほど前、最後の人間が採取にしくじった。そのとき月雷王を激怒させたせいで、この棘はもう二度と手に入らなくなったとされているの」

使うことはできない、の意味を理解したアルスルは、たずねた。

「そんなに貴重なものが……どうして鍵の城に？」

「……いざというとき。すみやかにリサシーブを殺すため」

アルスルは悲しくなるが、おどろきはなかった。これまでのリサシーブとバドニクスのやりとりから、そんな気はしていた。

「アタシがボスから聞いた話では……鍵の城ができたころ、ブラックケルピィ家が東域《イースト》のイヌ使い部族から買いとったそうなの。それ以来、歴代の円卓会議と主任研究者によって、大切に保管されてきたとか」

チョコレイトは上着をぬいだ。

夏場のようなノースリーブ姿になる。抱きしめられるたびに思っていたが、うなじや足が細いわりに、チョコの上半身はややがっしりとしていた。

「最後にアンティークタイルが動かされたのは、二十五年前の城郭都市いっせい点検のときですって。いじった形跡は嫌でも目立つわ。アタシたちのしたことが見つかるのも、時間の問題ね……さがってらっしゃい」

カギの研究室。

一番武器庫――。

鍛冶場の炉には、まっ赤な炎が入っていた。

暖炉のそばより熱いので、離れた場所にいるアルスルでさえ、じんわり汗ばんでしまう。炉のまんなかで炎につつまれたリサシーブの牙が、太陽のような黄金色に光っていた。

「……人外は、おもしろいわよ」

どこか熱っぽく、チョコはつぶやいた。

「おもしろい？」

「彼らの……姿を変える、影にもぐる、という特性。できる人外とそうでない人外がいるし、リサシーブもできないようだけれど……これは、有機物の法則を無視しているわ。もしかすると、彼らは状況にあわせて、自分の体を、有機物から無機物、無機物から有機物へと、自由に変換できるのかもしれない。あるいは、ダークマターかダークエネルギー……有機物でも無機物でもない正体不明の物質や力によって、肉体が構成されているのかも」

こんなにおしゃべりなチョコは、はじめてだ。しかし、彼女がどこに興奮しているのかがさっぱりわからなくて、アルスルは困った。

「あぁ、ごめんなさい……つまり」

恥じらったチョコレイトは、目をきらきらさせて言った。

「人外からとれた素材は、熱か、光か、水分か、空気か、振動か……どれかを付加もしくは遮断することによって形を変えられる。ようするに、加工できるようになるの」

なるほど——なるほど？

本当なら奇跡のようだ！　アルスルはいろいろと質問したくなる。だがチョコを邪魔したくはなかったので、黙ってうなずいた。

「リサシーブの牙はね。炎と振動……たとえば鋼《はがね》とまったくおなじに、たたけばたたくほど強くなるのよ……！」

左手の大きなつかみで、女は熱した牙をもちあげる。

右手のハンマーを高らかにふりあげて、うった。そこからは、まるでドラムの演奏会だった。リズミカルに、ときに力をこめて。人外の牙をべつの形へ変えていく。

（かっこいい……!!）

銀の火花をひょいひょいとよけつつ手を休めないチョコレイトの背は、魔法使いか錬金術師のようで、すこぶるすてきなのだった。彼女はいちど牙を冷水へつける。あぶくとともにじゅうと牙が冷やされ、象牙《ぞうげ》色になった。ためつすがめつしたチョコは、牙をまた、炉の炎にかざす。

夜が明けるころ、チョコはようやくハンマーをおいた。

できあがった刃を見て、アルスルはおどろいた。

「……レイピアじゃない」

「スモールソードよ」

左右対称。さき細りした刀身の長さは、アルスルの腕より短い。つるりとしたスキンヘッドごとハンカチで汗をぬぐったチョコは、すぐ磨きの作業に入った。

「帝都ではまだめずらしいかもしれない。でも、レイピアとあつかい方は一緒。刺突用の片手剣よ。より軽く、短いから……あなたなら使いこなせると思うわ」

疑いもせずに女が言うので、アルスルは不思議に思う。

「聞いたわ。レイピアが折れたときの話」

「……ごめんなさい」

「あやまらないで。そうじゃない、あなたをたたえたいの」

チョコはしばらく、七色にかがやく不思議な砥石《といし》で刃を研ぐことに集中した。紅茶をいれられるくらいの時間がすぎたあと、彼女は静かに聞いた。

「決闘で大切なことって？」

「……恐怖に負けないことだって、シェパァド大佐は言ってた」

「アタシもそう思うわ」

女は、かがやく刀身のきっさきを地平線へ向けた。

「アルスル。あなたのすごいところは……走計王に剣を向けたこと。人外王という絶大な恐怖を前にしても、いつも通りのあなたでいられたことよ」

どうしてそうあれたのか。アルスル自身にもよくわからない。ただあのときは、ノックのおまじないがいらないほど、そうするべきだとわかっていた。

「……それだけ。結局、王を傷つけることもできなかった」

「そうかもしれない。でも、それで決闘の勝敗が決まるとすれば……結局は、そうだということよね」

そのやりとりを最後に、チョコは没頭した。

ポンメル、グリップ、ガード――ヒルトとよばれる柄をすべてとりつけたとき、頭にプチリサをのっけた三本足のルカが武器庫にやってきた。怪我のせいだけじゃない。青ざめた青年は、早口で告げた。

「姐御、まずい……ミセス・ハンナ＝カーボネックも拘束された！」

「……いよいよね。出発の準備は？」

「いつでも！」

チョコレイトは、剣のヒルト側をアルスルへ差しだした。

「調整するわ……どうかしら？」

アルスルはおそるおそる手をのばす。

（あ）

握った瞬間、わかった。

白く光る剣は、言うなれば——羽のように軽かった。自分の歯から作られたかのごとく、しっくりくる。ステップを踏もうとしたとき、チョコがよんだ。

（……リサシーブだ）

「アルスル。待ちなさい」

いちど剣をとり返した女は、アルスルの手枷をつなぐ虹黒鉄の鎖をつかんだ。

剣をふりあげると、力を入れず、ごく自然にふりおろす。

きん、と澄んだ音がひびいた。

アルスルはあっけにとられる。合金のなかでもとりわけ頑丈であるはずの虹黒鉄の鎖が、きれいに分断されていたのだ。ルカがぴゅうと口笛をふいた。

「……チョコ、怒られない？」

「だから?」

邪魔にならないよう、長い鎖を切断して捨てたチョコレイトは、剣をアルスルに握らせた。

動きに制限がなくなったアルスルは、いつもより大きくステップを踏む。

(……すご、い……)

リサシーブの力だろうか。体だけでなく、心まで軽くなったようだった。

——いけるかもしれない。

うなずいたチョコレイトが、ふいに深呼吸した。

「では……棘を」

人外防護マスクをつけた女は、きわめて慎重にシャーレを開けた。海色のゼリーから、ピンセットで結晶状の棘をつまみあげる。そのとたん、プチリサが物置きの隙間へさっと逃げこんだ。アルスルの首にも、嫌な汗がにじむ。

結晶から、不気味な青い陽炎《かげろう》が立ちのぼっていた。

スモールソードのきっさきには、あらかじめ小さなくぼみが作られている。そこへ女が棘をおさめると、計算しつくされていたのか、ぴたりとはまった。

リサシーブの牙が激しく明滅する。

つぎの瞬間だった。棘から——菌糸ににた青い触手が、ざわりと這いのぼった。

——聖、なる——。

男でも女でもない、かそけき声が聞こえた気がした。

アルスルはぎょっと後ずさりする。腐敗が進むように、触手はざわざわとおぞましい速さで成長しかけていたが、つぎに刀身がかがやいたとき、その動きがぴたりと止まった。直後、まるで波が引くように触手が退いていく。

剣をにらみつけていたチョコが、ふうと緊張を解いた。

「……完成よ」

アルスルとルカはごくりとつばを飲む。

青い陽炎をまとった、白金色のスモールソードであった。

前に見せてもらった大シンジュガイ——虹霓王《こうげいおう》の眷属《けんぞく》からとれた凝固物の鞘に、チョコはうやうやしく刀身をおさめる。

「急ぎましょう」


同、外壁前——。

もう、日が暮れるころだった。

チョコとルカのほかに見送りはない。だが、こっそり〈大いなる聖槍〉をもちだそうとしているアルスルにとっては好都合だった。

「ごきげんよう、姫《プリンキピサ》」

むかえたのは、黒衣の女ペルシアだ。彼女のうしろには、旅の荷物を背おったレッドタンのパルタガス号がいる。老ケルピー犬の右目は、失明しているのか、まっ白だった。よぼよぼの彼を示して、ペルシアがため息をついた。

「姫《プリンキピサ》、証《あかし》を」

「……証って？」

「頑固な彼は、主人と主人の妻以外の人間に仕えたくないそうだ」

ふと思いだしたアルスルは、首にかけていたバドニクスの犬笛を引っぱりだすと、老犬の鼻さきへもっていった。おかんむりというように無視を決めこんでいたパルタガスが、くんかくんかと笛を嗅ぐ。

『……ううむ。たしかに、わしのバドちゃまが大事にしている笛。じゃが、ぺ、ペルちあ……』

「バドニクス本人が、イヌ使いの命たる犬笛を託したのだから。いっそ、主人の娘とでも思えばいいじゃないか」

かまわないかとペルシアが見おろしてくる。

うれしいくらいだったので、アルスルはうなずいた。

『むすめ？　バドちゃまの娘……なら、アルちゃま、かえ？』

「よろしく、パルタガス」

アルスルはパルタガスの鼻をなでる。コヒバやキャラメリゼにくらべると、水っけのない、ぱさぱさとした鼻だった。それを見たペルシアは、荷物から、黄緑色の液体がなみなみと入ったビンをとりだす。大さじ五杯分くらいをパルタガスの鼻にたらした。

「……それ、なに?」

「オリーブオイル」

当然のように答えたペルシアは、ジャガイモサイズのイヌ人外用パンをとりだすと、それでオイルをのばしつつ、彼の鼻をふく。水を吸ったクロインゲンマメのように鼻がしっとりつやつやになったところで、彼女はオイルまみれのパンを、パルタガスの口へ放りこんだ。

「半日はもつ」

なるほど。——なかなか、大胆な女性だ。

感心するアルスルの前で、チョコレイトがひざをついた。

「ねぇ、アルスル……もういちど言わせて」

チョコもルカも、泣きそうなほど不安げな顔をしていた。

「アタシたち、ついていきたいわ」

「研究者は連れてっちゃだめだって……わたしが、誓いを守らないと。ミスター・アンブローズも誓いを守ってくれないと思う」

「……でも。でもよ!」

アルスルはそれぞれに祝福を贈ると、笑って首をふった。

「チョコが教えてくれた。みながおなじとき、おなじ試練に遭遇するわけじゃない……理解者がいないこともあるし、人生には……たったひとりで立ち向かわなければならないときが、くるって。それに、リサシーブもついている」

『しかり』

アルスルがはおった毛皮のマント――フードから、白い子猫プチリサがひょっこり顔を出した。棘を盗む直前、プチリサがリサシーブに意識をのっとられていることを聞いたチョコとルカだが、それでも安心できないらしい。アルスルは二人の手をとった。

「チョコ、ルカ」

アルスルは強く願った。

「これ以上、リサシーブが傷つけられないように。そして……わたしが走訃王を狩ったあと、自由になれた彼が殺されてしまわないよう。どうか、守ってあげて」

ブラックケルピィ家――円卓会議にとって。

大切なのは、予知の力だけだ。リサシーブがどう思い、どれほど苦しむかなど、きっと考えてもらえない。皇帝ウーゼルを死なせたことを思えばなおさらだ。なんとしても彼のそばで、彼を守る者たちが必要だった。

「王を狩ったあと……か」

脱帽するような表情で笑ったルカが、ふいにかがむ。

(……あ。またくる)

アルスルはよけようかどうしようか迷ったが――結局、ルカのキスを受けた。恋人同士がするような、すこしせつないキスだった。

「……おまじない。変な男が寄ってこないように」

にんまりとしたルカに、チョコが呆れる。

「それ、アンタが言う?」

「いいの!」

希望を胸に、三人は笑いあう。

「お望みのままに、わが君《マイレディ》」

チョコレイトとルカはそう言って、アルスルを送りだしたのだった。

17

荒野は、どこまでも荒野だった。

かわいた風。鉄をたっぷりふくんだ赤い砂岩。

そのにおいしかない。ひらべったい天と地は、白い油と赤い水のようにとなりあっていた。

ふたつはときおり触れあおうとするが、決してまじりあわず、平行線でありつづけている。

伝書鳩がまっすぐ家をめざすように。

アルスルの頭にある羅針盤《らしんばん》は、はっきりひとつの方角を示していた。

「急がない。そのほうが、早く到着できる」

ペルシアが言った。

だから、アルスルもゆっくり歩いた。

パルタガスは、もともと走ることができなかった。

(世界は……大きい)

もう使われなくなった旧街道をたどり、大いなる自然を踏みしめる時間。それは人生のほとんどを帝都の宮殿ですごしてきたアルスルにとって、かけがえのない宝物となった。

（きれいで、残酷）

からからの大地に、ウシ科やウマ科の獣《けもの》のミイラが転がっていることもあった。皮と骨だけを残して、奇妙な形にしぼんでいる。べつの獣に食べられたのだろう。新しい獣の死骸があると、かならずと言っていいほど、コンドルが腐肉を求めてむらがっていた。

（命は、ちっぽけだ）

岩陰にコモリグモの親子を見つけたこともある。ダンディライオン――タンポポよりも小さな母グモの腹には、たくさんの子グモがびっしりとしがみついていた。そうして彼女は、子どもたちを守りながら歩くのだと、ペルシアが教えてくれた。

（ちっぽけだけど……たくましい）

すごいねと声をかけたいが、言葉など役に立たない。

なのに、彼らへの敬意と愛情があふれて、止まらないのはなぜだろう？　自分とは、自分という個ではなく、自然というチームの一員なのではないかという感覚が、アルスルの胸をなんどもうった。

（わたしは……命だ）

日が沈み、闇夜にこうこうと浮かぶ城郭《じょうかく》都市ダーウィーズが、金貨の小山ほど小さくなったころ。アルスルの長い一日は、ようやく終わった。

野営のしたくをしたペルシアは、手ぎわよく火をおこして鍋をかける。沸騰した湯に、干した肉とキノコ、塩コショウ、香草とオリーブオイル、最後にぽろぽろのトウモロコシ粉らしきものをコップ一杯分投げ入れて、かゆのような、素朴な煮込みを完成させた。食後には、よい香りのするハーブティーもいれてくれた。砂埃《すなぼこり》にまみれた、ひびわれた大地での自炊も、たき火も、吹きさらしでの野宿も。

なにもかも、はじめてだった。

「さぁ、お眠り。姫《プリンキピサ》……めざす地まで四日はかかる。ペルシアはここにいる」

ペルシアは、三人称で自身をよんだ。

もともと第七系人、第六系人、第五系人、第四系人は、語族が近い。ペルシアは第五合衆大陸にきて四十年はたつそうで、彼女との会話に困ることはなかった。

プチリサもパルタガスも、となりでとっくに寝息をたてている。

アルスルはうなずいたが、丸一日おきていたからだろう。頭の奥でわんわんといろんな音が鳴っていて眠れそうになかった。なんとなく話をやめたくなくて、たずねる。

「ペルシアは、旅に慣れているの？」

「北砂《ほくさ》の民は……砂漠と花のそばで育つ」

星空の下で、ペルシアは黒衣をぬいでいた。

美しい人だった。

すっきりとした目をおおう、小鳥の翼のように豊かなまつ毛。はかなげな唇は、すこし弧を描いただけで妖艶になる。五十もなかばだと聞いたが、白磁の水差しを思わせるすらりとした体つきは、芸術品のごとくだった。母グニエブルも相当に美しいが、まったくちがう。これほど美しいのに、なぜ隠すのだろう？

白い肌の上に、彼女はたくさんのキャンディ・アクセサリーをつけていた。

ネックレスにイヤリング。ブレスレット、アンクレットまでおそろいだ。とても細い金の鎖に、無数の小さな忌避石《きひせき》――したたるしずくのような石が通され、さらさらとゆれている。すべて鮮やかな血の色をしているのが、なまめかしい。

「結婚するとき、夫がくれたものだよ。風呂に入るときさえ、はずすなと言われている」

「鍵の城に住んでいなくても？」

「ペルシアたち純血種の肉には、とある人外《じんがい》王のたまごが埋まっていてね。それが、あらゆる人外にとって……ごちそうになってしまうから」

円鏡王《えんきょうおう》、という王らしい。

アルスルはペルシアの手首を嗅がせてもらう。ほんのり、ヒヤシンスのような花のかおりがした。この体臭や出血が、野生人外はもちろん、イヌネコ人外すら魅了してしまうこともあるという。バドニクスが贈ったキャンディ・アクセサリーの効果は、絶大だった。

「ここまで、スカーレットオリックスなんかが出なかっただろう？　鼻の鈍った老犬なら、アクセサリーの悪臭もそれほど気にしない」

なるほど。たしかにそうだった。

普通種の猫でいるためか、プチリサもフレーメン顔をしない。

このさきもグリーンエルクなどが寄ってこないだろうと、女は言う。旅の知識だけじゃない。

バドニクスがペルシアを同行させてくれたわけを知って、アルスルは感謝する。たき火に照らされた金髪と灰眼は、ぴかぴかと自信ありげにかがやいていた。

「……きれいな髪、きれいな目」

横になったアルスルがつぶやくと、女は肩をすくめた。

「頭のおかしいところが、バドニクスそっくりだ」

バカにするようなセリフだが、それとは裏腹に、うれしそうな声である。ペルシアがバドニクスをどう思っているのか読みとれず、アルスルはたずねた。

「……おじさまのこと、好き？」

「愛しているよ。この骨がとろけるほど」

ペルシアは熱っぽく答える。情熱と冷笑が入りまじった人だった。

「ふたりは、どこで出会ったの？」

「サロン・バーベロン」

アルスルは目をまたたかす。

それは、帝都イオアキムでもっとも有名な——高級娼館だった。

「ペルシアは、あの男が気まぐれに買ったネコさ」

社交界で耳にしたことを、アルスルは思いだす。

若き日の大おじは、大金をはたいて第七系人の奴隷を買ったばかりでなく、彼女との婚姻届を帝都イオアキムに提出したという。第五系人同士での結婚があたりまえ、イヌ使い部族はイヌ使い部族と、という価値観が強いブラックケルピィ家で、バドニクスは、恥しらずの放蕩者としても有名だった。ふとひらめいたアルスルは、質問する。

「……おじさまの、顔の傷って」

「ペルシアがひっかいた」

異国の女はうっとりとうなずいた。

「いちど、ウジムシのような客をとらされたことがあってね。つぎの日、バドニクスの相手をすることになったが……初対面だったから。彼もウジムシにちがいないと、早とちりしてしまったんだ」

もう、殺されてもいい──。

まくらの下に隠していた短剣で、ペルシアはバドニクスを返り討ちにしたという。

「美しい出会いだった……このさきは、きわどいのろけ話になる」

「のろけ話?」

「血まみれの男女は、その夜、恋に落ちた」

か細いため息をついたペルシアから、色香がただよう。

笑いを誘うが、その言葉には、奴隷へ刻まれた残酷な運命が見てとれた。彼女が黒い布で肌を隠す理由がわかった気がして、アルスルは考える。

（……もし、生きて帰れたら。このきれいな人が、せめて、布をかぶらずに城下街を歩けるようにしよう）

そんなことを思ううち、するすると眠気がやってくる。

アルスルは気づいていない。しかし彼女は、リサシーブがいなくなったあとのブラックケルピィ領の姿を心に描きはじめていた。

夢うつつに、子猫が毛布へもぐりこんできたのがわかる。

とてもそばで、友人か、父親のように温かいまなざしを感じた。そのためだろうか。アルスルはひさしぶりに、優しい夢へと落ちていく。

白い少女の夢だった。

雪よりも白く長い髪は、服のかわりだ。

青紫色の花畑で、彼女は両手いっぱいになるまで、セントーレア——ヤグルマギクの花をつんでいた。花びらをとって、口に入れることもあった。少女にとって、花はキャラメルのように甘かったのだ。

小川の前で腰をおろした少女は、花束を水へひたす。一本を右手に、もう一本を左手にとると、花かんむりをあみはじめた。

セントーレアをとるたび、愛しい彼を思いだす。

セントーレアをあむたび、愛しい彼がもっと愛しくなる。

これは夢だとすぐわかった。アルスルは、こんなにもだれかを好きになったことがないから。

その少年があらわれたとき、少女はよろこびで舞いあがった。

ルカの弟だった。

額には、一本、螺旋《らせん》にねじれる角が生えている。聖なる剣のように、天へとまっすぐのびた角で傷つけないよう注意しながら、彼は彼女のとなりに座ってキスをした。

『ふぇい、ふぁーた……あいしているよ』

少女は小首をかしげた。

たしかに彼女は彼を愛しているし、彼に愛されていることも知っていたが、愛という言葉の意味がわからなかったのだ。彼の眷属《けんぞく》である少女には、人間のように言葉で思いを伝える行為が、不思議でならない。

『きみは、わからなくていい……このきもちは、どくだ』

いつものように言う少年は、悲しげでもあった。

少女は彼を抱きしめる。帳《とばり》をおろすように、自身の髪――たてがみで少年をつつんだ。彼は彼女の心音に聞きいっていたが、やがてつぶやいた。

『きみが、たいせつだ』

よくわからない。

『きみを……だれのめにもふれないばしょに、とじこめておきたいほどなんだ』

やはり、よくわからなかった。

獣とは自然を生きるもの。ゆえに、飢えることも、捕食者に襲われることもあるだろう。しかしそれも、自然のことわりだ。たとえ命を落としても、運がなかっただけ。少女が天候や捕食者を恨むはずもないし、なにより閉じこめられてしまっては、二人の間に産まれた仔馬を育てられない。

少女が笑って首をふると、少年は絶望するような目をした。

『これほどつよく、あいじょうをかんじているのは……ぼくだけ、なのかな？』

少女は返事をしなかった。

彼が苦しむのは、言葉のせいだと思っていたからだ。

言葉では。

言葉で表現しきれない想いが、伝わらない。

伝わらない想いが、最初から存在しないかのように思えて——愛の言葉がないために、自分は少女から愛されていないのではないかという疑問が芽生えて、彼は苦しんでいるのだった。

(……狂おしいほど、あなたを愛しているのに)

わかっているはずなのに、少年は言葉を使うことをやめない。

人間を喰らうほど、やめられなくなるようだった。自身の王である彼が病におかされていくようで、少女は心を痛めている。せめて、人の頭だけは食べないようにと願っても、彼の悪食《あくじき》は止まらなかった。

(どうすれば……楽にしてあげられるかしら)

言葉にならない部分でそう考えたが、結局、思いつかない。

せめて愛情のしるしにと、少女はセントーレアの花かんむりを贈った。

角にかからないよう、そっと頭へのせる。うなだれた彼は、かんむりから花を一本引き抜いて、ロリポップのようにかじりついた。その瞬間、自分が獣であることを思いだしたのだろう。まぶしい笑顔になる。感謝のしるしに、自慢の歌も歌ってくれた。

ういういしい恋人たちは、美しくて。

夢から覚めたあと。

アルスルは、すこし泣いた。


荒野の終わりは、森のはじまりだった。

しめった霧。緑の針葉樹。

ここまでの道のりとは対照的に、あらゆる生命のにおいがした。草と花。鳥獣と虫、彼らのい、い、い、おとしものの異臭。なによりきわだつのは、水のかおりだ。川に滝、池に湖。霧、露――。森の奥へ進むほど、空は大岩と背の高い樹木の天蓋におおわれて、遠のいていく。

午後に、嵐がやってきた。

雨足はささやかだが風がすさまじく、アルスルの内臓を震わすほどの雷鳴が、ひっきりなしに森をうった。ペルシアとパルタガスはとくに相談することもない。どちらからともなく雨宿りできる場所を探しだし、アルスルをよんだ。毛皮のフードからプチリサが顔を出す。

『近いようだ』

ペルシアが見つけたのは、塔の形をした標識だった。

虹黒鉄《にじくろがね》でできた、六角形の尖塔のレプリカだ。

正しくは――その残骸。

「……サ、ウル……」

文字のほとんどはかすれていたが、めざす城郭都市の名だとわかった。

塔の一階に、休息所のなごりがある。二人と子猫とケルピー犬は、そこで一夜をあかした。

プチリサが見張りにつくというので、アルスルとペルシア、パルタガスも眠ることにする。ぶあつい毛布にくるまるころには、激しくなった雨が森を洗い流していた。

どれほどの時間がすぎただろう。

アルスルは、浅いまどろみから覚めた。パルタガスの鼻汁がシャボン玉のようにふくらんでは、しぼんでいる。その奥で横になったペルシアの背中は、静かに上下していた。

(……歌)

ひどい嵐だった。豪雨のなかで、しかし、たしかに少年の歌声が聞こえた気がする。上体をおこしたアルスルは、目で暗闇の森を探った。

(……しろい)

白い影が、風にゆれるロウソクの炎のように、ちらちらと舞っている。夢かと思いながらぼうとそれをながめていたアルスルは、総毛だった。

雪よりも白い女が。

雨のなかで踊り狂っていた。

フェイ、ファータとよばれていた、あの少女だ。

竜巻《たつまき》のようにぐるぐるとまわり、しぶき雨のごとく飛び跳ねたかと思うと、風になぶられる花びらそっくりの宙返りや、側転をくり返す。愛しい男の歌にあわせて舞っているのかもしれない。すばらしくも妖艶で、熱に浮かされているようだった。目はやはり髪に隠れているが、その口が見えたとき、アルスルは狂気を感じた。

おさない女は――ぱっくりと裂けるほど唇を開いて、笑っていた。

『……見えているのか』

バリトンの声がして、アルスルは体をこわばらせる。

『王の伴侶が』

言葉の意味を理解するまで、かかった。

呆然として、アルスルはかたわらの白猫――リサシーブを見おろす。

「……あなた、に、も……？」

『いまはなにも。だが、本来の肉体であるときは』

まれに見えると、白い女を喰い殺した人外はつぶやいた。不思議な表情で濡れた闇を見すえる白猫に、アルスルはかすれ声でたずねた。

「あれ、は……幽霊？」

『おまえの目にはどんな姿で映っている？』

人の形をしている。アルスルとおなじくらいの少女だ。

「頭から小麦粉をかぶったみたいに、まっ白で……リサシーブは？」

『私の目には、純白の牝馬《ひんば》に』

アルスルは困惑した。それは、どういうことだろう？

『私たちは、長い伝記の……やぶかれた数ページを読んでいるにすぎない』

伝記——。

ふと思いあたり、悪寒が走った。

「……彼女の記憶、ということ？」

『鍵の指輪は、王の伴侶の死肉から作られた……それを口にしたおまえと、彼女を喰らった私には、彼女の断片が受けつがれたのだろう。おまえが手にしたページには、人の姿をとった彼女の記憶……私のページには、本来の姿をした彼女の記憶が書かれていたらしい』

そんなことがありうるのだろうか。

何百年も昔の肉、それも、ほんの一部を飲みこんだだけなのに。

だが、指輪を口に入れたとき——たしかに血の味がした。アルスルは半信半疑で首をかしげる。

『われら人外の肉体は、根本的な構造が、普通種や最大種……もちろん人間とも異なる。人外の神経組織は人のように頭部へ集中していないし、血肉は言葉より鮮明に、おきたことをありのまま伝える』

そこで、白猫はうなった。

『はじめは罰だと感じた』

罰——。

『……あの牝馬は、王を強く慕っていたのだ』

力なく、アルスルもうなずいた。

『肉食性、雑食性にかかわらず。よほどのことがないかぎり、人外は人外を襲わない。しかしそれは、人外のおきてや食物連鎖に反するからではない。獲物と自身の記憶がまじりあい、判別がつかなくなることがあるからだ』

「記憶が……まじる？」

『われらを構成する元素は……いや、それは人間が知らずともよいこと。いずれにせよ、一般の生物より鋭敏であるがゆえの弊害がおこるのだ。人間の頭部でさえ、喰い続ければ、記憶が混同してしまう。人外最大の弱点と言っても嘘ではない。わが罪は承知だが……あの旱魃《かんばつ》さえおこらなければ、私が禁忌を破ることもなかっただろう』

そう、なのかもしれない。

アルスルは、狂った獣——走訃《そうふ》王《おう》を思いだしていた。

『幸い、王の伴侶はおさなかった。記憶そのものが少ないので、影響は小さかったが……四百年以上を経たいまも。彼女の幻影は、わが罪を暴き立てる』

白猫は、濡れた森をにらむ。

雪よりも白い女は、まだ踊っていた。

よりいっそう強い雨が森をうちはじめる。嵐のようなまぼろしの女から、アルスルが目を離せずにいたときだった。

――バリトンの歌声が、頭へひびいた。

アルスルは息をのむ。白猫の口は動いていないが、たしかに、リサシーブの声だった。奇妙なことに、歌声が大きくなるほど、うるさいはずの雨音も遠ざかっていく。

それは、はじめて聞く歌だった。

(……ヒム?)

第五系人の讃美歌《さんびか》にはない、悲しげな旋律だ。

耳で追いかけると、そもそもアルスルの知らない言語で歌われていることに気づく。ただ、なんとなくわかる言葉や、単純なメロディのくり返しもあった。祝福や栄光を意味する通常文のようだ。だから、想像もつく。

(死者への、賛歌……)

白い人外は。

その曲を、自らが奪った命へとささげているようだった。

アルスルは背後を確認する。ペルシアもパルタガスも、ぐっすりと眠ったままだ。どうやら、自分にしか聞こえていないらしい。それだけでも一生分の得をした気分になる。

リサシーブの歌声が、たまらなくきれいだからだった。

消え入りそうなのに、磨きあげられた聖堂の鐘のように、遠くまでひびく。なめらかな音程は、ときに強く、ときに弱く、さえざえとしていた。とびぬけて上手というわけではないが、息《ブレス》つぎのしかたなど、亡き父を思わせる。

胸がしめつけられて、アルスルは両手を結んだ。

父とおさない女のために祈りをささげる。人外の歌は、もしかしたら、斃れたウーゼルへもささげられているかもしれなかった。

「……とても、すてきだった」

歌い終えた白猫に、アルスルは感動を伝える。涙がにじんでいたので、そっとぬぐった。

「なんという曲？」

雨音が戻ってくるのを感じつつ聞くと、返事がある。

『〈宿命の歌〉だ……わが王が、亡きわが子へ贈った葬送曲だという』

やっぱり、死を悼むための歌らしい。

その効果だとは思わないが、まぼろしの女はもう見えなくなっていた。

死も宿命のひとつなのだということを、アルスルは理解する。だが一方で、人をまったくべつの人生へと強引にひっぱりこむような、台風のごとき力の存在も、たしかに感じていた。人外にも、その力を感じる瞬間があるのだろうか。アルスルはたずねた。

「リサシーブは、宿命を信じる？」

『愚問だ』

くつくつと笑った人外は、断言した。

『信じないわけがない』

「……なぜ？」

『私と。おまえが。いまここで。見つめあっているから』

言葉をはっきり区切ることで強調すると、彼はピンク色の鼻を鳴らした。

『人間だけだ。宿命、神、希望、愛……目に見えないものを疑うのは』

リサシーブは自信に満ちあふれていたが、そのために、アルスルは気弱になる。

「愛がどんなものか、知っているの？」

『失敬な』

「……わたしは知らない」

親にすら愛されたことがない自分を、恥ずかしく思う。すこしせつなくて、丸くなったアルスルの耳に、バリトンの声が届いた。

『おまえは愛を知っている。おまえを裏切った私への、愛……献身を示したからだ』

アルスルがぼんやり思い描く愛と、リサシーブの唱える愛とは、すこし意味がちがう気もする。しかし、すべておなじだという口調で彼は続けた。

『おまえは深く愛されている』

「……だれ、に？」

さらりと、白猫は言いきった。

『私に』

アルスルはぽかんとする。子猫がアルスルの額にキスをした。

『わが友。わが希望よ……やがて英雄とたたえられる人間よ。いずれ、わかる日がくる』

ゆえに疑うな――。

ゆるぎない声が、そっとささやくのだった。

つぎの朝。雨はぴたりとやんでいた。

いまにも雷を落とすかのようなあつい雲の隙間から、まっ青な空がのぞいている。穴あきチーズの上からロウソクをかざしたように、太陽の光が、森を水玉模様に照らしていた。

「不思議な天気……」

『ずっと前、なんどかきたのじゃ。廃墟となってから……ここは、いつもこう』

老犬パルタガスが説明する。

旧城郭都市サウル。

ブラックケルピィ家の祖、スムゥス家が治めていた街だ。数々の賢帝を輩出したが、三十年以上前、走訃王によって滅んだ。

帝都イオアキムがサウルを復興させられなかったのには、わけがある。

ただでさえ過酷な自然を有する西域《ウエスト》だが、こと荒野が、灼熱にあえぐ夏。そして、極寒に痩せおとろえる冬。このサウルの廃城を、走訃王が住処《すみか》とするようになったからだ。いくどとなく討伐軍が送りこまれたが、結果はいつも惨敗だった。そして放棄された城郭都市は、人を寄せつけない魔の森と化したという。

（深き西の森にあり。王の水、あふるるところ……王城サウルなり）

王吟集《おうぎんしゅう》の歌にある、めざす地が見えたとき。

アルスルは言葉を失った。

起伏の激しい山と谷に囲まれた──都市の廃墟だった。

城壁は、七帝《ななてい》帝国のなごりを残す六角形。その内側に、数えきれないほどたくさんの六角形の尖塔が、右まきの渦を描いて立ちならんでいた。

まるで、緑のまき貝だ！　緑とは、塔という塔のあらゆる部分に、たっぷりと葉をつけた木やつる植物が茂《しげ》っているからだ。出入口や小窓からは、清水がこんこんとあふれていた。低い場所から流れる水は、川のごとく。高い場所から流れる水は、滝のごとく。廃墟から流れて、森そのものをうるおしている。石壁のところどころには、古い戦跡──火事や大型投石機によって損傷した跡があった。

森と化した廃墟、ではない。

廃墟の形をした──異界、だった。

（……深き西の森にあり。王の水、ながるるところ……妖精の地《ティル・ナ・ノーグ》、なり）

この世とは思えない光景に、アルスルは圧倒される。おそろしいが──おぞましいほどに、美しい。ペルシアが後ずさりした。

「……聞こえるか。姫《プリンキピサ》」

アルスルはうなずく。

とても遠くから。しかし、頭のなかへ。

歌声がひびいてくるのだった。

ボーイ・ソプラノ。あるいは、カストラート。

「……言っておく」

アルスルに向きあったペルシアは、真剣だった。

「ここからさき。ペルシアもパルタガスも無力となる。人外の王を前に、逃げることで精一杯だろう……それでも、行くのか?」

分水嶺――。

そんな言葉が浮かぶ。アルスルはうなずいた。

「行かなくちゃ」

あそこには。

アルスルを待ちわびる者がいるのだから。

「……どの結末へ進んでも。あなたが英雄のように勇敢であったことを、覚えておくよ」

ペルシアはもう止めなかった。

一行は、外壁の正門をめざした。

内部へと続く大石橋はとうに崩れ落ちていたので、アルスルたちは城壁をのぼり、城郭都市をぐるりとまわった。いくらか進むと、尖塔の一本がまんなかで折れ、城壁に倒れこんでいるのを発見する。それをおおうように、たくさんの広葉樹が根を生やしていた。

「ここから街へ入れそうだ」

さきにペルシアがわたって、安全をたしかめる。戻ってきた彼女は時間をかけてパルタガスをわたらせ、最後にプチリサをフードに入れたアルスルが続いた。

尖塔の螺旋階段をおりると、サウルの城下街跡に出る。

アルスルたちがあらわれたとたん、リスやウサギ、キツネなどの小動物が、いっせいに逃げ出した。小鳥や、バッタやチョウなどの虫たちまで、あわてて飛びさっていく。

城下街もまた、あらゆる緑におおわれていた。

道だった石畳は、地中から生えた植物で隠れてしまい、いまは色とりどりの花畑となっている。瓦礫《がれき》となった家々は、ひとつひとつが植木鉢のようだった。どの家も屋根が崩れて、あるいは屋根を突きやぶって、太い巨木が生えている。夜の大雨のせいだろう。濡れてきらめく草木やコケからは、むせかえるほどの葉と土のにおいが立ちのぼっていた。

『あっち。城の入口』

パルタガスが道案内する。

廃墟には、あちこちに小川や池ができていた。気味の悪いことに、それらの水が生きものの形をとることがある。ふっと浮きあがったかと思うと、ウマやシカ、オオカミやクマ、そして人間の姿になることもあった。アルスルには、それらの幻影が――走訃王に喰われていった人人や獣の幽霊のように見えてしまう。

（やっぱりここは、異界……死者の地、なのかもしれない）

あの水には絶対に触れてはならないと、老犬と子猫が念をおした。

『水は、王そのものじゃて』

「王そのもの……」

『彼の眷属でないかぎり、あの水を口にした人外は死をむかえる』

すでに鍵の城で水を飲まされてしまった。アルスルは、人外類似スコアをもっていることもあって、怖くなる。そう話すと、プチリサが慎重に答えた。

『おまえが死なずにすんだのは、人間が人外のような王を必要としないからだろう……しかし人間にも、死をむかえる者はいる。ゆえに、もう口にするな』

走計王の居場所がわかるようになったアルスルは、昨晩の話を思いおこす。

「……王の記憶が混ざるから？」

『それもある。が……』

白猫と老犬は顔を見あわせた。プチリサはそっぽを向くが、パルタガスは孫へ言い聞かせるようにゆったりと答えた。

『王のないわしにはようわからんが……〈大いなる〉力には、触れんほうがええそうな』

「どうして？」

『禁忌』

老犬はふいに両耳をぴんと立てる。

人のものではない歌声が、荘厳なコーラス部分を歌いはじめていた。

『……永遠ゆえに望まれぬ。それが、王というものじゃ』


城門に着くころ、歌声はよりはっきりとしていた。

メロディだけじゃない。歌詞も、ちゃんと聞きとれる。

(また〈雪よりも白く〉……だ)

あの讃美歌が、彼のお気に入りらしい。

それとも、彼に喰われただれかが気に入っていたのだろうか。

おなじ賛歌であるはずなのに、リサシーブの歌とはまるでちがう。リサシーブの声には、親しみやすさや命への思いやりがあった。だがいま聞こえる声には、それがない。あるのは、まがまがしいまでの違和感だった。人が作った曲、人の言葉でつづられた歌詞であるはずだが、その歌い手に生きものらしさを感じない。

廃墟からひびくその歌声が——あまりに完全で、美しすぎるからだった。

(……魔王)

門の向こう側に、大きな噴水と大樹が見える。

その根もとに——いる、と感じた。

「ここからは、ひとりで行く」

人外の王を刺激しないために、キャンディ・アクセサリーをつけた北砂の民と、イヌ人外をとどまらせる。荷物をおろしたアルスルは、深く息を吸って吐いた。

勇気を奮いおこすため、おごそかに三回、心臓をノックする。

兄のように大切なイヌの名を小さく唱えてから、毛皮を脱ぎ去り、フードへ手をつっこんだときだった。

『ともに行く』

プチリサ――リサシーブが言った。

ずっと決めていたかのような、迷いない言葉だった。

「……予知はできないんじゃなかった？」

『予知ではない。こうするべきだとわかっている』

するりとフードから出た子猫は、アルスルの腕を伝い、肩へと登った。

なるほど。そうするべきだと、アルスルにもわかっていた。

『アルちゃま』

スモールソードを握りしめたアルスルを、パルタガスがよぶ。

『右眼《ライトアイ》のパルタガスとは、わしのこと……この老犬、かならず見届けるわい！』

「……みぎめ？」

『なに、ちょいと不思議なケルピー犬というだけ』

よぼよぼのパルタガスは、白く濁った右目をつむってみせるのだった。

18

帝都イオアキム。

ブラックケルピィ邸――。

「このブス!!　二度とくるな!!」

ヴィヴィアン・ブラックケルピィの怒声が、アトリエをつんざいた。

牧畜犬に追い立てられたヒツジのように、若い女がそそくさと走り去っていく。腹の虫がおさまらないヴィヴィアンは、彫刻用ハンマーで、作りかけの石膏像をたたき割った。痛快な音がするが、不満はつのるばかりである。

「なんだ、あのたるみきった体は！　筋肉の流れがまったく美しくない！」

自分の専属モデル――妹の不在が、つくづく痛い。

自邸であるのをいいことに、ヴィヴィアンは言いたい放題だった。

「サロン・バーベロン一の美女というからモデルに雇ったのに！　乳と尻に、無駄な肉が多すぎる……あぁもう、うるさい！　だれか、あの犬を黙らせろ！」

また、ケルピー犬の遠吠えが聞こえる。

数十分前から、あの鳴き声がうるさくてかなわない。だが、思えばめずらしいことだった。厳格な王宮勤務をこなしてきた使用人たちが、ケルピー犬をなだめることもできないなんて。しかもどうやら、鳴いているのは一体だけである。

老執事のロジャーがアトリエにやってきた。

円卓会議の密命を受け、忙しくなったエレインにかわり、先月からはヴィヴィアンが母グニエブルを引きとっている。

泣きくれる母の前でも動じない執事が、いまは困惑していた。

「申し訳ございません、ヴィヴィアン様……キャラメリゼ号が遠吠えをやめないようでして」

「キャラメリゼだって？」

妹の護衛だったケルピー犬だ。

妹の無罪判決が出てヴィヴィアンとエレインがよろこんだのもつかの間、六災《ろくさい》の王——走訃《そうふ》王《おう》が城郭《じょうかく》都市ダーウィーズを襲撃したという。街がかなり損壊したらしく、その後、妹の安否確認はとれていない。探しに行きたいが、まだ危険だからと姉には止められていた。不安を感じたヴィヴィアンは、石膏まみれの作業着のまま犬舎へ向かう。

裏庭へ出たとたん、キャラメル色のケルピー人外《じんがい》が、高らかに遠吠えした。

ヴィヴィアンは妙に思う。

犬舎のすみにつながれているキャラメリゼだけではない。そこら中で放し飼いにされているケルピー犬たちは、みな立ち止まり、しかもそれぞれどこか遠くを見つめていた。ヴィヴィアンは、すぐそばにいた犬長シリウスにたずねる。

「シリウス。状況の説明を！」

しかし、大きなオスイヌは答えない。前方を見つめたままだ。

「シリウス？」

『……アルスル＝カリバーン』

妹の名を聞いて、ヴィヴィアンは息をのんだ。

「なんだ？　アルスルがどうした?!」

あわてて催促するが、返事はない。歴戦の犬長は、しかし、うろたえているようだった。

「シリウス！」

キャラメリゼが、空の頂点――太陽へ向けて遠吠えをする。

あまりに高い声は、歓喜の咆哮《ほうこう》にも聞こえた。


城郭都市ダーウィーズ。

鍵の城、主任プライベートルーム――。

豪華な寝室を即席の研究室にしたバドニクスが、原稿をにらんでいたときだった。

『ぼす、ぼす！　たいへん、たいへん！』

子どもの声が頭へひびいて、バドニクスは執務机から顔をあげる。

コヒバだった。骨折した左のうしろ足をかばいつつ、ぴょんぴょんと跳ねてくる。

『みぎめがへん！』

「どうせ目ヤニだろう」

不機嫌に紫煙を吐くと、バドニクスは書きかけの原稿へとりかかる。

しかし、子犬はあわてて否定した。

『ちがうの、ちがうの！　あのね、みぎめだけおじいちゃんになってる！』

「……じいちゃん、だ？」

コヒバは大はしゃぎで叫んだ。

『おひめしゃまとしろねこ、うまとたたかってるの！』

バドニクスが目を丸くしたときだった。

開け放してあった扉から、小男が転がりこんできた。

「バドニクス……っ！」

いとこのギルダスである。三つの老眼鏡がぜんぶずれて、万華鏡のようになっていた。

「パルタガス号はどこだ?!」

——そういうことか。

バドニクスは理解する。腹の底でにやりとしたが、しかめ面をよそおった。

「知るかよ、俺が。家に帰れねぇどころか、研究区にも立入禁止ときた……どこかで寝ているか、ペルシアと散歩だろう」

「どこを？　まさか、城郭都市の外じゃないか?!」

「さぁ？」

「たのむ、ふざけないでくれ！」

ギルダスは半泣きだった。おびえたメガネザルのようで、滑稽である。

「おいおい、どうした。順を追って話してくれよ、え？」

内心では笑い転げながらたずねると、ギルダスの金切り声が返ってきた。

「まただ、ケルピー犬たちは、パルタガスと右の視界を共有している！　ダーウィーズ中のケルピー犬が……ありえない光景を目にしているんだ！」

「ありえない光景？」

「だから！　右眼《ライトアイ》のパルタガスは……走訃王とアルスル＝カリバーンの戦いを見届けていると言ったんだ!!　アンブローズはかんかんだ！」

こらえきれず、バドニクスは大爆笑した。

右眼のパルタガス。

ブラックケルピィ家で、もっとも有名なケルピー犬である。

九十年ほど前。ブラッド・スポーツ帝国大会のタイトルを総なめにしていたパルタガスは、すばらしい身体能力と知能、由緒正しい血統が、きわめて高く評価された。そのため彼は交配犬としても引っぱりだこで、よその城郭都市から声がかかるほどたくさんのブリーディングに協力している。いまブラックケルピィ家が使役しているケルピー犬たちは、ほぼすべて、パルタガスの血を引いていた。これが、前例のない発見をさせた。

不思議なことに。

パルタガスは、子や孫にあたるケルピー犬となら——人外との戦いで失明したはずの右目の視界を、共有できるのだった。

パルタガスが見たいもの、見せたいもの。彼は自分の意思で、それらをのぞき見たり、見せたりすることができる。発見者であるバドニクスの祖父は、こんな名をつけた。

〈まれなる望遠鏡〉——。

人外王をもたないイヌたちに、〈大いなる〉〈ささいなる〉という言葉はあてはまらないからだった。ちなみに、これはパルタガスだけのギフトだ。若き日のバドニクス少年は、この謎を解きあかしたくて、人外研究者をこころざしたようなものである。

監視されているようで嫌だと一族中から苦情があったものの、最後に能力を使って、もう二十年ほどがたつ。みな、彼のギフトのことなどすっかり忘れていただろう。いつものパルタガスは、老犬らしく、ひなたか暖炉のそばで眠っているだけだった。

（パル、ペルシア……よくやってくれた）

チョコレイトとルカから、あらましは聞いている。

（……アルスル）

いちばんに賞賛したい人間を想うと、バドニクスはふり返った。

ベッドルームには、迷路園を俯瞰《ふかん》できる大きな出窓がついていた。見おろせば、ブラックケルピィ家の人外使いたちが騒然としている。パルタガスを通してケルピー犬たちが見ているものは、人間をもおどろかせているのだろう。

『あぁっ、わぁっ?!』

コヒバが叫ぶ。ギルダスがぎょっとした。

「ど、どうしたんだ?!」

『おひめしゃまがきからおっこちた、あぶない!!』

自分までその場にいるかのように、大きな子犬は格闘にくわわる。

どんがらがっしゃんと家具の壊れる音がしたとき、バドニクスは、庭園から居住区を見あげている女に気がついた。

チョコレイトだ。昏睡《こんすい》しているリサシーブを検査しつつ、女はうなずく。二階の監視席を目で探ると、バリスタのとなりに三本足のルカがいた。酒瓶《さかびん》を片手にくつろいでいるようだが、青年もまた、バドニクスを見てうなずいた。

（アルスル……こちらは任せておけ！）

ギルダスに見られぬよう、バドニクスは片手で部下へジェスチャーを送る。

アルスルとの約束を守るため——リサシーブを守るためだった。

（……きれいな声）

アルスルは思う。

讃美歌《さんびか》——ヒムの合唱隊やオペラは、帝都イオアキムでよく鑑賞したものだ。しかしそれらに負けないほど、彼の歌は洗練されていた。

門をくぐったさきは、エントランスホールだった。

天井から空がのぞいている。崩れたのではなく、はじめからこんな建物だったらしい。ホールのまんなかには、とても古いヒムを題材にした、大きな噴水のオブジェがそびえていた。救世主ジェット・ヤァ——七つの瞳、七つの角をもった子羊と、それを助け、守る犬たちの像だ。壮大な絵画を虹黒鉄《にじくろがね》の立体にしたかのようで、きっと、名のある芸術家の作品だろう。登場人物がかついだツボや、イヌの口から、いまもこんこんと清水があふれている。

その奥には。

あまりに成長した、オークの大樹がそびえていた。

天をつらぬくほどの幹の高さ、枝の広さ、根の太さである。葉の数は、星の数より多いかもしれない。聖なる木とうやまわれているオークにあわせて、ホールが設計されたにちがいない。鍵の城にあるものよりずっと大きな樹木は、スムゥス家の紋章でもあった。

幻想的な光景にアルスルが見とれていたとき、歌声が途切れる。

『……きてくれた』

オークの根に、少年が腰かけていた。

ルカの弟の姿だ。何人にも見えず、短い茶色の髪で、くっきりとしたヘーゼルアイ。第七系人が家でまとう白い服——一枚布《ムルツフロス》を着ている。夢とちがうのは、頭のてっぺんに螺旋《らせん》の角がないことだ。じっと観察したアルスルは、彼の肌がゆらめかないことに気がついた。

（水じゃない……本物の体、だ）

うなずくように、肩の子猫がすこしだけ爪を立てる。

愛しげに笑んだ少年は、しかし、唇をとがらせた。

『それほど……豹《レオパード》をじゆうにしたかった？』

ささやかな嫉妬だった。プチリサがリサシーブだとは、気づいていないらしい。

アルスルは正直にうなずいた。

「そうだよ。彼は、わたしの友だちだから」

『……とも？　きみをころした、のろわしいけものが？』

「彼は飢えていた。だから、獲物をとって食べた……自然のことわり」

人間の理屈ではなく、獣《けもの》の理屈で言う。

アルスルは左手のスモールソードを、右手で抜いた。

「ちゃんと伝えたくて」

白くかがやくリサシーブの牙が、手のなかでびりびりと震えた。

また、アルスルという剣の使い手を得た〈大いなる聖槍《せいそう》〉――月雷王《げつらいおう》の棘《とげ》も、あやしく青く、明滅する。どちらも、数百年ぶりの狩りに舌なめずりをするようだった。

（これは……獰猛《どうもう》）

真珠《しんじゅ》色の鞘を遠くへ投げると、アルスルは左半身を引いた。

「わたしは、あなたの女にはなれない」

スモールソードのきっさきを、少年に向ける。そう、そして。

「わたしは……あなたを屠《ほふ》らなければならない」

——走計王が眉をひそめた。

『どうして？』

「理由がほしいの？」

獣なのに。人間ではないのに。

「あなたがわたしの大切なものを傷つけるから、あなたとはいられない。そしてあなたが……人外ではなくなってしまったから、屠る」

そよ風が、アルスルのまわりを渦まいた。

本来、ヒョウは正面から獲物に挑まず、待ちぶせに徹するという。チームで狩りをする獣ではないからだ。しかし、いまアルスルはひとりじゃない。そして、猛毒の牙がある。

流術《りゅうじゅつ》——風使いの力で足音を消し、アルスルはひたひたと王へ近づいていった。

剣を向けられた少年は、悲しみにうちのめされたような顔をする。

『おねがい。ぼくをゆるして』

本物に会ったことはない。しかし、ルカの弟らしさが増したと感じた。

『ぼくにとって、きみがさいごのおんなかもしれないんだ……！』

あどけなさのあふれる声で、顔で。少年は両腕を広げた。抱きしめてもらいたがっているようなしぐさだった。それでも、アルスルはひるまない。

『ふぇい、ふぁーた……！』

「それは、わたしじゃない人の名だよ」

あと角一本分というところまで近づくと、アルスルは言った。

「わたしは、アルスル＝カリバーン・ブラックケルピィ。王よ……あなたの名は？」

少年の表情が、消える。

演技をやめたあやつり人形のようだった。

『……ろす』

テノールに変わった声が、無機質に答えた。

『ものーせろす、ものけろす』

——一角獣《ユニコーン》。

古代の詩編に出てくるような、あまりに雄々しい名だった。

「……すてきだ。昔のあなたにこそふさわしい」

すこし、王の命が惜しくなる。アルスルの体に溶けた、鍵の指輪のせいだろうか。

「モノーセロス、モノケロス。生きたいなら……わたしを殺せばいい」

刹那《せつな》。

アルスルはステップを踏んだ。

少年が矢のような速さで手をあげる。前とおなじく、刀身をわしづかみにしようとして——

しかし彼は、間一髪、スモールソードを避けた。

（……もう気づいた！）

アルスルの剣が、格段に狂暴になったこと。

『よけろ、アルスル!!』

バリトンの声が頭をつんざく。本能的に体が動いて、アルスルは風を踏んでいた。ルカとおなじ結末にならないよう、すかさず宙でもういちど風を蹴る。

アルスルの体があった場所へ——馬の、蹴りが入った。

（な、に？）

蹄鉄《ていてつ》がうちこまれていない蹄《ひづめ》だった。

ぎょっとしたアルスルは、とっさに噴水のオブジェへ着地する。自分の目を疑った。

少年の上半身がわなわなと震えている。しかし、彼のへそから下は——四本の足が生えた馬の胴体に変わっていた。

（……半人半馬?!）

まさに、ケンタウロスだった。

「あれも水……?!」

『ちがう。胴から下を、本来の姿へ戻しただけだ』

プチリサが答える。四本の足と尾をしきりに動かし、筋骨隆々の胴を七色にきらめかせて、走訃王はいないいた。

『ふぇい、ふぁーた』

少年とも老人ともつかない声には、破損したオルゴールのような雑音がまじっている。

『……あるする＝かりばーん……』

アルスルは、はっとした。

『ぼくのみずをのんだおんなよ。きみには、ぼくのこころがしみた？』

「……心？」

『ぼくには、きみのこころがしみたよ』

天使のように優しく笑むと、少年は言った。

『あいされたかったんだよね……？　おとうさんとおかあさんに』

アルスルの息が止まった。


水が、意思をもつリボンのごとく巻きあがり、二人をとり囲む。

気づけばアルスルは、少年と一緒に、動く水の檻に閉じこめられていた。

やっと小鳥を捕まえたという顔で、少年が目を細める。

『きみがどんなにどりょくしても、だめだった。おとうさんのうーぜるは、かれがじまんにおもうような、とくべつのさいのうをもたないきみを、あいさなかった。おかあさんのぐにえぶるは、きみにきょうみがなかったんだよね？　だって、きみをあいしても、うーぜるがよろこぶこともない。なのに……あぁ、あるする！　きみはそれでも!!』

アルスルの唇が震える。

『きみは……ふたりを、あいしていたんだよね？』

なにも言えなくなったアルスルに、少年は手をのばした。

『あるする、うつくしきこころのおんなよ！　うつくしくはないふたりに……それでも、あいされたかった？』

アルスルは自問する。

答えは——イエス、だった。

ほろりと涙をこぼしたアルスルを見て、少年は痛みをわかちあうようにうなずいた。

『……ぼくとおなじだ。だれだって、あいされたい。にんげんだから』

獣の王が狂いきっていることを、アルスルは理解する。だがそのために、彼は本当にアルスルとおなじ痛みを感じているのだろうとも思った。

『ねぇ、あるする？』

王は声音をやわらかくした。

『ぼくなら……きみに、えいえんのあいをちかえるよ？』

アルスルはうつむいた。

少年の誘いを——たえがたいほど甘く感じたからだった。

『えいえんに、ふかく、あたたかく、きみをあいさせて。さみしいなんて、ぜったいにおもわせない。ぼくのこころも、からだも、ちからも……すべて、きみのためだけにあるんだから』

いままで、だれからも。

そんなふうに言ってもらえたことはない。

わきあがったのは、まぶしいまでの憧れだった。アルスルの目には、夢で見た王とその伴侶が、それほど美しく、尊く映ったから。

(……すてきだろうね。あなたのようにいちずな相手と、そうなれたら……)

アルスルは、しかし——絶対にうなずかないと誓っていた。

『どうして、なにもいってくれないの?』

王が催促する。

ゆっくり顔をあげると、アルスルはただじっと彼を見つめた。肯定も否定も、よろこびや嫌悪の表情を浮かべることも、首をふることさえ、しなかった。

『へんじをして。あるする』

少年から自信が消える。

やがて彼の顔に浮かんだのは——歪んだ嘲笑《ちょうしょう》、だった。

『……きみは、だれからもあいされない』

アルスルの胸が、引き裂かれるほどに痛む。

『だからぼくが、きみをあいしてあげようっていうんだよ? そうしないと……きみは、えいえんにひとりぼっちじゃないか!』

自分で自分の涙をふくと、アルスルは答えた。

「……愛してほしかったよ。お父さまと、お母さまに」

『なら……！』

「でも。愛されたいから、愛したわけじゃない」

唇の震えは、まだ止まらない。

それが見えているプチリサには、アルスルが虚勢を張っていることがわかるだろう。しかし彼なら、アルスルを笑い者にしないこともわかっていた。

「わたしは……息をするように、時が流れるように。あたりまえに、あの人たちを愛している。この気持ちを受けとってはもらえなかったけれど……それでいい」

ひくりと少年の顔が引きつった。

「それと。わたしはひとりぼっちじゃないよ。わたしを大切に思ってくれる……愛してくれる人たちが、ちゃんといる」

『……それは？』

城郭都市ダーウィーズの人々。姉たち。ケルピー犬たちを想う。

そう、そして。

スモールソードを握りしめると、アルスルは、右肩の白猫にほほを寄せた。

「彼が」

『……つよがりを』

か弱げな子猫にいらだったのか、少年は声をあらげた。

『いるものか！　きみをあいするものなんて、えいえんにいるものか……っ‼』

そのときだった。

――バリトンのため息が、頭へひびいた。

『不快だ』

吐き捨てるような声である。

『見るに堪えない……幼稚な王よ』

ぎょっと青ざめた少年が、あたりを見まわした。

『友を、侮辱するな』

アルスルは唇を嚙みしめた。恥ずかしくて右肩は見られなかったが、瞳が熱くなるほど、自分が守られていることをうれしく思う。

『伴侶の心さえ信じられぬ王など、もう、王の器ではない。おのれより弱き者をなぶり、楽しむ獣など、もう獣ですらない……せめて』

目に見えない者の、荘厳な声は。

天からふりそそぐかのように、とどろいた。

『安らかな死を』

直後、頭蓋骨をたたき割るような怒声が、廃墟を震撼《しんかん》させた。

『……豹《レオパード》‼』

ケンタウロスが地団駄を踏む。

『きさまがぼくのおんなを、たぶらかしたのか!! どこだ、どこにいる?!』

彼が叫ぶだけで、エントランス中の壁にひびが入り、ぱらぱらと落ちた。アルスルの存在など忘れてしまったのか、水の檻がばしゃんと崩れる。アルスルは悲しくなった。

見たいものしか、見ず——。

聞きたいことしか、聞かず——。

愛されたいものしか、愛せずに——。

「……人間になってしまったんだね」

二人にしか聞こえない声で、プチリサがささやいた。

『私が、王の隙を作ろう』

アルスルはうなずいた。そうするべきだと、わかっていた。

『……走計王よ!』

白猫はバリトンの声を張る。

若きケンタウロスが、悪魔のような形相でアルスルをにらみつけた。

いままで味わったことのない殺意だった。全身が凍りついているのに、汗が止まらなくなる。

両手で剣を握り、なんとかかたえようとしたときだった。

——鼻に、ふわふわしたものが触れた。

ちらりと白い毛玉が見えて、唇へ、小さな熱があてられる。

(……ん?)

プチリサが――ぺろりと、アルスルの唇をなめていた。

一秒だけ、アルスルの頭もまっ白になる。子猫は見せつけるようにアルスルのほほや耳もなめると、横目で走訃王をながめ、ピンク色の鼻をふんと鳴らしたのだった。

『いかにも。私が豹《レオパード》だ……捕まえてみるがいい』

人間をからかい、操るときとおなじ。

ひどく意地悪なリサシーブの、会心の一撃だった。

ケンタウロスが体をこわばらせる。

ブロンズ像のように動かなくなったとたん――少年の肌が、じわりと黒ずんだ。

夜よりも濃い影色になったかと思うと、水のごとく溶けて、膨張する。さなぎの中身のようにどろどろになってから、べつの大きなものへと変わっていった。

(う……!)

それは。

(……うま!)

信じられないほど大きい――屈強な、七色の牡馬だった。

アルスルは動けない。

だが子猫はというと、闘志満々にしっぽを立てた。

『では、のちほど』

紳士のようにすまして言うと、プチリサはぴょんと前へ飛びだした。

巨大な馬が身震いする。それだけで、建物の一部が、雷のような音をあげて崩れた。馬車の幌《ほろ》よりも大きくなった蹄が、エントランスの壁を蹴りあげる。目に映らない騎乗者を、ふるい落とすかのようだった。体を激しくしならせ、ときに二本足で立ち、暴れ狂う。重い蹴りは、虹黒鉄のオブジェさえ、ぺちゃんこにしてしまうほどの威力だった。

しかしそれも。

――当たらなければ意味がない。

(リサシーブ……!)

子猫が、また王の蹴りをかわした。

風に舞う葉っぱのような動きは、つかみどころがない。エントランスの螺旋階段から、壁面を飾る虹黒鉄の彫刻像へのったかと思うと、つぎにはもう二階の手すりへ飛びうつっている。ダンスのステップを踏むような足どりからは、自信と挑発が見てとれた。

恐怖をおさえこんだアルスルは、瓦礫《がれき》の陰に隠れつつ、どうにか息を整える。

『……豹《レオパード》、豹《レオパード》……!!』

憤怒と嫉妬。

激情にかられた走訃王は、もはやそれ以外の言葉を口にしなかった。

隙だらけだが、しかし、どうやって近づけばいいだろう?　青白くかがやく剣を握りしめながら、アルスルは考える。

(自分より大きな獲物をしとめるときは……?)

直感に従い、走りだした。

(姿を隠しながら近づいて……上から飛びかかるのが、正しいはず!)

瓦礫から瓦礫へと移動し、オークの大樹へ忍びよる。

必死に風を踏んで、いちばん低いところにある枝に登った。それをくり返しているうち、髪の赤リボンを木の皮にひっかけてしまう。ほどけたリボンが風に流されていったが、ぼさぼさの黒髪にかまっている余裕はなかった。

幹にしがみつきながら、アルスルはエントランスの真上にある枝まできた。

なぶられた髪で顔が見えなくなるほど、風は強い。となりにだれかいる気がして、アルスルはそちらを見た。

——雪よりも白い女、だった。

背に羽でも生えているかのように、ふわりと枝へ舞い降りる。

それからはただじっと、下を見つめていた。アルスルもおなじようにする。見晴らしのよい樹上から、地上の獲物——走訃王を観察した。

(……だいじょうぶ。リサシーブより、大きな的《まと》)

頭のなかで自分が失敗しない映像を思い浮かべてから、アルスルはつぶやく。

「……終わらせても、いい?」

おさない女へたずねた。

彼女は、動かなかった。

まぼろしに返事を期待した自分をおかしく思いながら、深呼吸したとき。

雪よりも白い手が、アルスルの右手――リサシーブの剣を握りしめた気がした。

はっとしたアルスルは、となりを見る。まぼろしの女は、はじめから存在しなかったかのように消え去っていた。

（……いつもとおなじように）

アルスルは唱える。そして、考えることをやめた。

はるか下の牡馬に狙いを定め――とん、と前方へ踏みこんだ。

体が、妖精のように軽い。いや、光る風そのものになったかのようだった。

長い黒髪をふり乱して、巨大な馬の背へ飛びおりる、刹那。

アルスルと王の目があった。

『……ようせい……』

テノールの声がつぶやく。

水のごとくつややかな瞳には、アルスルの剣が映りこんでいるのに。彼は、避けようとしなかった。アルスルとだれかを重ねあわせて、心奪われているようだった。

『ふぇい……ふぁー……』

アルスルは思いきり、スモールソードを突きたてた。

水を貫いたかのように抵抗もなく、鋭い刃が、獣の肉へと吸いこまれる。

どくんと、剣が脈うった。


――聖なる、聖なる、聖なるかな――。


どこからか、かそけき歌がひびいた。

男とも女ともつかないハミングにあわせて――棘がのびる。

(……ヒ、ム……?)

髪の毛よりも細くのびながら肉をかきわけて、青い触手が、獣の血管へ届いたのがわかった。

慈悲なき、あるいは慈悲深き致死毒は、ため息のような刹那のうちに牡馬の全身をめぐり、彼の心臓を、海よりも青く染めあげていた。

王の動きが止まる。

『あいしているよ』

それが、最後の言葉だった。

巨大な四肢から、力が抜ける。セントーレアの花が開くようにゆっくりと、巨軀《きょく》がかたむいた。永遠のような一瞬の静寂があってから、ずうん、と横倒しになる。

王は絶命していた。

風とともに降りたったアルスルは、呆然と剣を引き抜く。
リサシーブの牙、が。
獲物の――息の根を止めた瞬間だった。

19

びりりと、鍵の城が震える。

落雷があったような、とつぜんの衝撃だった。

「……な、んだ？」

みなが不安に襲われて立ち止まったとき、こんどは、ずんと地面がゆれた。

城の回転とは異なる、上下のゆれだった。地震のようだ。しかし、それにしては長い。いつまでたっても終わらないゆれに、動揺が広がる。

ブラックケルピィ家の何人かが、口にした。

「……リサシーブ。彼に聞こう！」

いま、なにがおきているか。

これからどうすればよいのかを、たずねなければ――！

人外《じんがい》が昏睡《こんすい》していることも忘れた者たちは、あわてて迷路園をめざす。ところが彼らの足はすぐに止まった。目を疑うような光景に、すっかり驚愕したからだった。

「オークが」

庭園にそびえるオークの大樹が。

緑の葉があっという間にしおれ、黄色くなっていく。みるみるうちに枯れていく！　より近くにいる者は、枝が力なくたれさがっていく瞬間をも目の当たりにしていた。

「オークが枯れる！　どうなっているんだ?!」

さらに近くにいたわずかな者たちは――もはや、凍りついていた。

震えているのは、大地でも城でもない。

「……角、が……!!」

走訃王《そうふおう》の角だった。

グラスハープが共鳴するような音をたて、びりびりと振動している。

その音にゆりおこされたかのごとく――白い獣《けもの》が、動いた。

「リサシーブ……目覚めたのか?!」

うなり声をあげた人外が、地をかきむしる。

鋭い四肢の爪がむかれた瞬間、人間たちは戦慄した。彼らは自分へ、リサシーブははりつけにされているのだと言い聞かせようとしたが、すぐ失敗する。

螺旋《らせん》の角までもが、動いたからだ。

創造主の見えざる手に引っぱられるかのように、徐々にせり上がっていく。

「……チョコレイト・テリアをよべ、早く!!」

青ざめただれかが怒鳴る。ところが肝心の女は、どこにも見当たらなかった。

猛《たけ》るヒョウが、咆哮《ほうこう》したときだった。

ひときわ激しいゆれがおこり——巨大な角が、はじきとばされた。投げられた槍のように勢いよく、枯れたオークの幹へと突き刺さる。

だれもが啞然とするなか、

「ヘイ、リサ！」

松葉杖をついた一本足の青年が、迷路園の入口から声を張った。

それを疑問に思えないほど、人々は恐怖する。

解き放たれた猛獣が立ちあがったからだ。出血は、ほとんどない。いくらかふらついた白いヒョウは、めまいをはねのけるように頭をふる。それから、走りだした。

ほうぼうから悲鳴があがった。

「人外が逃げたぞ！　殺せ、殺すんだ‼」

円卓会議の重鎮が二階席へ向かって叫んだが、どういうわけか、兵士の姿はない。べつの者があわててバリスタにつこうとしたとき、またべつの者がそれを止めた。

「やめなさい！　予知の力を失うわけにはいきません！」

「だれでもいい、なんとかしろ！」

だれかが、懇願した。

「……行かないでくれ、リサシーブ‼」

イヌたちの狂ったような鳴き声をすり抜けて、青年とヒョウは迷路を走る。

青年がめざしたのは、城の出口ではなく、稼働区だった。世にも奇妙な水を排出するため、稼働区の屋外には、無数の足場と水道橋が設置されていた。

「ここを伝っていけば、渓谷へおりられる！　やれるか?!」

瘦せた獣はガラスのない窓からじっと外を見つめていたが、やがて、青年をながめた。

『……予言する』

「はぁ?!　いま?!　時間がないって……っ」

さえぎるように、ヒョウは青年の額をしっぽでこづいた。

『あと六年、待つがいい。秋だ』

記録を読みあげるような、よどみない口調だった。

青年は目をまたたかせる。

「……なにを待つって？」

『おまえは、永遠の愛を誓うだろう』

ぽかんとした青年を残して、白い獣は水道橋へ着地した。

音もなく、さっさと足場を下っていく。はっとした青年があわてて聞いた。

「おい、リサ！　どういう意味だ?!」

谷にこだまするほどの大声だったが、返事はもうなかった。

白い影が見えなくなったころ、スキンヘッドの女が階段を駆けおりてくる。

「ルカ！　彼は、行った……?!」

「……あぁうん。行ったよ、姐御《あねご》」

青年は答えるが、どこかうわの空だった。女が首をかしげる。

「どうしたの？　傷が痛むの？」

「んー」

人外が去った渓谷を見つめたまま、青年は頭をかいた。

「おれ……また、からかわれたのかなぁ？」


世界は、かわいている。

肉球へ伝わる、ひび割れた大地の生々しさ。

ひげとしっぽをなぶる塵旋風《じんせんぷう》の強さに、彼はおののいていた。

（……走れるだろうか？）

不安を感じたが、すぐさま、おかしく思う。

（……走れないはずがない）

そうした獣なのだ。

彼はいちどだけ、鍵の城をふり返る。

それから、さっそうと荒野へ走り去っていった。

20

びっくり。

アルスル＝カリバーン・ブラックケルピィを見た人は、そう思う。

帝国の英雄、にしては謙虚で、おどろくほど無口な女性だからだ。

いちどは前皇帝ウーゼル＝レッドコメット・ブラックケルピィ殺害の容疑をかけられた彼女だが、皇帝の弟にあたるアヴァロン・ブラックケルピィ大公が真犯人として有罪判決を受けたことは、人々の記憶に新しい。そのこともあって、アルスル＝カリバーンはいま帝国でいちばん名の知れた人物だった。

今年、十九歳になったという。

白い絹のブラウスには、ツタの葉脈をかたどったニードルレース。

黒い牛革の長ズボンには、鍵の紋章が彫られた銀ボタン。

コルセットに似たベルト、太ももまでの黒いロングブーツも、牛革製だ。どれもぴたりと体のラインにあっていて、彼女のしなやかさを強調している。

肌は、炭のように黒かった。さっぱりとした波うつショートカットと瞳も、黒曜石《こくようせき》のごとく黒い。耳には、血よりも赤く動脈よりも細い、忌避石《きひせき》のピアスがゆれていた。

「ごきげんよう」

もしくは。

「いつも、ありがとう」

アルスル＝カリバーンは、だれにでも、どちらかの言葉をかけるという。

その言葉ほしさに彼女をたずねる人は、あとをたたない。半分は、史上はじめて六災《ろくさい》の王を討伐した英雄をめずらしがる、赤の他人。もう半分は、親族と友人たちだった。

赤の他人は彼女を、マイレディ・アルスル、もしくは、レディ・セイクリッドソード——聖剣とよぶ。ところが親族や友人たちは、決まってこうよぶのだった。


城郭《じょうかく》都市ダーウィーズ。

鍵の城——。

「レディ・びっくりは？」

「朝食のあと荒野へ出られましたよ、ボス。狩りがうまくいけば、もう戻るころだと……そうそう、今日もプチリサに話しかけてた！」

研究者は笑って答える。軽蔑でなく、好感をもっていることは明らかだ。すっかり人気者になったものである。素直によろこべないのは、となりにいる議長アンブローズのせいだろう。

ドレッドヘアの男は、さもおもしろくなさそうに文句を言った。

「ネコ、ネコ、ネコ……あの娘は、自分が伝説になったという自覚があるのかね？」

「ケルピー犬も好きだぞ、あいつは」

「きみは甘い！　イメージは重要だ、なによりも！」

アンブローズは吐き捨てた。

「汚らわしい白猫め……過去を思いだして、前を向きたくなくなるのだよ！　ブラックケルピィ家を改革しなければならないという、このときに……第一なんだね、あのなよなよとしたしっぽは？　下品なピンク色の鼻もいただけない！」

その白猫が、もう逃げてしまった白い人外《じんがい》の声で話すと知ったら、アンブローズは激怒するだろう。殺すだけでは満足できず、皮をはいで、財布にするにちがいない。

はばかりなく猫差別を口にした議長は、しかし、張りきっていた。

（そらそうだ）

帝都から――あれほどきらびやかな勅使と親書がきた、となれば。

葉巻に火をつけたバドニクスは、城の窓から荒野をながめる。

晴天の下、正面の城門が活気づいているのを見つけて、いいタイミングだと思った。

「戻ったな」

走訃《そうふ》王《おう》が狩られてから、あの不思議な水は徐々に引いていった。

ダーウィーズだけではない。冠水してしまったバテシバもだ。完全排水まで、ダーウィーズは一ヶ月ほど、バテシバは半年ほどかかった。

たまたま留守にしていた者以外、貴族であるバァブ家と領民が全滅してしまったバテシバは、再建のめどがたっておらず、このまま放棄されるかもしれない。その生き残りを受け入れ、悲劇から三年がすぎたいま、ダーウィーズの復興作業はほぼ完了していた。残すはいくつかの家屋と、洪水ですっかり傷んでしまった城門の跳ね橋だ。

橋は、新調される形で着工し、半分ほどが完成している。基礎を築いた骨組みの状態だが、人や物資が通行することはできた。大聖堂を抜け、作業員とイヌ人外でごった返す工事現場を抜けたバドニクスは、荒野からの帰還者をむかえる。

「よう」

チョコレイト・テリアが製作した、新型の二人乗り人外戦車——ケルピー人外二体立ての戦車《チャリオット》だった。御者にかなりの身体能力が要求されるため、だれもが乗れるわけではない。

馬具ならぬ犬具をつけた若いケルピー犬が、ちぎれんばかりにしっぽをふった。

『ボス、ボス‼　ほめてほめて！　コヒバ、大活躍だったの！』

戦車を引いていた一方は、成獣したコヒバ号。

『僕がいたからじゃないか！　きみがもっと戦車を引っぱってくれたら、楽なのに』

げんなりと反論したのは、となりにいるもう一方。

帝都のブラックケルピィ邸から譲渡された、キャラメリゼ号だった。

出会ってすぐ、彼らは兄弟のようにうちとけた。喧嘩ばかりだが、いざ狩りとなると、おなじ体を共有しているかのようなチームワークを見せる。上等のキャンディをコヒバとキャラメリゼに与えたバドニクスは、戦車の御者へたずねた。

「獲物は？」

「スカーレットオリックスが五体」

軽く言うものだ。バドニクスはにやりとした。

「たいしたもんだ。レディ・びっくり」

「みんなが手伝ってくれました」

アルスル＝カリバーン、だった。

右肩には、牛革製の肩当て。その上に、オスの白猫――プチリサが乗っている。鈴がわりに首でゆれているのは、細い赤リボンが通された銀のボタンだった。

軽やかに戦車をおりたアルスルは、キャラメリゼに長いハグをしてから、コヒバをなでまわす。戦車の荷台には、生きたオリックス人外が二体。両前脚と両後脚を拘束された状態で積まれていた。

（生け捕りかよ……ったく、おっかねぇ女になってきやがった）

彼女がダーウィーズへやってきた日。

スカーレットオリックスに襲撃された記憶が嘘のようである。

毎日の訓練を欠かさないアルスルは、リサシーブのスモールソードであれば、テーブルナイフとフォークよりも使いこなせるようになっていた。

残念ながら、走訃王にとどめをさしたことで、〈大いなる聖槍《せいそう》〉の毒は弱まってしまった。人外で数時間、人間が斬られても、数日ほどしびれて動けなくなるだけだ。しかし、こうして野生の人外を生け捕ってきてくれるとあれば、主任研究者としてはうれしいばかりである。

「もう三体は？」

「あとからくるチョコの戦車に積んでいます。あっちは死体なので」

少女が荒野をふり返ったときだった。

がくんと、戦車がゆれる。

「あ」

拘束にたえかねたのか、小山ほどもあるオリックスの一体が、激しく身をよじらせた。

ぎょっとした観衆が、われさきにと逃げ出す。アルスルが腰のスモールソードを抜こうとしたそのとき、戦車の後部席にいた男が立ちあがった。そのために、バドニクスはのんびりと葉巻の灰を落とす。

ルカ＝リコ・シャだ。風を踏んだ男は、かなりの高さまでジャンプした。

左の義足から、一気に人外の頭へ落下する。

普通種や最大種ならば頭部が粉砕するほどの衝撃を受けて、人外種のオリックスが脳震盪《のうしんとう》をおこした。

ブラックケルピィ家のケルピー犬たちが、〈プリンセス・トランポリー〉——お姫様の踏みつけ、と名づけた技だった。人外が気絶したのを確認すると、ルカは古い冒険小説に出てくる海賊のように、義足で器用にひざまずく。アルスルの手をとるや、チャーミングな笑顔でたずねた。


「お怪我はございませんか？　マイレディ」

気どったルカのしぐさに、呆れたのか、赤くなったのか。しばし動かなかったアルスルは、いくらかして、ほほえんだ。

「いつもありがとう、ルカ」

愛らしい笑顔だ。しかしこんどは、義足の男が固まる。

ルカはしげしげとアルスルを見つめた。

「んー……なんだか、そういうことかって気がしてきたぞ」

謎に満ちた言葉だった。

立ちあがったルカは、アルスルの肩にいるプチリサへ視線を向ける。白猫がそっぽを向いたのを知ると、少女に質問した。

「なぁ、アルスル。キスしていいか？」

バドニクスは呆れてものも言えない。アルスルはというと、ただ首をふった。

「お姉さまたちも、だめだって」

エレインは一昨年、第一子を出産している。ヴィヴィアンは、帝国展覧会に出品する彫刻を製作中とかで、いちどダーウィーズにやってきた。アルスルをモデルにデッサンと石膏の型をありったけとって帰った彼女は、帝都の自邸に丸一年ほどこもっているという。

その二人が、アルスルに言い聞かせたのだ。

「だれとでもキスをする人とは、キスしちゃいけないって」

人外類似スコアのせいで表情がうすいからだろうが、ここまで鉄壁となると、ルカのような男は燃えるものである。恋の駆け引きが楽しくてたまらないのか、彼はもだえた。

「……あと三年かぁ。けっこう生殺しだぞ」

「おまえにしちゃ、慎重なこった」

「深いわけがあんのよ、深いわけが！」

うなだれたルカは、ふと自信なげにバドニクスを見る。

「ボスは反対しないんだな？　彼女の相手が……メルティングカラーでも」

バドニクスは肩をすくめた。

イヌ使い部族であることを自慢するばかりの貴族より、ルカのほうがよっぽどアルスルの支えになると感じているからだ。義足にしこんだリサシーブの牙製ナイフと、流術《りゅうじゅつ》の風を操ることで、人間はもちろん、一、二体なら、人外すら撃退してしまう。ケルピー犬が動けないせまい場所では、これがありがたい。なにかと人前に出るようになったアルスルの護衛として、ルカはよく働いていた。

荒野から、もう一両の戦車が帰還する。

その戦車が城門を通過したとき、周囲にいたほぼ全員が目を奪われた。

御者の女が――まばゆい金髪を風になびかせていたからだ。フリエタ号と、そのいとこにあたるティボルト号の手綱を引いて止めると、女は悠然と言った。

「ただいま。わが夫」

ペルシアだ。黒衣はあいかわらずだが、ベールと手袋は最近ほとんど着けなくなった。太陽の下で誇らしげにかがやく笑顔は、気高く、あまりに美しい。

二人きりのときしか妻への讃美を口にしないバドニクスは、ぶっきらぼうにうなずいた。片手を差しだして、彼女が戦車から降りるのをエスコートする。戦車の後部席にいたチョコレイトが、くすりと笑んだ。

この四人とハンナ＝カーボネックが、〈大いなる聖槍〉を盗んだとわかったとき。

アンブローズは怒り狂った。アルスルを八つ裂きにするとまで豪語したそうだが、結局、それは実行されずにすんだ。

少女がたった一人で、走訃王を狩り殺してしまったからだ。

もっと言えば――歴史の目撃者となったケルピー犬たちの右目を通して、たくさんの領民が、アルスルの成功を知ったからだった。

ブラックケルピィ領全土で喝采《かっさい》がまきおこった瞬間、したたかな議長は、自分の怒りを表に出さないことを選んだ。それどころか、さも以前からアルスルを擁護《ようご》していたかのようにふるまったのだ。アルスルを称賛し、手を貸した研究者たちにも賞与をやった。してやったりと、バドニクスはせせら笑う。

アンブローズは、消えたリサシーブを探すこともできなかった。

ダーウィーズに、帝国中から賓客や人外研究者が殺到してしまったのである。

素直で愛らしいアルスルの人気はすさまじく、英雄の名に傷がつかないよう、議長は、少女の潔白の証明に忙殺された。

エレインの報告書——ウーゼル暗殺当日の舞踏会参加者と、帝都にいるブラックケルピィ家の全員に面会したところ、アヴァロン大公だけが不審な心音を発した、というブルーティアラ号の証言を吟味したアンブローズは、帝都の犬長シリウス号らにアヴァロン邸を捜索させた。結果、彼が雇った刺客からのメッセージと、彼のケルピー犬が刺客を殺害した血痕まで見つかった。イオアキムとダーウィーズ、双方の裁判にかけられたアヴァロンは——満場一致で死刑の判決を受けたのだった。

〈まずは……区切りがついた〉

バドニクスは庭園をながめる。

その中心に、もう、オークの大樹はない。

伐採され、根も掘りおこされてしまった。とりのぞかれた走訃王の角と、城郭都市サウルからもち帰られた肉体は、生体管理部門長のチョコをすっかり夢中にさせている。〈大いなる聖槍〉とならぶ貴重な素材であるため、あらたな兵器に転用できるかが注目されていた。

バドニクスの後ろを歩いていたアルスルが、立ち止まる。

それからじっと、庭園の一点を見つめた。

かつてそこにあったものをなつかしむように、あるいは祈るように少女がたたずむのを、バドニクスは見守る。

「……あ、ごめんなさい」

「……行くぞ」

二人は、城でもっとも高い塔へ向かった。

ツノの大広間だ。壁に飾られた無数の獣《けもの》の角が、二人をむかえる。バドニクスは、バッファローの角で飾られた自分の椅子に座った。すでに着席していた重鎮たちの視線が、いっせいにアルスルへと向けられる。

かつてウーゼルが座っていた、ヘラジカの角の椅子へ。

少女が腰かけた。

あまりに若く、統治の経験もない。椅子がおかれた場所も、下座の末席にすぎない。だが、まぎれもなく。それは、円卓会議の重鎮だけが座ることを許された椅子だった。

(はじめは、鎖つきの子猫だったのによ)

おどろきとよろこびが混じった気分で、バドニクスは議長を見やる。

「ごきげんよう、英雄殿……さて」

アイベックスの角の椅子にかけていたアンブローズが、尊大にたずねた。

「荒野で楽しく遊んでいたはずのきみが、なぜ急に招集されたか。心当たりはあるかね？」

「……昼に、虹黒鉄《にじくろがね》の円盤がついた人外戦車が到着したとか。七つの瞳に、七つの角を生やした子羊の。そのことでしょうか」

アルスルの返事を聞いて、重鎮たちの何人かがうろたえた。

緊急招集された彼らは、それすら知らなかったのだろう。バドニクスは失笑する。

（耳が早い。ルカだな）

城へ戻った直後には、防衛部の部下から情報を仕入れていたらしい。むっとしたアンブローズがバドニクスをにらみつける。

「俺は、なにひとつ話しちゃいないぞ」

「……アルスル＝カリバーン」

おもしろくなさそうに鼻を鳴らしたアンブローズは、本題に入った。

「アヴァロンの後任が正式に決まり、この円卓会議から、トーマス＝マロリーが帝都の帝国議《パー》会《ク》へ向かった話はしただろう？　その空席も、彼の姉グラディスが埋めることとなった」

アンブローズが示すと、アルスルの右どなりに座っていた熟女が会釈する。

「ついてはあらたな皇帝……コッカァ家より選出されたクレティーガス二世皇帝より、提案があったのだよ」

よいニュースだと、バドニクスは受けとめている。

「走訃王討伐の経験をいかし、鍵の城の研究者たちを主体として……有事には、人外王の討伐軍を指揮する組織を結成してほしい、とのこと」

議場にどよめきがおこる。

少女は、ネコのように首をかしげただけだった。

「国に左右されず、城郭都市に左右されず……言うなれば、六災の王専門の騎士団というところかね。鍵の騎士団、とでも名乗ろうか」

「……それを？」

「皇帝陛下は、きみにその組織を一任したいという」

つぎにおこったどよめきは、驚愕、と言ってよいほどだった。

「十九歳の少女に⁈」

「……裏があるのでは？」

だれもがそう思うだろう。バドニクスとて例外ではない。

しかし、アンブローズは冷ややかに結論した。

「勅使には、承諾すると伝えたよ」

「ミスター・アンブローズ。わたしは……」

「きみに、帝国議会での駆け引きは期待しない。好きなだけ、狩りに没頭するといい！」

横暴である。

アンブローズとアルスル。この二人は、真っ向から対立することが多かった。ほとんどの場合、大人げないアンブローズがアルスルとウーゼルを比較するからなのだが、それは議長の、アルスルへの期待が大きいということでもある。アルスルも、言葉足らずながら、議論を受けて立つことが重要だと考えているようだ。

「……わかりました。でも、ひとつだけ」

「言ってみたまえ」

「狩りに没頭したいので。ネコ使い部族も登用してください」

アンブローズら重鎮の何人かが、苦虫を嚙みつぶしたような顔をした。

おおかた、牧畜犬系のイヌ使い部族だけで騎士団を創設するつもりだったのだろう。

バドニクスは内心、賞賛の拍手を送っていた。

（そう……そうやって一段ずつ、偉大な父親をこえていけ）

弁論家のアンブローズだが、つい先月、はじめてアルスルに敗北している。

奴隷身分でも、市民権をもつ者と夫婦であれば、公共の施設を利用してもかまわないのではないか、というアルスルの提案を退けられなかったのだ。ダーウィーズの奴隷人口が全体の一割に届こうとしていたために、彼女の議案は、議会を賛成多数で通過した。

ゆえに、今日のペルシアがある。

（ふん……俺の意見は、何十年とつっぱねてきやがったくせによ）

英雄。ウーゼルの娘。

それらの肩書きは、たしかに関係しているかもしれない。

だがアルスルは、いつも平静で、かつ全体の利益になることを口にする。奴隷の権利についても、歴史学者のギルダスをはじめ、城中の研究者に意見を聞いてまわっていたことを、バドニクスは知っていた。バドニクスにはできなかったことだ。ペルシアを好奇の目にさらさない

——若いころ、そう決意したために、よほど親しい人間にしか妻の話はしないできた。

（まちがったつもりはない。が……負け犬の思考か）

知恵も武器だとすれば。アルスルは、武器のあつかいに長けている。

彼女に統治者としての素質がないわけではないことを、みなが意識しはじめていた。

（つぎは、どう化ける？）

バドニクスも期待する。

それは城郭都市ダーウィーズ、否、第五系人帝国の将来を明るく照らすような期待——まぶしいほどの希望、だった。

白熱した議論は夕方まで続き、明日へもちこされることとなった。

ささやかな晩餐会が開かれることになったが、バドニクスは帰宅を選ぶ。いまは城の居住区で暮らしているアルスルに、ひとことかけようとしたときだった。

「アルスル＝カリバーン。ちょっといいかね？」

小さなギルダスが少女を手まねきした。

アルスルはもうギルダスの身長を抜いていたので、前かがみになって近づく。

「差出人を見て、年甲斐もなくときめいてしまったよ……きみ宛だ」

ギルダスは小声で話すと、議事録からグリーティングカードのようなものを引き抜いた。小首をかしげつつ、少女はそれを受けとる。

一通の手紙だった。

ギルダスはメガネザルのような瞳を細めた。

「ゆっくり読みなさい」

差出人を目にしたアルスルが――猫背になった。


ネコのようだと、自分でも思う。

ふらふらと迷路園をさまよってから、大聖堂を右往左往した。

(こういう、ときは……どう、すれば、いいのだろう?)

こぶしで何回も自分の胸を連打する。

アルスルは、自分がひどく動揺しているのを感じていた。

すれちがったすべての人に心配されたので、チョコのところへ行こうか迷ってしまう。だが、なぜだろう。ひとりになるべきだということも、わかっていた。

『すばらしいじゃないか、僕のキティ!』

自室へ戻って事情を説明すると、キャラメリゼはぴんと耳を直立させた。アルスルは、ギルダスから受けとった手紙を見せる。

しばらく手紙を嗅ぎまわっていたケルピー犬は、うんとうなずいた。

『ママさまのにおいだ。本物だよ』

アルスルの心臓が、早鐘のように鳴った。

赤い夕日に照らされたバルコニーへアルスルをいざなうと、キャラメリゼはフセをする。自分の腰をソファのようにさらして、すすめてくれた。すると、テーブルの上にいた白猫が動いて、アルスルよりさきにキャラメリゼのいちばん温かい場所——おなかに陣どってしまう。

『はじめてだね……ママさまがお返事をくれるなんて』

アルスルはいちどプチリサを抱きあげ、座ってから、自分のひざにのせた。

そして、両手でもった手紙を見つめる。

（……お母さま……）

新しい皇帝が立ってすぐのころ。

母は、女子修道院に入った。

父の死をのりこえるには、その道を選ぶしかなかったのだろうか。

走訃王の討伐後、アルスルはなんどか帝都へ足をのばしていたが、母と会えたのは父の墓参りへ行った日の一回きり。それも、数分だけだった。アルスルを目にしたグニエブルは、いくらか言葉をかわしただけで泣き崩れてしまい、面会を中断せざるをえなかったのだ。

彼女は——一生、修道院にいるかもしれない。

アルスルをなぐさめながら、姉たちは言った。そう聞いてから、アルスルは二人の見よう見まねで、母へ手紙を書くようになった。

——それでも、まだ、あいされたいの——？

ボーイ・ソプラノの声にささやかれた気がして、アルスルはうつむく。

『……読もうよ。僕のキティ』

びくりと体を震わせたアルスルは、ケルピー犬を見つめた。

『僕たちがついてる』

兄のように優しく言ったキャラメリゼは、大きな鼻でプチリサを示した。丸くなった白猫も、片目だけでちらりと見あげてくる。金の瞳に勇気づけられて、アルスルは封を切った。

封筒のなかには、便箋が一枚。

紙面には、長いとは言えない、そっけない文章がならんでいる。しかしアルスルは、創造主からの福音を受けとった気持ちで、食い入るようにそれらの文字を追いかけていった。

夕日がかたむいて、アルスルたちの影もどんどん長くなる。

アルスルは手紙を読み返した。

なんども。

なんども。

『なんて書いてあったんだい？』

荒野の地平線へ、太陽が沈んでいくのをながめていたキャラメリゼが、聞く。

『キティ……？』

アルスルは返事ができなかった。

『愛しているって？』

「……書いてない」

キャラメリゼが心配そうにする。

「でも」

かすれる声で、アルスルは読みあげた。

「体に気をつけなさい、って。それに……」

そっと、その一文をなぞる。

――天国のウーゼルは、あなたを誇りに思っているでしょう――。

そう書かれていた。

アルスルの胸が、震える。

うれしいのかどうか、自分でもよくわからない。けれど熱い涙があふれて、ほろりとこぼれた。荒野へふりそそぐ恵みの雨のように、ぽたぽたと止まらなくなる。

(……モノーセロス……わたしは、それでも、やめない)

人間の心をもった獣を、想う。

キャラメリゼがアルスルの顔をなめた。

笑顔と感謝のハグを返しながら、アルスルは心に誓う。

(みんなを愛することを。だって……それが、わたしの希望になるから)

希望を信じるとき。

アルスルは――人間は、前へ進める。

あらゆる者への感謝とともに、アルスルは手紙を胸にあてた。

「前へ、か……」

自分たちにだけ聞こえる声で、たずねる。

「……わたしの未来は、どう見える？」

白猫のしっぽが、疑問符の形にまがった。

終

わたしたち第五系人の祖先は、狩猟民族でした。

たくさんの小さな部族が、それぞれ城郭《じょうかく》都市を築き、独立していました。

ところがおよそ七百年前、わたしたちをまとめ、支配し、守ってもいた第七系人の七帝《ななてい》帝国が衰退します。そのためにわたしたちは、ひとつの国となって、力をあわせなければならなくなったのです。人外《じんがい》たちの脅威から、命を守るためでした。

人外。

人間より優れた能力をもつ獣《けもの》たちのことです。

人外たちは強く、賢く、長生きで、さまざまな言葉、さまざまな力を操ります。姿を変えたり、影に溶けこんでしまうものもめずらしくはありません。

わたしたちの第五合衆大陸には、星の数ほどの人外がいます。

そして、それぞれの種を束ねる特別強力な存在――人外王も、銀河系とおなじ数ほど発見されています。

人間に友好的な王もいますが、ほとんどは人間を避け、あるいは嫌っていました。なかでも、人間を滅ぼすかもしれないほど危険な人外王は、六体。そのことから、第五系人はいつしか、大陸を六つの地域にわけてよぶようになりました。


東域《イースト》の、月雷王《げつらいおう》。

西域《ウエスト》の、走訃王《そうふおう》。

南域《サウス》の、番狼王《ばんろうおう》。

北域《ノース》の、氷山王《ひょうざんおう》。

空域《ヘブン》の、隕星王《いんせいおう》。

地下域《ヘル》の、地動王《ちどうおう》。


六地域六体——六災《ろくさい》の人外王を駆除すること。

それが、わたしたち第五系人帝国の存在理由なのです。

そしてその偉業をなした英雄が、ただひとり、語り継がれています。

鍵の騎士団の創始者。

かの有名な、アルスル＝カリバーン・ブラックケルピィです。

西域《ウエスト》の走訃王《そうふおう》を駆除した彼女と、城郭都市ダーウィーズを本拠地とする鍵の騎士団は、いくどとなく帝国を助けました。

右手に、牙の小剣——聖剣リサシーブ。

左手に、角の大剣——走る王。

二本の剣をたずさえたアルスル＝カリバーンは、どんな窮地からも生還したことから、大いなる英雄とよばれるようになったのです。人外類似スコアをもつ彼女は、すこし口下手ですが、仲間だけでなく、名も知らぬ人や人外をも大切にする人物だったので、たくさんの人々から信頼されました。

走訃王の討伐から二十年後。帝国一の狩人と称えられるようになった彼女は、帝国議会《バーク》により、三十六歳でわたしたちの女帝に選ばれています。

マイレディ・アルスルの統治は、いまも続いているのでした。


〈「帝国のなりたち」『帝国議会認定・初等教育書　改訂版』より抜粋〉

イラスト　ねこ助

著者紹介　東京都生まれ。玉川大学文学部卒。第3回創元ファンタジイ新人賞佳作入選。著作に『忘却城』『忘却城 鬼帝女の涙』『忘却城 炎龍の宝玉』がある。

検印
廃止

皇女アルスルと角の王

2022年6月10日　初版

著者　鈴《すず》森《もり》琴《こと》

発行所　(株)東京創元社
代表者　渋谷健太郎

162-0814/東京都新宿区新小川町1-5
電話　03・3268・8231-営業部
03・3268・8204-編集部
URL　http://www.tsogen.co.jp
フォレスト・本間製本

乱丁・落丁本は、ご面倒ですが小社までご送付ください。送料小社負担にてお取替えいたします。

ISBN978-4-488-52907-9　C0193

庵野ゆき
水使いの森

庵野ゆき
水使いの森
幻影の戦

庵野ゆき
水使いの森
叡智の覇者